CONTINUEM DIZENDO SEUS ~~NOMES~~

Simon Stranger

© Simon Stranger
First Published by H. Aschehoug & Co. (W. Nygaard) AS, 2018
Published in agreement with Oslo Literary Agency and Vikings os Brazil
Agência Literária Ltda.
Esta tradução foi publicada com apoio financeiro de NORLA

Grafia atualizada segundo o Acordo Ortográfico da Língua Portuguesa de 1990, que entrou em vigor no Brasil em 2009.

Edição: Felipe Damorim e Leonardo Garzaro
Arte: Vinicius Oliveira
Tradução: Leonardo Pinto Silva
Revisão: Odisseia Consultoria e Lígia Garzaro
Preparação: Leonardo Garzaro e Ana Helena Oliveira
Conselho editorial: Felipe Damorim, Leonardo Garzaro, Lígia Garzaro, Vinicius Oliveira e Ana Helena Oliveira

Catalogação na publicação
Elaborada por Bibliotecária Janaina Ramos – CRB-8/9166

S897

    Stranger, Simon
    Continuem dizendo seus nomes / Simon Stranger; Tradução de Leonardo Pinto Silva – Santo André - SP: Rua do Sabão, 2021.

        Título original: Leksikon om lys og mørke
        352 p.; 14 X 21 cm
        ISBN 978-65-89218-07-4

    1. Literatura norueguesa. 2. Judaísmo. 3. Nazismo. 4. Holocausto. 5. Segunda Guerra Mundial. I. Stranger, Simon. II. Silva, Leonardo Pinto (Tradução). III. Título.

CDD 839.82

Índice para catálogo sistemático
I. Literatura norueguesa

[2022]

Todos os direitos desta edição reservados à Editora Rua do Sabão
Rua da Fonte, 275, sala 62 B,
09040-270 — Santo André — SP

🌐 www.editoraruadosabao.com.br
❚ / editoraruadosabao
❚ / editoraruadosabao
❚ / editoraruadosabao
❚ / editorarua
❚ / edit_ruadosabao

CONTINUEM DIZENDO SEUS ~~NOMES~~

Simon Stranger

Traduzido do norueguês
por Leonardo Pinto Silva

A de angústia

A de acusação

A de abominação

A de atenção a todas as coisas fadadas a desaparecer e cair no esquecimento. Todas as memórias e sentimentos. Todas as propriedades e objetos. Tudo aquilo que constituía a moldura de uma vida. As cadeiras nas quais você sentava e a cama na qual dormia serão levadas embora para mobiliar outro lar. Os pratos serão postos à mesa por outras mãos, e as taças tocarão lábios alheios, que sorverão água ou vinho e retomarão a conversa com estranhos que você nunca viu. Coisas impregnadas de história perderão inteiramente seu significado e se converterão em simples formas, imbuídas da mesma importância que um piano de cauda tem para um cervo ou um besouro.

Um dia vai acontecer. Um dia será o fim para todos nós, sem que saibamos quando nem de que maneira a vida encerrará. Não sei se passarei minhas últimas horas num lar de idosos, o corpo inteiro chacoalhando ao tossir, a pele macilenta pendendo da manga da camisa como massa de bolo, ou se morrerei aos 45 ou 46 anos, vitimado por algum mal súbito ou acidente.

Talvez eu seja atingido por um bloco de gelo que despencou do alto da marquise de um prédio na cidade, ou porque alguém quebrava o piso do banheiro no andar de baixo ou, talvez, devido ao vento quente que soprou do mar e fez o bloco de gelo se desprender, passar raspando no peitoril das janelas e me acertar em cheio na nuca enquanto eu, cabisbaixo, lia as notícias no celular, que deixarei cair na calçada com a tela ainda acesa, diante da pequena multidão aglomerada em semicírculo testemunhando horrorizada a cena. Pessoas aleatórias que, de repente, tiveram sua atenção despertada para a proximidade do abismo que nos é tão íntimo, mas raramente transparece: tudo que somos e possuímos pode nos ser arrancado à força, durante o mais ordinário dos dias.

Na tradição judaica, diz-se que uma pessoa morre duas vezes. A primeira é quando o coração para de bater e as sinapses do cérebro vão se apagando, como numa cidade quando falta luz.

A segunda é quando o nome do morto é proferido, lido ou rememorado pela derradeira vez, cinquenta, cem ou quatrocentos anos depois. Só então aqueles que partiram estarão para sempre eliminados deste mundo. Essa segunda morte foi o que inspirou o artista plástico alemão Gunter Demnig a gravar os nomes de judeus mortos pelos nazistas na Segunda Guerra Mundial em chapas de latão engastadas em blocos de concreto e assentá-los nas calçadas defronte às casas onde suas famílias viviam. Intitulado *Stolpersteine*, "pedras de tropeço", o trabalho é uma tentativa de adiar esta segunda morte. O artista procura fazer com que os transeuntes se detenham e leiam os nomes das vítimas inscritos no chão, para assim mantê-las vivas pelas décadas futuras. Com isso, aviva também a memória de um dos piores capítulos da história da Europa, como uma cicatriz exposta no rosto da cidade. Atualmente, 67.000 pedras de tropeço já foram assentadas em várias cidades europeias.

Uma delas é a sua.

Uma das pedras leva seu nome e está na calçada diante da casa onde você viveu, na cidade norueguesa de Trondheim. Alguns anos atrás, meu filho agachou-se em frente a essa pedra de tropeço e, com a mão enluvada, varreu os pedriscos e a poeira da superfície. E, em seguida, leu em voz alta:

— Aqui viveu Hirsch Komissar.

Meu filho, então para completar dez anos, é um dos seus trinetos. Minha filha, naquela ocasião, contava apenas seis anos e estava no meu colo com os braços em volta do meu pescoço. Ao meu lado estava minha esposa, Rikke, e, neste pequeno círculo, como se fora para sepultar uma urna funerária, estavam também minha sogra, Grete, e seu marido, Steinar.

— Sim, ele era o meu avô — disse Grete. — Morou bem aqui, no segundo andar — continuou ela, voltando-se para as janelas do prédio bem atrás de nós, de onde antes você admirava de pé a paisagem aqui fora, num outro tempo, quando os vivos eram outros e não nós. Minha filha ainda estava agarrada ao meu pescoço enquanto meu filho lia em voz alta o texto escrito no pavimento.

AQUI VIVEU
HIRSCH KOMISSAR
ANO DE NASCIMENTO 1887
PRESO 12.1.1942
FALSTAD
MORTO 7.10.42

Grete mencionou algo sobre a invasão repentina e relembrou a história de como o pai esbarrou nos soldados na manhã de 9 de abril de 1940, marchando pelas ruas com seus casacos cinza-azulados e coturnos pretos martelando o chão. Rikke levantou-se para acompanhar a conversa e levou minha filha junto. Apenas meu filho e eu continuamos agachados diante da pedra de tropeço. Ele esfregou a luva sobre a última linha e olhou para o alto.

— Por que ele foi morto, papai?

— Porque era judeu — respondi.

— Sim, mas por quê?

Com o canto do olho reparei em Rikke tentando dar conta de ambas as conversas ao mesmo tempo.

— Porque... os nazistas queriam matar tudo que era diferente. E odiavam os judeus.

Meu filho ficou em silêncio.

— Nós também somos judeus? — perguntou. Seus olhos castanhos estavam concentrados e atentos.

Pisquei várias vezes tentando rememorar o que ele já sabia da história da família. O que os meus filhos já sabiam dos parentes do lado judeu? Devemos ter mencionado que seus avós maternos imigraram de diferentes partes da Rússia há mais de cem anos. Havíamos conversado sobre a guerra, sobre a fuga do bisavô Gerson, a quem ambos conheceram ainda em vida.

Rikke respirou fundo para dizer algo, mas foi novamente absorvida pela conversa com Grete, e eu encarei meu filho nos olhos.

— Você é norueguês — respondi, mas fui traído pelo meu tom de voz e reparei em como Rikke reagiu. — Um pedaço seu também é judeu, mas nós não somos religiosos — disse eu enquanto me punha de pé na esperança de que Grete dissesse algo, que algum deles tivesse uma resposta melhor que a minha, mas a conversa ali já havia seguido a lógica dos encadeamentos e enveredado por um rumo completamente diferente.

"Por que ele foi morto, papai?"

A pergunta me assombrou pelos meses que se seguiram e se mostrou difícil de responder. O passado é um lugar oculto sob camadas de esquecimento cada vez mais espessas, que vão encobrindo tudo que ficou para trás. Ainda assim, consultando diversos arquivos e conversando sobre o passado com outros membros da família, foi possível puxar o fio da memória e gradualmente recuperar o que aconteceu.

Em pouco tempo já conseguia imaginar a neve acumulada no centro de Trondheim, o hálito quente da respiração das pessoas caminhando por entre o casario de madeira com telhados íngremes e paredes tortas.

Em pouco tempo ficou claro para mim que o fim da sua vida começou numa manhã da mais ordinária das quartas-feiras.

É 12 de janeiro de 1942. Você está atrás do balcão da butique que possui com sua esposa, cercado por chapéus empilhados em prateleiras e bustos de manequins envergando casacos e vestidos. Você acaba de atender a primeira cliente do dia e lhe mostrar as peças em promoção quando o telefone toca e o obriga a pôr de lado o cigarro e o bloquinho no qual toma nota dos pedidos.

— Alô, Paris-Viena, bom dia — você atende, mecanicamente, como tantas vezes antes.

— *Guten Morgen* — responde a voz masculina do outro lado da linha, e continua a conversa em alemão.
— Estou falando com o Komissar?

— Sim, pois não? — você responde, em alemão também, e por um instante acha que pode ser um fornecedor de Hamburgo, que decerto ligou para tratar daquele desembaraço aduaneiro. Talvez fossem os vestidos de verão que você já encomendara, mas o empregado deve ser novo, pois aquela voz não lhe soa familiar.

— Hirsch Komissar, casado com Marie Komissar?

— Naturalmente... Com quem estou falando?

— Aqui é do serviço de segurança da Gestapo.

— Pois não?

Você tira os olhos do bloco de notas, repara que a cliente na loja percebeu que há algo errado, e vira de costas enquanto sente o pulso acelerar. *Gestapo*?

— Gostaríamos de conversar sobre uma questão — diz o homem em voz baixa.

— Pois não? — é só o que você diz, hesitante, fazendo menção de abrir a boca para perguntar do que se trata e sendo interrompido.

— Queira por obséquio comparecer ao interrogatório hoje às catorze horas no Misjonshotellet — diz a voz.

O Misjonshotellet. Interrogatório? Por que diabos você precisa ser interrogado, pensa você encarando a parede. Teria algo a ver com o irmão de Marie, David, e suas simpatias comunistas? A ponta de um prego sem cabeça sobressai da moldura da porta. Você pressiona o polegar contra o metal e fecha os olhos.

— Alô? — diz a voz do outro lado, impaciente. — Você está aí?

— Sim, estou ouvindo — você responde, recolhendo o polegar e examinando o ponto branco onde o sangue se esvaiu das veias. A cliente se deteve diante dos cabides enfileirados, passou a mão sobre os vestidos como se folheasse as páginas de um livro, e só então você deu meia-volta e olhou para ela.

— Alguns colegas meus acham que estou correndo um risco muito grande com este telefonema — diz ele, e você identifica o estalido de um isqueiro sendo aceso próximo ao bocal do telefone.

— ...acham que eu deveria logo despachar um carro e trazê-lo imediatamente, para não correr o risco de que você pegue seus filhos e dê no pé, afinal de contas vocês são judeus — diz o homem, enfatizando a última palavra, e emendando num tom mais baixo, quase confidencial: — Mas eu sei que sua esposa, Marie, está hospitalizada... Escorregou no chão congelado, não foi?

— Sim, é verdade... Ela escorregou e caiu há alguns dias e quebrou... aquele osso do quadril — você responde tentando se lembrar, se é que sabe, como se diz "fêmur" em alemão. De qualquer forma o sentido ficou claro.

Como Marie pôde ser estúpida a ponto de calçar botas de salto alto naquelas condições, você pensa. Sempre tão imprudente, elegante e teimosa, querendo fazer tudo do próprio jeito. Se ao menos você pudesse fazê-la mudar de hábitos e ser mais precavida, quem sabe deixando de se expressar naqueles termos quando escreve cartas aos jornais, ou nas reuniões políticas que faz em casa, mas Marie nunca lhe dava ouvidos. Em vez disso, franzia o cenho e já era o bastante para você se convencer de que ela estava determinada a continuar agindo como de costume. Uma hora tinha que dar nisso, você pensa atrás do balcão, ainda segurando o telefone nas mãos. A cliente lhe sorri e vai embora pela porta fazendo soar novamente a campainha.

— Fratura de fêmur, veja só... — diz a voz sem rosto do outro lado da linha, recordando-o do termo em alemão. — Quero crer que nem você nem seus filhos irão a lugar algum, estou correto? Neste caso, teríamos nós de cuidar dela.

Cuidar dela. Você assente em silêncio, ainda que de nada adiante a linguagem corporal numa conversa telefônica, e por fim diz que não pretende ir a lugar algum.

— Muito bem, senhor Komissar. Então esteja aqui às duas. Sabe onde fica, não é?

— O hotel? Sim, claro.

— Ótimo. Até breve.

Você escuta o clique do outro lado da linha e continua imóvel atrás do balcão, enquanto os pensamentos se agitam na sua cabeça como se fossem pássaros arredios levantando voo de uma árvore. O que fará agora? Você consulta o relógio. Falta muito para as duas. Há tempo de sobra para deixar tudo para trás, você pensa e considera por um instante escapar pela porta dos fundos da loja e desaparecer dali para sempre. Sair em disparada pelos becos, enquanto tiver fôlego, sem se deter, ignorando o gosto de sangue que brota na boca, os olhares dos estranhos ou as pernas tremendo de exaustão ao subir as ladeiras íngremes. Bem que você poderia fugir para a floresta, esconder-se entre os pinheiros e só parar depois de cruzar a fronteira com a Suécia, onde sua irmã, Lillemor, já vivia em segurança. É plausível, você pondera, mas no fundo sabe como esse rompante é irreal, pois o que seria de Marie? E quanto aos seus dois filhos, Gerson e Jacob? Se fugir, eles estarão em apuros, você pensa enquanto dobra o bloco ao meio com a outra mão. Mesmo que consiga avisar Jacob por meio de um conhecido que trabalha na faculdade, Gerson está incomunicável, numa excursão com a turma da escola para as montanhas. O que será dele ao retornar para o chalé e ser recebido por uma tropa de alemães? O que será de Marie?

Serão verdadeiros esses rumores que começaram a circular pelas lojas, nos jantares e na sinagoga? Que os judeus estão sendo deportados para campos especiais no exterior? Ou tudo não passa de conversa fiada, um exagero comparável ao bicho-papão espreitando no escuro que você tanto temia quando criança?

Você telefona para uma funcionária que trabalha meio período e lhe pede para assumir a loja. Menciona o interrogatório e pergunta se ela poderia tocar sozinha a butique durante alguns dias, caso seja necessário. Depois telefona para Jacob, conta o que aconteceu e pede que tente localizar Gerson. Jacob começa a gaguejar, como sempre faz quando está nervoso, e você tenta acalmá-lo garantindo que está tudo bem, que não há de ser nada sério, e diz que irá ao hospital avisar Marie. E então desliga o telefone. Não demora muito para a vendedora entrar esbaforida pela porta, com o semblante grave e angustiado, e você precisa até acalmá-la para não piorar ainda mais a situação. Em seguida, você veste o sobretudo, despede-se e sai em direção ao hospital.

A qual questão eles estariam se referindo? Talvez não passe de uma acusação infundada, não há motivo para prendê-lo, pensa você subindo a rua, cuidando para apoiar bem o pé, segurando firme no corrimão e evitando os montículos de gelo que mais parecem águas-vivas petrificadas nos degraus das escadarias.

Não haverá de ser nada sério. O que você fez de errado, afinal? Nada. Provavelmente é apenas uma formalidade, talvez estejam fazendo um censo da população judaica, ou, na pior das hipóteses, querendo informações sobre o irmão de Marie, é o que lhe ocorre quando você vira a esquina do hospital.

Poucas horas depois, você é interrogado num salão do Misjonshotellet. O hotel está lotado de jovens de uniforme, um mar de soldados conversando, fumando, recebendo e transmitindo ordens. O homem sentado atrás da escrivaninha diante de você tamborila a ponta da caneta sobre uma pilha de documentos e o encara com um olhar frio e penetrante.

— Ouvi falar que você veio da Rússia, é verdade?

— Sim...

— E fala cinco idiomas, ou seriam seis?

— Sim? — você responde sem saber aonde essa conversa pode levar.

— É muito incomum... Você tem formação de engenheiro, estudou em vários países, na Inglaterra, Alemanha, Bielorrússia. Mesmo assim administra uma simples butique com sua esposa?

— Sim, é verdade, eu... — você começa a falar, mas é interrompido.

— ...e você é judeu — diz ele reclinando-se na cadeira. — Qual sua relação com David Wolfsohn?

— Ele é irmão da minha esposa — você responde, claro que tinha a ver com ele, mas logo depois vem a surpresa.

— Você sabe que é ilegal ouvir a BBC, não sabe?

— Sim — você responde e se dá conta de que seus dedos estão roçando as pontas uns dos outros bem no seu colo.

— Você não sabe que é proibido divulgar notícias da Inglaterra?

Você faz que sim com a cabeça.

— E que deve informar às autoridades caso algum conhecido esteja envolvido nesse tipo de conduta?

Como eles sabem disso? Você se questiona e procura desesperadamente lembrar-se dos locais onde esteve, o que se disse sobre as últimas notícias vindas da Inglaterra, mas não faz ideia de onde pode ter sido ou quem pode ter dado com a língua nos dentes.

— Temos provas de que essas notícias foram disseminadas num certo café... *Kaffistova.*

Eis a resposta. Claro. No Kaffistova.

— Também é do nosso conhecimento que vai ao porto com frequência. Poderia dizer o que faz por lá? — continua o homem.

— Vou recepcionar as mercadorias — você responde. Alguém deve tê-lo seguido. Alguém deve ter espreitado suas conversas, em particular o que falaram no Kaffistova. Alguém que domine o norueguês, mas quem?

— Você precisará ficar aqui enquanto investigamos melhor o assunto — diz o homem atrás da mesa, que o dispensa com um abano de mão ao mesmo tempo que ergue a vista na direção de um dos soldados que montam guarda na porta.

— Isso é tudo. Muito obrigado, senhor Komissar — anuncia o homem, empurrando a pasta que contém seus documentos e pedindo para o guarda escoltá-lo a uma cela improvisada no porão.

Na manhã seguinte você ainda crê que será libertado, que alguém no sistema logo perceberá que você não representa ameaça alguma ao Terceiro Reich e será mais simples e menos custoso deixá-lo ir, mas então três soldados batem à porta da sua cela, o cumprimentam amigavelmente e pedem que ponha as mãos para trás. Sua pele sente o toque frio do metal das algemas.

— Para onde vamos? — você pergunta em alemão.

— Venha — limita-se a responder um dos guardas. Ele o conduz pelas escadas e através de um corredor que dá num pátio onde neva intensamente, e um carro preto já está à espera com o motor ligado. Você é empurrado para o banco de trás. O carro segue para além dos limites da cidade. Depois de um bom tempo é que você descobre aonde o estão levando.

Para o campo de prisioneiros de Falstad, a uma hora de Trondheim, um prédio de muro branco com um pátio no centro, cercado por barracos de madeira e protegido por várias cercas de arame farpado, a essa altura já encobertas pela neve.

O portão se abre e você é escoltado através de uma aleia de bétulas nuas ao primeiro andar no interior do prédio. É lá onde estão as celas enfileiradas uma ao lado da outra. As portas são de madeira com grades de ferro protegendo as escotilhas. Por entre elas você divisa o rosto de um outro prisioneiro. Do lado de fora da cela, dois guardas o observam despir-se das roupas e, em seguida, trancam a porta do cubículo retangular onde há pouco mais que uma janela na extremidade e um beliche. Ao ouvir o barulho da fechadura você sente um nó no estômago porque sabe que dali jamais irá escapar.

A da agonia de perceber que provavelmente este será o seu fim e nada do que um dia você viveu jamais voltará a se repetir.

A do álcool que você tanto quis beber durante as primeiras semanas que passou no campo de prisioneiros, para que o torpor o ajudasse a esquecer os pensamentos, obnubilar a raiva e enfrentar o medo de estar ali naquelas circunstâncias.

A das associações que a qualquer momento lhe ocorrem, durante os trabalhos forçados, no refeitório ou a caminho da floresta, lampejos de memória que se intrometem nos seus pensamentos sem pedir licença, como se tudo o que existisse fosse uma janela abrindo-se para outro cenário.

Os rastros deixados pelos pneus dos caminhões no exterior do campo o conduzem pela lembrança das estradas lamacentas de onde você cresceu, numa aldeia judaica da Rússia czarista, onde as galinhas marrom-claras cacarejavam atrás das cercas e um cão vadio o perseguia sempre que você passava ao largo.

A de Alemanha, para onde você instantaneamente se transporta ao ver um guarda inclinando a cabeça para o alto e fechando os olhos ofuscado pelo brilho do sol, e relembra os bancos escolares que frequentou, inundado pela felicidade que sentia durante os intervalos na sala de leitura, quando o país ainda não havia sucumbido aos nazistas.

Uma camisa recém-lavada secando no varal ao lado de um dos quartéis, enfunada como a vela de um barco tocado pelo vento, por um instante o conduz à loja que você e Marie construíram do nada, ou ao campo de refugiados em Uppsala, na Suécia, país do qual nunca deveriam ter saído, onde sempre havia roupas penduradas nos varais e crianças correndo em volta.

A da ansiedade que lhe corrói o peito todas as noites quando o silêncio cai sobre o campo e você, deitado na cela de olhos fechados, lembra-se dos rostos que lhe eram tão familiares e queridos.

A de afeição pelas crianças de bochechas rosadas de frio, uivando de alegria enquanto riscam as colinas brancas com seus trenós, que você encontra todos os dias ao ser levado à força para trabalhar na floresta de Falstad.

A de admiração diante de tantas histórias ocultas sob a pedra de tropeço que vieram à tona nos últimos anos. Um sem-número de relatos que brotam como os exércitos de insetos debaixo das pedras que você costumava remexer em criança.

Querido Hirsch. Esta é uma tentativa de adiar sua segunda morte e evitar que o esqueçamos, pois ainda que jamais consiga contar a sua verdadeira história, tenho como evocar trechos dela, tentar reuni-los e dar vida àquilo que desapareceu. Não sou judeu, mas meus filhos, seus trinetos, têm sangue judeu. Sua história também é a deles. De que maneira eu, como pai, poderei tentar lhes explicar tamanho ódio?

A manhã que passamos diante da pedra de tropeço me fez percorrer aldeias e peregrinar por lugares onde nunca tinha estado, pesquisar arquivos, recuperar conversas, consultar livros e fotografias em álbuns de família. Além de tudo, me aproximou da história de uma residência muito especial nos arredores de Trondheim. Uma história tão macabra e ultrajante que, a princípio, não achei que pudesse ser real, pois nesta casa a história familiar que partilhamos é atravessada pela história de Henry Oliver Rinnan, um jovem que viria a se transformar num dos mais cruéis nazistas da Noruega.

Uma casa cujo nome em norueguês começa com B.

Bandeklosteret, o Mosteiro da Gangue.

B

B de bando

B do barro do qual são feitos aqueles tijolos

B de Bandeklosteret, o infame casarão localizado no alto de uma colina não muito longe do centro de Trondheim, na rua Jonsvannsveien, 46. Décadas depois do término da guerra, as pessoas mudavam de calçada ao passar por ali, como se o mal que a casa encerrou de alguma forma pudesse escapar pelo ar e contaminá-las. Durante a Segunda Guerra Mundial, ocultos atrás daquelas paredes, Henry Oliver Rinnan e sua gangue faziam prisioneiros, os interrogavam, torturavam, matavam e celebravam seus feitos com festas regadas a muita bebida. Um jornalista que teve acesso ao Mosteiro da Gangue pouco tempo depois da capitulação dos nazistas registrou assim o que viu:

Deixaram a casa inteira de pernas para o ar, aparentemente movidos por um instinto selvagem de destruição. Cada um dos aposentos parece ter servido para a prática de tiro ao alvo — paredes e teto estão perfurados por toda parte, e onde o papel de parede estava intacto eles o rasgaram em pedaços. Até a banheira e a parede do banheiro estão trespassadas por marcas de projéteis. Pode-se inferir que os tiros tenham servido para aterrorizar aqueles que estavam confinados na escuridão das minúsculas celas localizadas no porão.

Esse mesmo casarão acabaria escondendo outra história, da qual só ouvi falar pela primeira vez na cozinha da casa de uma das suas netas: minha sogra, Grete Komissar.

Era uma manhã preguiçosa de um sábado ou domingo, não tínhamos nada importante para fazer, e o tempo parecia se arrastar mais lento que o normal. Ouvíamos a melodia ecoando da sala de estar, o piano jazzístico misturado à algazarra das crianças que tentavam se equilibrar sobre a enorme bola azul de ginástica e rolavam sobre o tapete. Estava na cozinha conversando com Grete, que havia começado a preparar a refeição cortando peras e dispondo os pedaços alongados numa forma refratária junto com as sobrecoxas de frango e os vegetais. Devíamos estar falando de algo relacionado à infância, pois o marido dela surgiu no vão da porta perguntando se eu sabia que Grete crescera no quartel-general de Rinnan. Grete ficou imóvel com as mãos besuntadas de gordura de frango e sorriu, um sorriso desenxabido de quem fora apanhada de surpresa por Steinar mencionar aquilo justo ali. Embora o sobrenome Rinnan me soasse de alguma forma familiar, não sabia dizer exatamente de quem se tratava. Steinar tentou refrescar minha memória acrescentando o prenome — Henry — e a informação de que Rinnan trabalhava como agente duplo para os nazistas, para só então detalhar as atrocidades que ele havia perpetrado na casa. Tortura. Assassinatos. Grete afastou os cabelos da testa com o antebraço, ainda segurando a faca de cozinha numa mão e o pedaço de frango na outra. Pairava no ar uma certa tensão, como se ela relutasse em falar do assunto. Ao mesmo tempo, mais constrangedor ainda seria tentar desconversar. Ouvimos outro baque surdo na sala de estar e em seguida a voz da mãe perguntando às crianças se não queriam brincar no andar de cima;

imediatamente depois, Rikke esgueirou-se entre Steinar e a guarnição da porta.

— E foi lá que você cresceu? — perguntei espantado, pois mesmo conhecendo Grete há mais de quinze anos ela jamais dissera uma palavra a respeito.

— Sim, morei lá desde que nasci até os sete anos — ela confirmou.

— Morou onde? — quis saber Rikke, tentando acompanhar a conversa.

— Estou apenas contando que cresci na casa da Gangue do Rinnan — repetiu Grete, terminando de cortar a última metade da pera, como se não houvesse nada de mais naquilo. Pela expressão no rosto de Rikke, percebi que aquela era uma novidade também para ela.

— Nós encenávamos as peças de teatro no porão — disse Grete, enfatizando a palavra *porão* enquanto pressionava a bombinha de detergente com o dorso da mão. No mesmo local onde a Gangue do Rinnan se reunia alguns anos antes. Grete e sua irmã mais velha, Jannicke, encenavam peças de teatro amadoras junto com amigos da vizinhança. Elas se vestiam com as roupas dos pais: calçavam sapatos altos de tamanho maior, punham chapéus e colares enormes e cantavam. Crianças e adultos do bairro eram a plateia, e Grete acumulava a função de atriz com a de bilheteira, recolhendo no alto da escada os ingressos escritos à mão. Os espectadores desciam as escadas olhando ressabiados de um lado para o outro.

A imagem de uma garotinha no alto da escada e de um grupo de crianças brincando de teatro no porão usado por torturadores me trouxe à mente uma série de perguntas: por que razão uma família judaica teria escolhido se mudar para um dos ícones do mal na cidade de Trondheim? Talvez porque fosse mais barato viver naquela casa? Ou seria uma maneira de retomar as rédeas da própria história? Como a casa os afetou depois que se mudaram?

    Determinado a saber mais, li tudo que podia sobre a Gangue do Rinnan e descobri uma série de fotos do casarão onde minha sogra passou a infância. Algo naquela manhã despertou nela uma vontade de falar, e, no período que se seguiu, Grete não parou de me contar mais e mais detalhes da infância que viveu no Mosteiro da Gangue.

    Quando Grete e Steinar puseram à venda o apartamento que ainda possuíam em Trondheim, fomos até a cidade para uma visita de despedida. Passeamos pela rua onde funcionava a Paris-Viena e paramos mais uma vez diante da pedra de tropeço com o seu nome. Depois, entramos no carro e dirigimos para a travessa onde Grete cresceu, no número 46 da Jonsvannsveien. Era uma casinha baixa, porém muito charmosa, pintada de branco, com janelas escuras de molduras verdes. Estacionado do lado de fora, um carro da década de 1950 nos dava a impressão de que o tempo ali não avançava.

    — Vamos tocar a campainha? — perguntou Grete. Fiz que sim com a cabeça e, como ninguém tomou a iniciativa, eu mesmo atravessei a estreita serventia coberta de cascalho e apertei o botão. Enquanto esperávamos, tentava maquinar na cabeça algo para dizer à pessoa que atenderia a porta.

    B de bala. Um projétil cor de cobre retirado da parede da tal casa agora repousa em cima da minha escrivaninha. A ponta está amassada como um chapéu de cozinheiro, em decorrência do impacto na parede do porão. Talvez o tiro tenha sido disparado para quebrar a resistência dos prisioneiros. Os membros da gangue os amarravam numa cadeira e competiam para saber quem conseguiria atirar mais perto sem atingi-los.

 B de bochechas rosadas. B de botinhas de crochê balançando em cima do trocador. B de bebês que engatinham pelo assoalho da sala com seus braços gorduchos, esforçando-se para manter o equilíbrio, e dão risadas gostosas quando cruzam com outros da mesma idade. B de berço, pois a narrativa sobre o Mosteiro da Gangue é também a história de uma creche que funcionou naquele mesmo porão, comandada por Else Tambs Lyche nos anos anteriores à guerra. Seu marido, Ralph Tambs Lyche, professor universitário e botânico amador, era um colecionador diletante de plantas de todo o norte da Noruega, as quais secava e organizava em arquivos guardados no andar de cima. Enquanto isso, sua esposa gerenciava uma creche particular. Antes de estar cercada por concertinas e guardas, antes que a violência invadisse seu interior, aquela casa abrigou a inocência de crianças.

 B das brumas que encobrem a infância, lugar de onde todos viemos, alheios às experiências e emoções dos primeiros anos, ignorando como depois estarão sedimentadas nas profundezas da nossa personalidade, formando paisagens, moldando comportamentos e deixando sua marca indelével pelo resto das nossas vidas, a exemplo do impacto que este dia de inverno terá no futuro do jovem Henry Oliver Rinnan, de apenas dez anos.

 É fevereiro de 1927. Flocos de neve rodopiam pelo ar no pátio da escola da comuna de Levanger, Noruega, e se amontoam no peitoril da janela. Lá dentro, Henry está concentrado no exercício de caligrafia. A franja lhe cai da testa sobre os olhos, ele estica a mão para alcançar a borracha e apagar a perna do *g*, cujo resultado não lhe agradou, e só então se dá conta, pois neste exato instante a professora interrompe o que estava falando, fita o irmão caçula de Henry nos olhos e pergunta se o menininho está se sentindo bem.

— Você está tão pálido... Está doente? — ela pergunta e dá a volta em sua carteira. Henry percebe os colegas se entreolhando, o ar estático prenunciando o que está para acontecer, enquanto a professora percorre as fileiras de carteiras. Ela não tardará a descobrir o que ele e o irmão passaram a manhã tentando esconder: o caçula estava calçando botas femininas, botas de salto alto pretas que alguém esquecera na sapataria do pai. Henry estava certo de que aquilo causaria problemas, tentara convencer a mãe a não mandar o filho para a escola calçando sapatos de mulher, mas ela foi irredutível, brandiu as botinhas bem diante do rosto do caçula, apontou para o couro que se despregava do solado, e, com uma firmeza na voz que não dava margem ao contraditório, declarou que o irmão não poderia jamais ir à escola com calçados naquele estado, que suas meias estariam ensopadas antes que chegasse à esquina.

O salto, felizmente, nem era tão alto, mas era uma bota feminina e isso ficava evidente de longe, além disso era vários números maior, ele mal conseguia se firmar em pé, muito menos caminhar direito. Os irmãos passaram apressados pela turma de garotos reunida na entrada, felizmente ocupados com outra coisa, e respiraram aliviados por ninguém ter reparado nas botas, mas assim que chegaram à sala de aula Henry percebeu a gargalhada cúmplice de duas meninas. A professora chegou logo em seguida e todos rapidamente se perfilaram ao lado de suas respectivas carteiras e a cumprimentaram em uníssono: — Bom dia!

Depois voltaram a sentar, e por um instante ele quase se esqueceu de tudo, concentrado que estava arrematando as letras com curvas perfeitas para não ser repreendido depois, até a professora estancar de repente e se aproximar com o semblante preocupado. Henry sente o rosto corar, vê o irmão caçula erguer as pernas e tentar esconder os pés, em vão. Apanhada de surpresa, a professora deixa as palavras escaparem da boca como se tivesse perdido o controle sobre elas.

— Mas... Que tipo de sapatos você está calçando, mocinho? — pergunta ela, dando trela para que os alunos comecem a rir. Henry sente um sobressalto no peito, o rosto arder de vergonha, e olha de relance para o irmão, mas o caçula permanece em silêncio, sentado, piscando os olhos sem obviamente saber o que responder. Que diga qualquer coisa menos a verdade, imagina Henry, isto é, que o pai, sapateiro, não se preocupa nem em reparar os sapatos dos próprios filhos, qualquer coisa menos isso, é melhor até que invente uma mentira boba, diga que pegou os primeiros sapatos que encontrou pela frente, por exemplo, que queria pregar uma peça e ver como as pessoas reagiriam, mas nada, o caçula não dá um pio. Só que agora ele *precisa* falar alguma coisa, imagina Henry, pois o silêncio agrava as coisas e aumenta a vergonha que sente. Então Henry limpa o pigarro ostensivamente e atrai para si o olhar da professora e dos colegas. Agora ele é o centro das atenções. Essa certeza faz seu coração acelerar, deixando-o ainda mais inseguro, mas os outros não podem perceber que agora quem está obrigado a dizer algo é ele próprio, algo que ao menos não piore o que já está ruim, pensa ele, enquanto tenta não desviar o olhar do rosto da professora.

— É só uma brincadeira, ele experimentou um sapato que estava no conserto — responde Henry com um sorriso forçado nos lábios, tentando induzi-la a achar que tudo não passa de uma bobagem infantil. Pela maneira como reagiu, ele percebe que a professora não está para brincadeiras, não sorri de volta, ao contrário, ela se agacha ao lado do caçula, põe a mão no seu ombro e diz: — Mas como você está magrinho! — Com a voz preocupada, ela pergunta se as coisas em casa estão tão ruins assim. Ela está ciente, é claro, de que a pergunta é embaraçosa para Henry e o caçula, então fala baixinho para que os colegas não ouçam, mas ao agir assim torna a situação ainda pior, pois agora fica claro que o assunto é motivo de vergonha, que ninguém deveria estar ouvindo aquela conversa. Os colegas ficam ainda mais excitados, todos redobraram a atenção neste instante, ele tem certeza, e a fala dela vai se transformando num sussurro, mas um sussurro ao pé do ouvido de cada aluno naquela sala, ele tem certeza, pois agora todos estão boquiabertos, de olhos arregalados, prestando atenção unicamente nos dois irmãos.

O caçula tinha que dizer algo agora, pensa Henry, mas não diz. O irmão fica ainda mais confuso, lança um olhar piedoso para a professora e depois para Henry, os olhinhos marejados de lágrimas. Ele pisca várias vezes e mesmo assim não diz palavra, apenas funga e limpa o muco do nariz com o antebraço, em silêncio, um silêncio que se abate sobre a sala inteira como um véu.

— As coisas vão bem em casa, obrigado — diz Henry abruptamente rasgando aquele véu. — Ele andou adoentado uns dias, só isso. Pode continuar a lição, por favor — pede, desviando o olhar para o caderno e retomando a frase que estava tentando escrever, segurando a borracha e terminando de apagar a perna do *g* com a qual não estava satisfeito. Em seguida, varre a sujeirinha com os dedos e empunha o lápis num gesto determinado a deixar claro que não há mais o que dizer, a professora pode simplesmente continuar a aula.

É como se todos os seus sentidos tivessem sido aguçados, pois Henry percebe os olhares murchando, ele não é mais o centro das atenções, e o que se ouve agora é o barulho das carteiras arrastando no chão e dos alunos endireitando-se nos assentos. Ele escuta o farfalhar dos lápis rabiscando o papel e a voz da professora retomando a lição de onde havia parado. Ao mesmo tempo, percebe o riso preso no peito dos colegas, como se fosse o vapor pressionando a tampa de uma chaleira.

Enfim, quando a aula termina, a professora se aproxima e diz ao caçula que ele pode permanecer na sala durante o recreio, se quiser, assim como Henry. Henry lhe agradece e fica sentado junto à janela, observando os colegas brincando na neve. As aulas seguintes terminam sem mais intercorrências. Logo o dia chega ao fim, ele enfia o material na mochila e segura na mão do irmãozinho.

Os dois agora terão que atravessar o pátio da escola, esquivar-se dos outros, que olham para o caçula apalermados. Uma turma de garotos um pouco mais velhos ri alto e aponta para as botas.

— Olha só como ela anda! Tchauzinho, senhorita Rinnan! — diz um dos grandalhões, e o comentário é a senha que faz disparar as gargalhadas dos outros em volta. Henry sente o ódio tomar conta da mente, uma onda que se apossa do seu corpo o compele a agir. Descontrolado, ele cerra os punhos e dá um soco certeiro no rosto do idiota que ridicularizou seu irmão mais novo. Ele não tem o direito de falar assim! Ele não tem o direito de fazer seu irmão de bobo, pensa Henry, sentindo o impacto do soco no próprio punho, percebendo a raiva pulsando em cada veia do seu corpo, enquanto o garoto leva as mãos ao rosto e se contorce de dor. Por um instante os colegas hesitam e finalmente decidem revidar. De repente, o pátio se transforma num pandemônio: xingamentos, olhos injetados de ódio, mãos esticadas tentando alcançá-lo, dedos roçando seus cabelos e agarrando a mochila que leva nas costas. Antes que possa perceber, Henry se vê deitado de costas na neve, contido pelos braços e pernas, debatendo-se de raiva e tentando recobrar o fôlego.

— Ei, vocês aí! Parem já com isso! — grita um professor de cachimbo na mão com o corpo debruçado para fora da janela, e eles a contragosto o obedecem, deixam que ele se levante, mas não sem antes ameaçá-lo: — Você não perde por esperar, Henry Oliver. Você não vai se safar dessa!

Ele sacode a neve das calças, ainda possuído por uma ira que lhe rouba o fôlego como um ataque de asma, mas, mesmo assim, agarra a mão do caçula e saem os dois apressados para longe dali, para o mais distante possível da escola, antes que as coisas cheguem a um ponto irreversível, Henry pensa, imaginando para si as risadas zombeteiras que não cessam. Ele agora é um aluno marcado, durante semanas terá que carregar nos ombros o estigma de ser ridicularizado por toda a escola, agora se converteu no alvo permanente das fofocas e da humilhação. Só de imaginar, sente o desespero batendo à porta mais uma vez, pois a desforra não tardará a chegar, sem que saiba quando ou onde. Não foi exatamente isso que aquele garoto quis dizer? A ameaça, a jura de que eles levariam uma sova, a certeza de que os agressores não haviam se dado por satisfeitos. Era só uma questão de tempo, pensa Henry, retesando o queixo de tanta tensão. Logo ele, um menino precavido desde o dia em que começou a frequentar a escola, logo ele que sempre fazia o que era certo, logo ele que se mantinha longe de confusões e havia aprendido a arte de sorrir respeitosamente sempre que era preciso acalmar os ânimos. Ele, que deixava a arrogância para os grandalhões, mantinha distância das rusgas, até mesmo dos jogos de bola, por saber que não tinha como se vingar, que não tinha meios de se safar ileso, que o melhor a fazer era atrair o mínimo possível de atenção e agir de modo a não ser envolvido em nenhum tipo de problema. Sua estratégia fora descoberta e agora ele não poderia mais usá-la.

Se ao menos o caçula não tivesse começado a chorar, pensa Henry enquanto lhe aperta a mão com força — com muita força, ele tem consciência disso — e acelera os passos pela estrada de cascalho. O irmão protesta, mas agora terá que aguentar calado. Ele precisa aprender a se comportar de outra forma ou irá se transformar no saco de pancadas da escola inteira, será para sempre motivo de troça dos alunos, e arrastará Henry consigo, inapelavelmente, contaminando-o como se fosse uma doença, impregnando-o com uma inhaca da qual ele nunca conseguirá se livrar, e isso é tudo o que um garoto baixinho como Henry não precisa neste momento. O mais baixo da sua faixa etária e certamente o de família mais pobre, ele pensa. Os dois seguem a passos largos, ele praticamente arrasta o irmão atrás de si, ignorando os protestos, as caretas e os apelos para largar a mão, pois o que quer agora é castigar o caçula. — Está doendo, Henry Oliver — soluça o pequeno. As lágrimas escorrem pelo rosto e imediatamente Henry afrouxa a mão e passa gentilmente os dedos no exato lugar onde há pouco apertava. — Desculpe! — diz ele, repetindo o pedido várias vezes.

O irmão soluça e esfrega a luva no punho. Então os dois voltam para casa. Antes que cheguem, Henry se vê na obrigação de elogiar o caçula e eliminar do seu rosto qualquer vestígio de choro, para que a mãe não desconfie de nada e comece a interrogá-los. Se tiverem que contar tudo o que se passou, o que será deles? A mãe terá mais um fardo para carregar, tudo o que não precisa neste momento. Ele pede ao caçula que tire as luvas, assoe o nariz com os dedos e os limpe na neve. O irmão faz como lhe diz. Seus dedos ficam roxos de frio, mas limpos. Henry também saca as luvas, esfrega um pouco de neve entre as mãos e gentilmente passa os dedos úmidos sob os olhos do irmão.

E então propõe: — Não vamos contar nada disso em casa, certo?

— Não.

— Mamãe e papai já têm muito com o que se preocupar. Certo?

— É, sim — responde o irmão, e os dois retomam o passo. Henry procura um pretexto para animá-lo. Corre os dedos pelo braço do casaco até debaixo da axila, quer distraí-lo, fazê-lo pensar em algo mais leve, então cutuca o irmão debaixo do braço e o vê sorrir novamente, o semblante menos triste, a briga, o frio e o choro desaparecendo e abrindo espaço para conversarem sobre qualquer outro assunto, como sempre costumam fazer. E lá se vão os dois, chutando os montinhos de neve pelo caminho.

Quando menos esperam já estão na porta de casa, defronte ao cemitério, um sobrado verde onde funciona também a sapataria do pai, no térreo.

Ele vê a mãe passando rapidamente pela janela da cozinha, decerto indo descascar batatas, lavar roupas ou picar vegetais, mas agora Henry repara na felicidade murchando no rosto do irmão e em como o episódio na escola torna a afetá-lo.

— Está tudo bem — diz Henry enquanto lhe dá um tapinha encorajador no ombro e sorri para ele. — Vamos!

A casa recende a batatas cozidas e o corredor está apinhado de sapatos.

— Olá?! —diz Henry tomando o cuidado de usar a mesma entonação de sempre para não despertar suspeitas. A mãe surge da cozinha, com a testa suada e o avental salpicado de gotas brancas de leite. Ao lado dela, a irmã mais nova tenta se equilibrar segurando na barra da saia da mãe e ergue os braços querendo colo.

— E então, como foi o dia na escola? Não foi bom ter ido com os pés bem protegidos? — ela quer saber, e sua voz atrai o pai da sala de estar. Henry escuta o ranger das molas da velha cadeira de balanço e em instantes é o pai quem surge pelo vão da porta da cozinha, trazendo nas mãos as botas de neve do caçula e no rosto um sorriso satisfeito para mostrar que foram consertadas.

— Obrigado, pai — diz o menino ao receber as botas.

— Muito bem... alguém reparou nelas, afinal? — o pai pergunta em tom de brincadeira, inclinando o queixo na direção dos pés do menino, mas neste exato instante a irmãzinha agarra a ponta da toalha e quase derruba pratos, copos e tudo o mais que havia em cima da mesa. Henry fica aliviado, a mãe não irá mais estranhar o tom de voz nem reparar no rosto envergonhado quando o irmão responder:

— Não, pai.

B dos blocos de prédios que integram o campo de prisioneiros de Falstad: um edifício principal assobradado, construído em torno de um pátio quadrado com vários barracões menores dispersos em volta. Cabanas simples, para abrigar tanto guardas como porcos e vacas, além de banheiros externos e uma oficina de carpintaria, tudo cercado pelas camadas de concertina que envolvem todo o perímetro.

B do barulho dos talheres e pratos no refeitório, um ruído ensurdecedor que ecoa pelo ambiente durante o breve intervalo em que os prisioneiros pegam o garfo e a colher e começam a comer.

B das bétulas que ladeiam o pátio que você atravessa todos os dias a caminho dos trabalhos forçados, os troncos brancos e as folhas agora tingidas de dourado, a mesma cor das amostras de tecido que você costumava trazer para a butique em Trondheim.

B da beleza da caligrafia descrevendo as espécies de samambaias, coladas nas páginas e metodicamente catalogadas pelo professor Ralph Tambs Lyche, o primeiro proprietário do casarão em Jonsvannsveien, 46, bem antes de a residência ser transformada no quartel-general da Gangue do Rinnan.

B da bagagem enfileirada diante do carro antes da mudança, e B dos brotos das folhas que começavam a despontar nas bétulas naquele dia primaveril de Oslo, em 1948. O sol brilha sobre os telhados das casas e transforma cada gota que pinga das calhas num arco-íris em miniatura. Gerson estende o braço para abrir o porta-malas e se apressa em carregar as malas, mas para que pressa, ninguém ali tem por que chegar em Trondheim antes do fim do dia. De cócoras na calçada, Jannicke apanha uma pedra e faz menção de mordê--la, mas Ellen é mais rápida, agarra-a pelas mãos e abre seus dedinhos à força, não deixa que ela se esquive e a detém. Então a pequena abre o berreiro e começa a gritar "Minha! Minha! Minha!" enquanto Ellen a coloca no banco traseiro e Gerson assume o volante.

O resto dos móveis seguiu na frente, no caminhão de mudança, naquela mesma manhã. A decisão foi tomada alguns meses atrás. Primeiro, na forma de insinuações, a cada vez que Gerson telefonava para a mãe e Marie deixava transparecer nas entrelinhas que precisava de ajuda na butique, era trabalho demais para dar conta sozinha. Em seguida, ela tomou um trem para Oslo e veio visitá-los em pessoa. Gerson a aguardava na plataforma e a viu descer a escada de salto alto, com um chapéu tão largo na cabeça que mal conseguiu passar pelo vão da porta do trem. Ele acenou, virou-se de lado e um estranho surgiu carregando sua mala. Era assim que a mãe fazia as coisas, sempre tão bem vestida e elegante que a simples ideia de carregar algum peso lhe soava despropositada, então Gerson continuou imóvel, observando-a dar um beijo de agradecimento no rosto do homem e se despedir dele com um aceno. Depois ela virou-se sem fazer menção de carregar a bagagem sozinha, deixando o filho sem alternativa. *É óbvio que eu carregaria a mala*, pensou ele, mas a naturalidade com que ela agia nessas ocasiões o deixava irritado. Mesmo assim, Gerson baixou a cabeça, deu um sorriso desenxabido, exatamente como ela esperava que fizesse, pois ainda que tenha lhe perguntado como estavam as coisas, não esperava ouvir como resposta nada além de um curto e breve "Bem, obrigado". Não passava pela sua cabeça perder tempo ouvindo-o falar da dificuldade de conseguir um emprego, da reviravolta causada pelo nascimento da filha Jannicke nem de como a guerra arruinara seu futuro, justo quando ele estava ingressando na vida adulta. A mãe era uma pessoa autocentrada, sempre foi, pensou Gerson, lembrando-se agora da ocasião em que Ellen caiu no riso quando ele lhe contou das férias de verão que foi obrigado a passar sozinho com Jacob num pensionato, durante semanas, quando não tinham mais que doze anos, porque os pais estavam ocupados administrando a loja.

Marie mal pôs os pés no apartamento de Ellen e Gerson e já começou a reclamar de como era pequeno e apertado. Gerson reparou como a esposa ficou constrangida, o sorriso murchando em seu rosto, pois tinha, naturalmente, a mesma opinião da mãe. Ellen vinha de uma família de posses, era filha do dono de uma fábrica.

— Nós vamos nos mudar, mãe. Compramos um terreno aqui em Oslo e assim que a casa ficar pronta, mudaremos — disse Gerson enquanto a ajudava a se despir do fraque.

— É justamente sobre isso que quero falar com vocês — disse Marie intrometendo-se pela porta da sala de jantar.

— Encontrei uma casa para você. Uma casa em Trondheim, perto do centro. Com jardim e banheiro nos quartos, não no corredor, como aqui. Um imóvel inteiro, Gerson, e um emprego para você na Paris-Viena.

A mãe agora se dirigia a Ellen, que estava sentada com Jannicke no colo, e mencionou a loja, os vestidos, os tecidos, chapéus e fraques que ela poderia, aliás, pegar emprestado e levar para casa, se assim desejasse.

Marie nada comentou sobre o histórico da casa. Semanas depois, ligou para Gerson e mencionou de passagem, no final da conversa, pouco antes de desligarem, como se fosse o detalhe mais corriqueiro do mundo.

— Aliás, era a casa da Gangue do Rinnan durante a guerra.

Gerson deu as costas para a sala de estar e arregalou os olhos.

— Alô — disse a mãe. — Você está aí?

— Mas... mãe? Por que não me contou antes?

— Porque tive medo que Ellen fizesse um cavalo de batalha disso e pusesse tudo a perder — explicou Marie em iídiche.

— Mas agora... você não acha que devíamos... saber? — respondeu Gerson em iídiche, enquanto Ellen balbuciava algo para Jannicke no fundo.

— Saber ou acabar descobrindo, tanto faz — corrigiu a mãe. — Mas e daí, Gerson? A guerra acabou, a Gangue do Rinnan desocupou a casa faz tempo. É uma residência belíssima, com jardim, numa área muito agradável. É uma bela oportunidade de conseguirem algo nesse patamar, e, além disso, eu preciso de vocês aqui comigo, Gerson.

Gerson ficou em silêncio e Marie retomou o norueguês.

— Eu deveria ter recusado, então? Deveria dizer então que meu filho não vai querer morar naquela casa e não pode se mudar para Trondheim porque ele e a esposa têm medo de fantasmas?

— Não, mãe — respondeu Gerson e percebeu Ellen se aproximando com Jannicke no colo.

Ele ficou calado. Toda vez que Gerson pensava em contar a Ellen sobre a casa surgia algum empecilho. Além do quê, havia mais, havia o desejo de fazer as pazes com a história, retomar as rédeas da própria vida. Quando chegar a primavera, a decisão já estará tomada, eles entrarão no carro e seguirão viagem. Gerson gira a chave na ignição e eles se vão, enquanto a birra da pequena Jannicke gradativamente vai cedendo. O estresse da mudança também fica para trás e eles começam a conversar amenidades. Admiram as fazendas e os bosques passando pela janela. Um ou outro trator carregado de feno. Jannicke esfrega os dedinhos e encosta a língua no vidro. Gerson sorri no retrovisor. Começa a imaginar como será a vida em Trondheim, trabalhando na butique Paris-Viena. Respira fundo e sente a mão de Ellen pousar sobre a sua, segurando o volante. Depois, vira-se para ela e sorri, engata outra marcha e põe a mão sobre a coxa dela, sente a pele cálida sob o vestido e imagina para si uma família feliz vivendo na casa nova. Tudo haverá de dar certo.

B de barítono. A voz do prisioneiro entretém os oficiais em Falstad: em pleno trabalho os soldados ordenam que cante para eles. O ruído dos serrotes e martelos é interrompido, assim como o constante movimento de mãos e braços, e um outro sentimento desperta no íntimo de cada um. Inclinando a cabeça para trás, é como se o cantor clamasse aos céus, e sua voz ecoava pelo campo e amenizava tanta penúria. A fadiga dos músculos e a dor da pele lacerada por cortes e calos eram esquecidos durante uns breves segundos. A expressão grave no rosto dos guardas desaparece, pelo menos até uma voz determinar que é hora de cada um retomar o trabalho.

Em instantes assim você nutria a ideia de que um daqueles jovens pudesse ser alguém que conhecera na Alemanha, anos antes. Deveriam ter entre dez ou doze anos e corriam pelas ruas, as pernas finas e tortas, os braços desajeitados e os olhos que brilhavam de alegria e curiosidade. Talvez você tenha sorrido para um daqueles guardas, ou trocado uma palavra com um deles quando eram pequenos. Mas e agora? Agora a guerra os obriga a se transformar em outra coisa.

B dos *Bar Mitzvah* na sinagoga de Trondheim, B dos bancos que você um dia ajudou a carregar lá para dentro, B das bênçãos que recebeu ali. Naqueles bancos seus filhos sentaram-se balançando as pernas enquanto o vozerio das preces ecoava pelo salão e eles experimentavam a solenidade daquele instante.

B da barbárie imortalizada nas fotos feitas no Mosteiro da Gangue assim que a guerra terminou. Estou no escritório de casa, numa tarde qualquer em Oslo, pesquisando na internet. A primeira foto mostra apenas a fachada da casa de janela abobadada no andar superior e protegidas por persianas no térreo. O arame farpado ao redor do terreno já foi retirado, assim como os homens que costumavam montar guarda ali. A outra foto mostra um dos quartos da Gangue do Rinnan: gavetas reviradas, roupas, lixo e papéis espalhados pelo chão, o papel de parede rasgado.

Na terceira imagem, o sol brilha por entre as janelas do porão e deixa entrever o balcão abarrotado de garrafas. No chão diante do balcão há dois grandes barris e uma barra de ferro atravessada entre eles. A barra de ferro tem uma fenda no meio, provavelmente causada pelo peso dos que foram obrigados a se agachar de mãos atadas e depois pendurados nela para serem chicoteados ou marcados a ferro quente pelos membros da gangue. As costas nuas de um homem surgem na tela, em preto e branco, com a cicatriz de uma suástica numa das nádegas. Ouço passos logo atrás de mim, provavelmente estive tão concentrado que não percebi alguém se aproximando, é minha filha quem chega e se põe a meu lado. Fecho apressado a janela e a imagem de três chicotes salta para a frente da tela.

— O que é isso, papai? — pergunta ela antes que eu consiga encerrar o navegador.

— Estou só pesquisando sobre a guerra — respondo roçando minha bochecha na dela. Levanto a pequena, aqueço seu corpo e a carrego para longe do computador.

B de bestialidade. No porão de cimento frio do Mosteiro da Gangue, o sangue ainda pinga da lâmina do machado que um deles empunha nas mãos. Estamos em fins de abril de 1945, e Rinnan entra na lavanderia. Examina os caixotes largados no chão e o sangue que lentamente escorre pelo ralo. Rinnan assente com um olhar de aprovação para o homem que está ali, ofegante, de machado em punho.

C

C de Cadillac.

C de caubói.

C de cremaster, o músculo que se desenvolve no escroto dos meninos durante a puberdade, período que os transforma interiormente. Os hormônios produzidos nesta fase resultam no crescimento de pelos no púbis e em outras partes do corpo, fazem a voz engrossar, alteram as feições do rosto, que se torna mais másculo, mais anguloso, enquanto uma camada sebácea se acumula sob as bochechas e o nariz, marcando o final da adolescência.

Às vezes, quando está sozinho no corredor, Henry se detém diante do espelho, observa o corpo miúdo e acha que é anormalmente baixo por causa da pobreza. Outras vezes ele ouve a mãe comentar com uma amiga que ele está apenas atrasado, que logo irá crescer mais, e aquilo o enche de esperança, mas nunca se torna realidade. Passam os anos e Henry jamais se equipara aos outros meninos, continua o mais baixinho da turma. Diz que não quer jogar futebol, que não gosta, mas a verdade é que fica deitado na cama fantasiando como seria driblar todos eles e ficar sozinho, cara a cara com o gol. Imagina o chute deslocando o goleiro que cai desconcertado na grama, os colegas correndo para abraçá-lo e levantá-lo, os gritos de alegria pela vitória que jamais houve. Jamais haverá. Em vez disso, ele é discreto. Educado. Cauteloso. Tenta passar despercebido sempre que possível, pois quem não é visto tampouco é incomodado.

Henry completa treze anos e pede emprestado uma revista do tio, aquela com a imagem de um caubói na capa. Enquanto o restante da família toma café na sala atenta ao pai explicando por que os comunistas precisam ser neutralizados e exterminados antes que assumam o controle do país, Henry segura a revista nas mãos e descobre os encantos da leitura, um portal que se abre para ele. A história do caubói o absorve completamente e o transporta para bem longe das ruas de Levanger, onde não existe o pátio da escola, onde não precisa estar atento para não ser flagrado sozinho a caminho de casa e levar uma surra dos garotos que o ameaçaram.

Ao completar catorze anos ele acorda à noite com uma estranha sensação no estômago e sente as mãos bolinando os seios da irmã mais velha de um amiguinho da vizinhança, um corpo nu que desaparece assim que abre os olhos.

Ele faz quinze, é crismado como todos os outros, e seu presente de crisma é uma ida ao dentista para arrancar os dentes podres da arcada superior, que são substituídos por uma dentadura. Ele agora tem um sorriso novinho em folha, que exibe orgulhoso diante do espelho roçando a ponta da língua num dos caninos.

Ao completar dezesseis anos, para definitivamente de crescer. Sua altura será aquela, afinal, ridículos 161 centímetros, o menor adolescente de toda a comuna de Levanger. Ele mal alcança os ombros dos colegas, e o corpo parece estranhamente pequeno em relação à cabeça, como se pertencesse a uma outra espécie animal, fosse um hominídeo menor e mais feio que os demais, porém mais esperto, ele sabe. E de nada adianta que seja educado, de nada adianta que se sente na carteira com uma boa postura, seja assíduo e responsável na escola e faça tudo direitinho — sua aparência não irá mudar. Talvez os adultos até gostem dele, mas apenas porque não causa problemas e não chama atenção. Os colegas o ignoram. Simplesmente não se interessam por ele, assim como as meninas. Bem que poderia ser mais alto. Até pede a Deus em orações para crescer um pouco mais, mas não é atendido.

Se ao menos seus pais fossem anormalmente baixos até poderia culpá-los, mas a mãe e o pai são exatamente como todos os outros. Os irmãos, idem. Somente ele é diferente. Por quê? Por que logo ele? Não há respostas nem soluções. A única coisa que lhe resta é deixar a franja crescer, emplastrar o cabelo de brilhantina e penteá-lo para trás, armando um topete o mais alto possível, na esperança de que aqueles centímetros extras o façam ser apenas mais um na multidão, mas nem mesmo isso ajuda. Ele ainda se destaca, é notoriamente o mais fraco, portanto está fadado a ser o alvo permanente dos outros garotos, Henry sabe muito bem, pois é assim que as coisas funcionam na natureza. Por onde vai ele observa isso. Os mais fortes podem tudo, ditam suas próprias regras e os outros que obedeçam. É assim e pronto. Longe dos olhos dos adultos, é natural que o empurrem para o centro de um círculo e lhe deem uma surra.

Henry se limita a trincar os dentes e esperar que não batam com tanta força, não há nada mais que possa fazer.

Às vezes, o trauma o acompanha até quando se deita na cama, à noite, fecha os olhos e o que vê são os rostos dos garotos em êxtase, arremessando-o de um lado para o outro, e o único pensamento que lhe passa pela cabeça é: eu não posso me dobrar, tenho que resistir.

C de Carl Fredriksens Transport, codinome de uma organização clandestina que contrabandeava judeus e membros da resistência norueguesa desde uma loja de jardinagem e plantas ornamentais na Carl Berners plass para além da fronteira com a Suécia. Mais de mil pessoas foram salvas por essa organização a partir do outono de 1942 até o fim do inverno de 1943. Uma delas foi a sua nora, Ellen Glott, avó materna de Rikke. Outra foi sua esposa, Marie.

C de Cappelengården, o prédio rural pintado de verde na Sjøgata, a ruazinha de Levanger que margeia o lago. Já é primavera. O ano é 1931, e Henry, com dezesseis anos, passa ao largo da fazenda de Cappelengården com o olhar assustado de sempre. Ele avista uma turminha de garotos reunidos diante da Hveding, a loja de ferramentas e artigos esportivos onde seu tio trabalha. Henry já esteve na loja várias vezes, quando ainda tinha que ficar de ponta de pé para olhar por cima do balcão, enquanto o pai comprava peças para a bicicleta ou para a sapataria em casa. Agora, está indo à loja conhecer o Ford que o tio comprou, um Ford genuíno, o primeiro da cidade, com sua reluzente lataria preta e seus assentos de couro castanho escuro. Depois de muita negociação, eles começaram a importar e revender automóveis e peças, e logo inauguraram também o primeiro posto de gasolina da cidade. Para celebrar o feito, estacionaram um Ford de verdade diante da vitrine. Atrás da pequena multidão aglomerada na calçada, Henry mal pode admirar a novidade. O tio está debruçado sobre a carroceria mostrando algo aos garotos, mas agora volta a ficar em pé, avista o sobrinho e o chama em voz alta.

Henry sente vontade de dar meia-volta e sair correndo, ou talvez seguir em frente como se não tivesse escutado, mas isso seria muito estúpido, pois já tinha sido avistado e o tio certamente contaria à mãe sobre aquele comportamento estranho.

— Henry Oliver! — grita o tio acenando — Venha aqui, quero lhe mostrar uma coisa!

Henry olha em volta. Um dos garotos com quem brigou por causa das botas do caçula está ali, aquele por quem as meninas sempre suspiram. Henry pisca rápido, tenta descobrir um jeito de se esquivar enquanto salta sobre uma poça d'água e atravessa a rua, mas o quê?

— Que bom que veio me ver! — diz o tio entusiasmado, colocando a mão sobre o ombro de Henry. Os outros abrem espaço e o deixam passar. Não ousarão fazer nada enquanto o tio estiver ali. — Veja só aqui — continua ele apoiando a outra mão na capota do carro. Henry se inclina e espia pela janela. Assentos de couro. Volante com saliências para acomodar os dedos. Vários botões e alavancas.

— Não é lindo? — pergunta o tio.

Henry assente em silêncio enquanto o tio circunda o carro e abre a porta do motorista.

— Estava pensando em dar uma voltinha nele. Quer vir comigo? — diz o tio com um sorriso tentador. Os outros olham invejosos para ele e Henry mal disfarça o sorriso que vai crescendo nos lábios.

— Claro! — responde ele. — Quando?

— Bem... — retruca o tio puxando-o um pouco mais para perto, despertando ainda mais a curiosidade da turma de garotos e atraindo a atenção de uma senhora que empurra um carrinho de bebê do outro lado da rua. — Que tal agora, por exemplo?

— Agora? — hesita Henry.

— Sim, agorinha mesmo. Entre aqui!

O tio abre a porta e Henry segura na maçaneta, o coração querendo saltar pela boca. Seus agressores estão tão perto que podem liquidá-lo ali mesmo, mas não agora. Na presença do tio? De jeito algum. Ele abre a porta, os garotos são obrigados a recuar para abrir espaço e ele se acomoda no banco daquele prodígio reluzente de metal, madeira, vidro e couro. Só ele tem o privilégio de sentar ali, pensa, fechando a porta com toda a delicadeza possível para não danificar o carro. Olha pela janela, repara na cobiça estampada no rosto dos demais e, pela primeira, vez sente orgulho de si mesmo, pois não é ele quem irá embora dali a pé. Tudo que resta aos outros é invejar o carro, de longe, enquanto ele aboletou-se no banco e até dirigiu pela cidade, pensa Henry alisando o painel de teca emoldurado em aço polido.

O tio vira-se para ele.

— Está pronto? — pergunta, e Henry meneia a cabeça entre nervoso e empolgado, mas é claro que está pronto. No mesmo instante, o tio desperta o motor do sono girando a chave. Pisa no pedal, o motor acelera, o ronco no capô à frente aumenta. Em seguida, põe a mão na alavanca de câmbio, engata a marcha e lá se vão eles pela Sjøgata deixando as pessoas para trás, depois viram à esquerda na igreja e seguem pela rua principal atraindo todos os olhares por onde passam.

— Olhe aqui — diz o tio mostrando a Henry como trocar de marchas, acelerar e manejar o volante. Um simples toque na alavanca e os limpadores deslizam sobre o vidro dianteiro. Casas e pessoas vão passando ao lado como se tudo que estivesse além da carroceria pertencesse a um outro mundo.

— Já passeou de carro antes, Henry Oliver? — pergunta o tio quando estão mais longe do centro.

Henry abana a cabeça e o tio o segura por uma das mãos.

— Ponha a mão aqui e dirija um pouco — diz ele aproximando a mão do sobrinho do volante. Henry toma um susto, recolhe o braço num reflexo e o tio começa a rir: — Vamos tentar de novo, Henry, você está indo bem. — Henry sabe que não tem escolha. Claro que está morrendo de vontade, então chega mais perto, segura o volante com a outra mão e agora está no controle! Por um instante é ele quem dirige o carro enquanto a estrada se move à sua frente. Durante alguns minutos, ele esteve no comando, ele que desviou dos buracos e fez as curvas, e somente quando já estavam próximos à loja foi que o tio reassumiu o volante, por via das dúvidas, e estacionou no mesmo local em frente à loja. Os garotos já haviam ido embora.

Dentro do carro os dois ficam em silêncio. Henry tem as mãos espalmadas sobre as coxas, da mesma maneira como costuma se sentar na carteira da escola. O tio limpa o pigarro, pega um cigarro e bate com ele de leve no joelho.

— E então, Henry Oliver? Não foi tão ruim assim, foi?

— Não. Não foi mesmo... De jeito nenhum — diz Henry sorrindo. — Obrigado!

— Não há de quê. Quer um? — pergunta o tio e lhe estende o estojo de cigarros, uma linda caixa de metal com um castelo árabe na tampa e a palavra Medina estilizada contornando uma das cúpulas.

— Eh... não sei — responde Henry. Mesmo já tendo tentado fumar antes, um cigarro roubado do pai, até então ele jamais fora tratado assim, como um adulto. Pisca algumas vezes e decide aceitar. Acende o cigarro e sente a fumaça rasgar-lhe o peito assim que inala.

— Diga lá, Henry Oliver — pergunta o tio soprando um jato de fumaça que esbarra no vidro da frente e se dissolve pelo ar. — Como é que vão as coisas com meu querido sobrinho?

— Vão... vão bem. Obrigado — responde Henry e dá mais um trago.

— Pelo que sei você está indo bem na escola... mas e o resto? Não está praticando algum esporte ou algo assim? Sim ou não?

Henry abana a cabeça em silêncio, exala e dá mais uma tragada, emendando com outra, e se dá conta de como seu nervosismo deve estar à flor da pele. Não consegue sequer fumar relaxado, como faz o tio, que segura o cigarro como se fosse uma extensão da mão, um objeto naturalmente feito para ocupar o espaço entre o indicador e o dedo médio.

— Não, não me interesso por essas coisas — desdenha Henry, de olho para saber qual será a reação do tio.

O tio mantém o olhar fixo adiante, meneia a cabeça lentamente e não parece decepcionado. Não acha que haja algo de errado com Henry, ao menos por esse motivo.

— Muito bem. Então você deve ter bastante tempo de sobra... mesmo que passe parte desse tempo com os amigos. Ou não?

Henry assente outra vez e dá mais um trago no cigarro. A cinza vai ficando perigosamente longa. Não posso deixar cair e sujar o carro, ele pensa. O tio abaixa o vidro da janela. É só mover uma pequena manivela e o vidro some pela fresta da porta como num passe de mágica, pensa Henry, imitando os movimentos do tio e fazendo o mesmo do lado oposto, para em seguida bater as cinzas do lado de fora e sorrir maravilhado.

— Sabe a nossa loja? — diz o tio apontando para o estabelecimento ao lado.

— E daí?

— Bem que estamos precisando de uma mãozinha. Já falamos disso várias vezes, seria ótimo ter alguém para reforçar a equipe. Você estaria interessado?

— Sim, claro, eu adoraria — responde Henry com um sorriso agora empolgado, os músculos do rosto quase sem querer obedecê-lo diante de uma oportunidade daquelas. No final do verão ele terá concluído o primário. Imagine se pudesse começar a trabalhar na loja. De verdade!

— Ótimo, então vou falar com sua mãe. Que tal começar amanhã mesmo, depois da escola, para sentir como são as coisas?

— Amanhã? Já? — pergunta Henry entusiasmado.

— Pode ser? Não temos por que esperar, temos?

Henry balança a cabeça afirmativamente sem acreditar no que está acontecendo, que está realmente sentado no banco de um Ford novinho em folha recebendo uma oferta de emprego. O tio sorri para ele e deixa a fumaça escapar pela fresta enquanto termina de fechar a janela.

Henry sai em disparada para contar a boa nova ao pai, mas o desdém com que é recebido lhe salta aos olhos. Talvez seja a inveja de ver o cunhado tão bem de vida, talvez o pai já estivesse sabendo que foi a mãe quem arranjou tudo para o filho.

Na manhã seguinte, ele já está pronto. O pai até lhe engraxou os sapatos, uma espécie de pedido de desculpas, e Henry atravessa a rua diante do cemitério, dá a volta na esquina e segue em direção à loja. Ele frequenta o lugar desde pequeno e sabe muito bem como funciona e onde ficam as mercadorias.

Mesmo que tivesse de trabalhar de olhos fechados, saberia descrever o interior da loja de cor: o banco de madeira que vai de parede a parede, a caixa registradora marrom com botões, alavancas e uma manivela de madeira pintada de preto que precisa ser girada até a metade para acionar a mola que abre a gaveta. Seria capaz de dizer quantas mochilas estão à venda penduradas na vitrina e, mais que tudo, já podia se gabar de ter dirigido o Ford T estacionado na calçada lá fora, uma maravilha tecnológica de metal preto, com detalhes cromados e acabamento em nogueira maciça. O que ainda não estava em condições de descrever era a emoção que sentiu ao apanhar do gancho o jaleco de vendedor, enfiar os braços nas mangas e se ver diante do espelho transfigurado em outra pessoa. Não sabia explicar por que o nervosismo se dissipa instantaneamente assim que enverga o uniforme, e como a relação dele com o traje o afeta e lhe dá uma nova e desconhecida sensação de autoestima. No papel de vendedor é mais fácil conversar com estranhos, reparar no que precisam, ajudá-los a encontrar o que procuram. Para alguém tão quieto e desconfiado, era fórmula para se transformar num novo homem e encarar as pessoas de uma maneira totalmente diferente, descobrindo-se do véu de hesitação atrás do qual se escondia para se revelar um vendedor solícito e confiante, alguém que sabe onde as coisas estão, que sabe fazer um cliente cair na tentação de comprar uma coisinha a mais, talvez um par de luvas, por exemplo, ou uma ferramenta, quem sabe uma latinha de óleo para lubrificar a bicicleta? Ele sabe como ninguém afrouxar as cordas amarradas ao longo da parede e fazer descer as mercadorias penduradas no teto. Ele faz os clientes se sentirem à vontade. Quando chega a hora de voltar para casa e entregar à mãe o dinheiro apurado no dia, ainda deslumbrado com a confiança e a habilidade que o uniforme lhe trouxe, percebe que aquela personalidade desaparece assim que se despe do jaleco de vendedor. Ele volta a ser o Henry Oliver de sempre, caminhando apressado pelas ruas, olhando para os lados, evitando ser visto pelos garotos que o assediam.

Nunca imaginou a felicidade que sentiria empunhando a bomba para encher o tanque dos poucos carros que vêm abastecer na loja. Sentir o cheiro inebriante dos vapores da gasolina, os gases que fazem o ar vibrar e dão às coisas materiais a impressão de serem fluidas, como se refletidas num espelho distorcido, enquanto o líquido é despejado no tanque para se transformar, ele mesmo, em algo de outra natureza: velocidade, ruído, alegria.

Um mês se passou. O tio está orgulhoso dele, assim como o sócio, Sverre Hveding, e a mãe é genuinamente grata pelo dinheiro que traz para casa. Às tardes, ele se enfurna na oficina nos fundos da loja para aprender com os mecânicos a revirar as entranhas do veículo. Descobre os nomes de cada uma das partes do motor e para que servem, extrai o máximo proveito do tempo que passa debruçado sobre capôs sujando as mãos de graxa. Naquele novo cotidiano, um único detalhe lhe incomoda: o salário não é suficiente. Uma vez descontadas as despesas na mercearia e o pagamento da hipoteca contraída pelos pais, resta pouca coisa para Henry gastar consigo mesmo. Naturalmente, ele poderia pedir à mãe para ficar com um pouco mais, só um pouquinho, mas não quer, não ousaria, porque é só pensar na possibilidade para se lembrar da mãe aflita na cozinha, sacudindo a cabeça em desalento porque não consegue dar conta das necessidades da família. Diante disso, nem adianta contra-argumentar. Ela jamais entenderá por que é importante para ele ir com os colegas à lanchonete tomar uma xícara de chocolate quente e comer um pão doce. Em vez disso, sempre é obrigado a arrumar uma desculpa, dizer que está ocupado ou precisa voltar para casa.

Bem que devia ter pedido para ficar com um *pouco* daquele dinheiro, mas não teve coragem. Apesar de tudo, ainda está fadado a viver isolado dos outros, sem interagir com eles e experimentar, só um pouquinho, a vida que levam. A mãe sabe exatamente quanto ele ganha: não há chances de ficar sequer com umas poucas moedas para gastar na lanchonete ou comprar uma guloseima qualquer. "*É tão injusto!*", pensa Henry a caminho da loja. Por que ele precisa ser excluído de tudo, não importa quanto trabalhe? Não é justo. Quem mais ganha é quem mais tem. Quem nasce em berço de ouro cresce mais e acaba ficando mais bonito. Os outros garotos da mesma idade podem se dar o luxo de bater ponto todos os dias na lanchonete da rua principal, onde todo mundo se encontra. Eles têm dinheiro para comprar cigarros. Chocolate. Ir ao cinema. Só ele precisa estar alheio a tudo, como um peixe preso num aquário, enxergando o que se passa do outro lado do vidro sem poder sair daquela clausura e se divertir com amigos, como fazem todos os outros. Nunca, nunca, nunca, não importa o quanto ele trabalhe. Só ele nunca é convidado para aniversários, nunca joga futebol, nunca é elogiado pelas meninas. Somente ele é obrigado a vestir as roupas herdadas dos primos, calças de barras dobradas e camisas de mangas enroladas para evitar que o tecido folgado encubra suas mãos, dois animais espiando com o focinho pelo vão da toca para saber se é seguro sair.

Talvez eu deva pedir um aumento, pensa Henry, mas imediatamente deixa a ideia de lado. Sverre Hveding nunca concordará em lhe aumentar o salário, mesmo que a loja vá de vento em popa e o patrão se pavoneie por aí de terno e colete dirigindo o próprio carro, mesmo que seu desempenho seja acima da média e a despeito do grande número de empregados dispensados desde que ele começou a trabalhar. Não é justo, pensa Henry, passando o indicador na gaveta do caixa e pensando nas moedas que estão lá dentro, separadas dele por uma fina chapa de metal. É aí que a ideia lhe ocorre, simples e clara, pois há uma oportunidade de reparar essa injustiça. Uma maneira simples de elevar os rendimentos ao nível em que deveriam estar, dar a Henry o que ele merece: basta deixar de registrar algumas vendas e embolsar o dinheiro, como uma espécie de gorjeta, afinal ele é um excelente vendedor, ele é o responsável pela loja estar indo tão bem. Coisa pouca, nada digno de nota. O dono da loja não vai nem perceber a diferença. Para ele, no entanto, aquela pequena quantia representa a possibilidade de frequentar a lanchonete como qualquer um. Aquela pequena quantia representa a possibilidade concreta de pertencer ou não à turma. No fim das contas, foi ele o responsável por ganhar aquele dinheiro, ou não?

Henry põe ambas as mãos ao lado da caixa registradora e olha de relance para a porta dos fundos, onde Sverre Hveding está debruçado sobre uma pilha de papéis na escrivaninha, segurando um cigarro numa das mãos. O tio está lá fora ou no armazém. Chega um cliente. Um senhor idoso. A vítima perfeita para dar o golpe, pensa ele, o coração batendo mais forte, mas ninguém mais perceberia, pois ele sorri o sorriso de sempre e cumprimenta o homem educadamente, como faz todos os dias, cuidando para manter as duas mãos sobre o balcão, as costas eretas e o tom de voz alto e claro, sem desviar a atenção do cliente. Como o homem de cabelos brancos é distraído, como sua mão treme ao remexer no bolso à procura de um lenço para assoar a gota de ranho que pende da narina.

É então que o dinheiro e a ocasião entram em cena.

Tão simples. Basta travar a gaveta aberta com um dedo, esperar o velho sair pela porta e embolsar a grana com a outra mão.

Segundos depois, enquanto a sineta da porta ainda toca e seu coração continua acelerado, Henry segura na palma da mão direita as moedas de uma venda que nunca existiu. Depois do trabalho, vai aos locais que os outros garotos costumam frequentar, encontra um vizinho, sujeito quieto e impopular como ele, e casualmente lhe pergunta se não gostaria de dar uma voltinha pela lanchonete. Quem convida paga a conta, ele diz, o garoto aceita e os dois vão juntos. No punho ainda cerrado ele carrega as moedas; no rosto, um sorriso que não quer se desfazer.

Como os proprietários pertencem ao movimento da temperança, a lanchonete não serve bebidas alcoólicas, mas fumar e jogar conversa fora é permitido sem restrições. Ele pede duas xícaras de chocolate quente e se delicia com o burburinho das conversas, das risadas e dos talheres tilintando nos pratos. O colega o convida a uma mesa onde já estão vários outros da vizinhança.

Henry puxa uma cadeira e faz o possível para o nervosismo não dar na vista, sorve uns golinhos do chocolate e se limita a ouvir, quieto. A conversa gira em torno do filme de um caubói que salva uma cidade inteira, todos estão de olhos fixos no garoto que conta o enredo em detalhes. Henry aproveita uma pausa e resolve perguntar se já ouviram falar na história do caubói que lera na revista. Os outros arregalam os olhos por cima das xícaras de chocolate, sem nenhum indício de sarcasmo. Ao contrário, estão prestando atenção nele e pedem que continue: Não, qual história?

É como se estivessem ali à espera de alguém para entretê-los, pois ficam absortos acompanhando a narrativa de uma pequena e empoeirada cidade norte-americana, um assalto a banco e um cofre abarrotado de dinheiro. Ele sabe conquistá-los, fala baixo e faz com que se debrucem ávidos sobre a mesa, e consegue prender a atenção de todos até terminar de falar. As histórias que conta começam com os personagens das revistas, mas não demora e ele próprio se torna o protagonista sem que ninguém reaja à troca de personagens, ninguém contesta o fato de Henry ter se tornado parte do enredo, pois agora ele é uma peça central do que irá acontecer, ele e mais ninguém. O garoto a quem convidou para tomar o lanche não desgruda os olhos, embevecido.

Está na hora de ir embora, para casa, jantar, mas assim que se levanta um dos outros pergunta se ele não gostaria de voltar ali outro dia.

— Claro — diz Henry displicentemente, como se estivesse acostumado a ser tão demandado. — Aqui é um lugar muito agradável — E sai pela porta, tomado por um sentimento misto de felicidade e orgulho que mal consegue conter. Durante o percurso para casa, sabe exatamente o que fará no dia seguinte. Terá que arrumar mais dinheiro, o suficiente para voltar ali, e desde já começa a maquinar a história que contará da próxima vez.

    É assim que as coisas serão pelo restante do ano. Ele é prudente. Toma o cuidado de não pegar dinheiro demais, não pode ceder à tentação, embora não haja sinais de que o golpe tenha sido descoberto. Não, ele embolsa apenas uns trocados, o bastante para que possa estar sempre pela lanchonete e ir ao cinema da rua principal uma vez ou outra, acompanhando a turma cheia de expectativas para assistir ao filme, ouvindo o zum-zum de vozes enquanto a cortina de veludo não é aberta e todos sejam transportados para um mundo de fantasia. As películas se tornaram tão mais reais depois que os personagens começaram a falar e as armas, portas e carros passaram a fazer ruídos. As pessoas são quase hipnotizadas pela tela, como se encarnassem os personagens do filme. A música, as imagens, os diálogos, tudo faz com que a plateia seja arrastada para o meio do enredo e sinta a tensão dramática no próprio corpo. O ingresso custa uma coroa, o que implica conseguir mais dinheiro do que antes, sorrir amistosamente para os clientes que surgirem, puxar conversa sobre o tempo ou sei-lá-o-quê, sem desgrudar as mãos das laterais da caixa registradora. Muito obrigado e até a próxima! O som da sineta badalando no alto da porta é quase o mesmo das moedas que caem no seu bolso, onde ficarão guardadas, quietinhas, mas cheias de poder, reluzindo de possibilidades. Até que...

    Certa tarde, quando estava sozinho na loja, a porta se abre e dois garotos entram apressados. São os mesmos que costumavam assediá-lo sem motivo algum, apenas porque tinham vontade. Estavam somente esperando aquela oportunidade, o momento exato em que Sverre Hveding e o tio não estivessem. Assim como quase toda a cidade, haviam se recolhido para o almoço. Henry sente o coração palpitar acelerado no peito.

— Então é aqui que você se esconde — provoca um deles, aproximando-se do balcão. — Como conseguiu subir tão alto na vida, seu pigmeu?

O outro começa a soluçar de tanto rir e depois leva a mão espalmada aos lábios e imita um índio, igual aos que aparecem nos filmes.

Henry fica mudo. Tenta não deixar transparecer o ódio que está sentindo. O garoto mais velho pega um gancho que serve para pendurar as bicicletas em conserto e arremete na direção do balcão. Henry tenta se desviar, mas o primeiro o segura pelas mãos, o arrasta sobre o balcão e pressiona seu rosto contra a madeira.

— O que vocês estão fazendo? — diz Henry desesperado.

— Vamos ajudar o pigmeu a subir na vida — responde o garoto imediatamente atrás dele, terminando a frase ofegante à medida que vai puxando a corda que pende de uma polia no teto. Henry sente o repuxão no cós da calça, o frio do metal, as mãos revirando suas costas e, finalmente, a corda seca deslizando e lhe arranhando a pele.

Os garotos o largam e Henry pensa que está livre, mas é justo agora que içam a corda de vez. Ele sente o aperto da calça na virilha e vai subindo, girando em círculos, observando o balcão e a caixa registradora diminuírem de tamanho, até ficar pendendo no alto do teto.

— E agora, como é a vista aí de cima? — pergunta um deles. Henry não responde. Nega-se a lhes proporcionar esse prazer.

— Pode espernear aí em cima, anãozinho! Daqui a pouco alguém vai chegar para trocar suas fraldas! — avisa o outro, os olhos marejados de tanto rir, enquanto torna a prender a corda na parede. E então vão embora, os dois.

A campainha volta a soar e antes que a porta se feche o loirinho enfia a cabeça pela porta: — Obrigado! Até a próxima! — diz ele, e os dois se vão caminhando sobre o cascalho úmido.

Imóvel, em silêncio, Henry só consegue pensar em quanto tempo ficará ali até ser resgatado. E como explicará aquilo, como evitará que aquela presepada se transforme no assunto mais comentado em todas as casas de Levanger? Fodam-se, filhos da puta! Fodam-se essa perseguição e esse ódio! Será que nunca vai ter fim, pensa ele, contorcendo-se para tentar alcançar a corda, mas o movimento só piora as coisas, o atrito da corda lhe arranha as costas e ele começa a se apavorar, sente as lágrimas brotando dos olhos, mas se recusa a chorar. Esse prazer eu não vou dar a eles de jeito nenhum, pensa Henry, trincando os dentes, arregalando os olhos e respirando ofegante pelo nariz, esforçando-se para mandar aquelas lágrimas de volta ao lugar de onde vieram, porque a hora da vingança vai chegar. "Ah, se vai, seus filhos da puta!", ele pensa, e em sua imaginação fértil já começa a reconstituir a cena de outra maneira. Ele imagina os dois agressores entrando, tão desprezíveis quanto de fato eram na realidade, mas no seu devaneio a coisa toma um outro rumo. Assim que se aproximam do balcão, Henry infla o peito e os detém com um simples olhar.

— Que merda vocês estão fazendo aqui? — ele grita e percebe no ar a insegurança dos dois. — Se não vieram aqui comprar alguma coisa, podem dar o fora já — avisa ele. — Não venham aqui me encher o saco! Entendido?

Henry sorri para si mesmo e repara nos dois se entreolhando, atônitos, sem saber o que fazer agora que as coisas não correram conforme o plano, pois jamais esperavam uma reação daquelas. Um deles tenta agarrá-lo pelo colarinho, mas Henry é mais rápido e gira o corpo como num filme acelerado, dobra o braço e acerta o cotovelo bem no nariz do outro, num golpe tão violento quanto certeiro. De repente o valentão perde a pose e cambaleia para trás com as mãos no rosto, lacrimejando. É a vez do outro tentar esmurrá-lo, mas Henry se abaixa — não, ele não se abaixa! — ele apanha o cinzeiro sobre o balcão, um cinzeiro de cristal, lapidado, com saliências e protuberâncias afiadas, e com outro golpe certeiro atinge o agressor na lateral do rosto! A pancada foi tão forte que quebrou ossos, dentes e espalhou cinza e bitucas de cigarro por toda parte. Que sensação boa, puta merda! Como é bom ver aqueles dois levando o troco, ajoelhados no chão cuspindo dentes e sangue, sem esboçar reação.

Depois disso bastou saltar sobre o balcão, num salto elegante, e agarrar um, depois o outro, pelo colarinho da jaqueta e atirá-los para fora da loja como se fossem dois pirralhos.

O tempo e o espaço desaparecem enquanto vai repassando essas cenas na imaginação, repetidas vezes, com pequenas variações. O cós da calça o aperta em ambos os lados do corpo e a corda arranha a pele sob os braços e costas a cada movimento que faz. Quanto tempo mais ele ficará pendurado no teto até finalmente aquela porta se abrir de novo? Henry gira a cabeça e vê um homem idoso entrar na loja. Para sua sorte não é um cliente habitual, ninguém que encontre com frequência e vá lembrá-lo daquela humilhação.

— Deus do céu, o que aconteceu? — pergunta o homem que corre para trás do balcão e solta a corda.

— Foi só uma brincadeira — responde Henry com um sorriso forçado, explicando que foi uma peça que lhe pregaram uns amigos, que por sinal devem estar de volta a qualquer momento. Consegue convencer o homem, sem tirar o sorriso do rosto, e finalmente é descido ao chão. Depois, põe a corda de volta no lugar e vai atender o cliente, antes que mais alguém entre pela porta.

Em seguida, rouba um pouco mais de dinheiro da caixa, desta vez mais que das outras, pois está pensando em pedir ajuda a alguém, um sujeito que vende muambas e é capaz de conseguir qualquer coisa entre céu e terra — desde que seja muito bem pago.

Em pouco tempo o tio está de volta, pergunta a Henry como vão as coisas e vai para os fundos da loja fazer pedidos de mercadorias, ler jornais e fumar um cigarro.

Novos clientes chegam à procura de bolas, bombas e pesos, Henry desvia um pouco mais de dinheiro e enfia o apurado no bolso da calça. No final do expediente, pendura o avental no cabide, despede-se do tio e fecha a loja.

Horas depois, Henry adquire sua primeira pistola.

C do café onde Gerson encosta o carro a caminho de Trondheim, um café de beira de estrada no meio de um bosque de pinheiros. Na verdade, nem está com fome, mas já foram horas dirigindo e assim que avistou a placa ele se deu conta de que não tão cedo teriam outra oportunidade de descansar e fazer um lanche. A cabeça de Ellen pende lentamente para a frente quando pisa no freio, ela abre os olhos e olha para ele. Jannicke ainda está deitada com a cabeça no colo da mãe, de olhos fechados, os cachos escuros caindo sobre bochechas grandes e macias. Quem diria que essas duas seriam a minha vida, pensa ele. Quem diria que se casaria com Ellen. Nunca seria capaz de adivinhar se lhe perguntassem antes da guerra. Ela é mesmo muito bonita e vem de uma família abastada, uma família bem estruturada, dona da indústria de tabaco na rua Torggata, uma gente que tem uma frota de automóveis com motoristas, até costureiras e alfaiates eles têm. Ellen lhe contou da casa repleta de obras de arte, antiguidades e de um piano de cauda que costumava tocar diariamente até o dia em que precisaram fugir. Embora a maior parte dos bens tenha desaparecido durante a guerra, talvez seja possível recuperar alguns objetos, pensa ele. Além do quê, ninguém teve como escolher, pensa Gerson enquanto o cascalho estala sob os pneus do carro, porque não havia muitos campos de refugiados na Suécia e, para as meninas, qualquer opção além dos homens confinados ali estava fora de questão. Quem gostaria de namorar um refugiado norueguês, ainda mais sendo judeu? A mãe dele tinha a mesma opinião e mexeu os pauzinhos convidando a família de Ellen para um café, fazendo de tudo para os dois descobrirem algum assunto em comum. A irmã gêmea Grete já tinha um pretendente, mas Ellen estava solteira, eles acabaram se conhecendo melhor e se tornaram um casal.

A mãe não conseguiu esconder a decepção diante do pouco que sobrou para a família depois que a guerra terminou e todos puderam retornar à Noruega. Ele bem que se imaginou levando uma outra vida, acadêmica, pronto para assumir novas funções na universidade, recebendo um prêmio num concurso de matemática, mas a fantasia desapareceu num piscar de olhos, pois aquela é uma outra vida que não lhe cabe mais ter. Esta possibilidade a guerra também levou embora, mas ele não tem do que reclamar, não tem esse direito, porque, afinal, está vivo. Não embarcou no *Donau* para os campos de concentração nem foi encarcerado em Falstad como tantos outros. Está vivo, ileso, e leva uma vida que não é tão ruim assim.

— Onde estamos? — pergunta Ellen.

— Achei que podíamos fazer uma pausa para comer — responde Gerson, ainda com o rosto voltado para trás. Ellen põe a mão sobre o rosto de Jannicke e afasta os cabelos que caem sobre seus olhos.

— Bem pensado — diz ela e sorri animada, um sorriso tão belo, emoldurando aquele brilho no olhar, tão sincero que faz sua consciência pesar. Por um instante, Gerson pensa em contar a ela tudo sobre a casa para onde estão indo.

— Querida? — ele diz.

— Hmm? — murmura a esposa distraída, largando a mão de Gerson para levantar a pequena adormecida no colo.

— Aconteceu alguma coisa? — pergunta Ellen.

Gerson abana a cabeça e admira a filha deitada lá atrás, tão linda, tão inocente, tão pura.

— Agora é hora de acordar, meu tesouro — diz ela. A filha vai enchendo o peito de ar numa sequência de respirações curtas, como se estivesse submersa e acabasse de tirar a cabeça da água, sem fôlego, e com isso se perde a oportunidade de Gerson dizer mais alguma coisa.

D

D da delicada revoada dos pombos que sobrevoam o campo de Falstad e desenham uma onda que arrebenta em pleno céu.

D do descanso dos guardas do campo, que aproveitam a folga e bebem até cair. Você escuta as gargalhadas na cela onde está deitado e se recorda dos ruídos que escutava quando criança, deitado na cama enquanto os convidados na sala de estar terminavam de jantar e começavam a falar mais alto, mais animados. Os soldados alemães fazem o mesmo. Você até capta o sentido de uma ou outra anedota e chega a sorrir sozinho, quase involuntariamente, e depois se vira para o lado e tenta pegar no sono.

D de Dora, a base de submarinos que Hitler planejava construir no porto de Trondheim, um prédio de concreto que jamais foi concluído, mas abrigou o arquivo nacional logo depois da guerra por causa das paredes sólidas. Eu li sobre a história de Dora enquanto continuava a investigar a infância de Rinnan e procurava respostas para esse mistério familiar. Por que, afinal, você foi o escolhido? Apenas porque o acusaram de espalhar notícias da BBC ou haveria algo mais? Como eles descobriram?

D de desejo. D de dança. No bairro onde Henry mora, a cada final de semana são realizadas matinês nas quais os garotos mais convencidos aproveitavam para jogar um charme para suas pretendentes, sem se preocupar se serão correspondidos ou não. Como conseguem?, pensa Henry a cada vez, apartado desse convívio social, apenas observando de longe o ritual de conquista. Como conseguem parecer tão indiferentes, tão mundanos?

Henry não tem a lábia para se aproximar das meninas, mesmo assim consegue ser aceito no grupo pela única razão de que nenhum outro tem carteira de motorista. Mesmo se a tivessem, não teriam a quem pedir um carro emprestado para rodar por aí. Cabe a Henry fazer esse papel, apanhá-los em casa e os levar aos bailes, como faz neste sábado. Já é tarde e a festinha foi um sucesso. Os garotos no banco de trás não param de falar das suas conquistas, mas Henry não presta atenção. Ele afunda o pé e sente o carro acelerar pela estrada, tão rápido que o cascalho ricocheteia pelo acostamento.

A cada sexta-feira ou sábado o grupinho frequenta um bailinho diferente. Casas e pessoas passam pelas janelas e eles são um misto de felicidade, expectativa e camaradagem. Ainda que o destino seja diferente a cada vez, a atmosfera é a mesma. A luz e a música que escapam pela porta da frente são idênticas, uma mistura de vida, desejo e juventude. A maneira como os garotos se movem, com passos atabalhoados sobre a grama alta dos jardins, é a mesma em cada local, assim como é o mesmo o comportamento das meninas, sorridentes e sempre em grupo, aproveitando o verão para vestir roupas leves que não só ressaltam os quadris como deixam salientes os bicos dos seios. O desejo dos homens que passam o braço em volta de um desses quadris é o mesmo, a libido que os faz trazê-los para perto de si nunca muda.

Quanto ele não daria para ter um braço forte igual àquele, quanto não daria para que fosse sua aquela mão boba que acaricia as costas e corre os dedos pelo tecido do vestido? Quanto não estaria disposto a pagar para ser o dono daqueles olhos que fitam os olhos daquela garota encostada na parede? Ou ser aqueles lábios que ela permite que se aproximem e beijem os seus?

Porém não funciona. Não adianta nem passar pela porta. Afinal, que mulher gostaria de dançar com um nanico que ficará com o rosto enfiado no vão entre seus seios? Um tampinha diante do qual qualquer mulher sobressai como se fosse uma torre, morrendo de vergonha por estar uma cabeça mais alta que o parceiro? A baixa estatura o mantém excluído, faz com que ele se contente em estacionar em frente ao baile e nem desça do carro; quando lhe perguntam por que não desce, Henry dá o sorriso maroto de sempre e diz que já marcou um encontro com uma garota ali perto.

Os amigos entram na festa e Henry segue em frente.

Às vezes estaciona o carro no acostamento.

Às vezes fica rodando sem rumo.

Na sua imaginação, não é bem assim.

Na sua fantasia, ele arrasta os pneus num cavalo-de-pau ao estacionar o carro no pátio da fazenda, diante da casa pintada de branco, ao lado do celeiro vermelho, rente à sebe de framboeseiras. A luminária que pende do alto da parede atrai uma nuvem de insetos que giram em torno da lâmpada. Henry bate à porta e morde as pontas dos dedos das luvas de couro para tirá-las das mãos e enfiá-las no bolso do casaco antes que a porta se abra. A mulher que vem atender se parece com Greta Garbo, apesar de ser um pouco mais baixa.

Henry já viu todos os filmes da atriz sueca, várias vezes. Quando ninguém estava olhando, acariciou seu rosto no cartaz, o busto, a barriga, e desceu a mão até o sexo escondido na foto sob o vestido justo. Greta Garbo também veio do nada, de uma família pobre, mas veja só no que se tornou! Uma celebridade mundial, bem vestida, sempre elegante e sensual, como no filme Mata Hari, no qual faz o papel de uma espiã que seduz os homens dançando e lhes rouba informações, até finalmente ser emparedada e executada por um pelotão de fuzilamento. A cena é terrível e cruel, mas felizmente quem perde a vida é só a personagem, não a atriz. Então Greta Garbo reaparece mais tarde, em outros filmes, é claro, mas também nos seus devaneios, no rosto das mulheres que encontra pela frente. Na sua imaginação, quem sempre surge na porta para receber os garotos a quem ele serve de motorista é ela, uma sósia da própria Greta.

É ela a mulher solitária na casa remota que sorri provocativamente e lhe estende a mão, quente, macia e tentadora. Às vezes eles consumam o ato ali mesmo, no corredor de entrada, com ela ainda de salto alto e o vestido levantado acima dos quadris. Outras vezes ela o arrasta até o quarto e lhe desabotoa os botões da camisa. Ele passa as mãos suavemente sobre o sutiã, a observa despindo-se de peça atrás de peça, bem na sua frente, até ficar nua em pelo.

Seus devaneios são tão reais que às vezes ele é obrigado a enfiar a mão na cintura e se masturbar, solitário, de início lenta e atabalhoadamente, depois com mais força, mais rápido, imaginando uma mulher idêntica a Greta Garbo deitada na cama à sua frente, com os cabelos loiros longos esparramados sobre a fronha, ali mesmo, na escuridão da floresta, próximo ao carro, e ele a penetra e goza dentro dela, quente, úmida e inexistente, para imediatamente voltar à realidade, ainda sentindo os espasmos de calor brotando do seu corpo e ver o jato de esperma jorrando na escuridão e ficando preso aos galhos e folhas ao redor. Ele retorna do devaneio e se vê novamente no acostamento da estrada, no meio do mato, com as calças arriadas nos joelhos. Então esfrega as mãos nas folhas e no capim, procura um riacho onde possa lavar os resíduos secos que ficaram grudados na pele, traz as mãos ao nariz para ter certeza de que o cheiro se foi, as esfrega mais uma vez nas folhas, confere o relógio e precisa esperar um pouco mais.

Os outros ficam boquiabertos e morrem de inveja quando Henry lhes narra os encontros com mulheres mais velhas e experientes. As histórias que conta dirigindo de volta para casa são tão detalhadas e verossímeis que não há hipótese de não serem reais. Como nesta sexta-feira, em que foram até Namsos e ele ainda nem terminou de se vangloriar da sua última conquista. Os outros, empolgados, prestam atenção a tudo, sem esconder a inveja, eles que não se aventuraram além de uma dança ou, se tiveram muita sorte, beijaram alguém.

As touceiras de grama pelo acostamento brilham sob o facho dos faróis. Os garotos no banco de trás riem à toa, inebriados pelas experiências que acabaram de viver, e trocam confidências, gabam-se de dizer os nomes de algumas meninas, parecem unânimes em concordar sobre o tamanho exagerado dos seios de uma delas, e novamente caem na gargalhada. Eles se divertem tanto, qualquer coisa é motivo para diversão, menos para o sujeito que dirige o carro, para ele não há prazer algum em escutar aquelas conversas. Ao contrário! Os outros ficam ali falando de coisas que somente eles viveram, e o mantêm escanteado, como sempre, logo ele, de quem dependem totalmente para poder frequentar esses bailes. Ele é o único que tem acesso a um carro, e mesmo assim aquele bando de papagaios fica ali tagarelando sem a mínima consideração, sem incluí-lo na conversa, como se fosse um chofer particular a serviço deles!

Muito bem, eles vão ver só. Se tudo que me resta é dirigir, então vou me divertir do meu jeito, pensa Henry umedecendo os lábios com a língua. Ele segura firmemente o volante com as luvas que comprou com o próprio salário, luvas de couro com orifícios para acomodar as juntas dos dedos, iguais àquelas dos pilotos de corrida, bem justas, que o transformam em outra coisa cada vez que as calça. Ele agora se debruça sobre o volante e pisa fundo no acelerador. Ouve o motor rugir e os pistões tentando acompanhar o ritmo, pisa na embreagem e troca de marcha. Os galhos dos arbustos parecem voar sob o facho dos faróis e às vezes chegam a raspar a lataria da porta. Agora ninguém mais ri abobalhadamente no banco de trás. Olhe agora como o sorriso desapareceu dos rostos deles. Não é fácil dirigir na estrada de cascalho escorregadio, os buracos e lombadas causados pela chuva reverberam pela carroceria.

— Calma aí, Henry — diz um deles, logo aquele que gosta de ser o líder do grupo, o que costuma falar por todos e agora tenta segurar ambas as mãos no alto do banco. — Nós não estamos com pressa.

Henry sorri para ele no retrovisor e percebe a expressão assustada no olhar do garoto.

— O que foi? Está com medo? — pergunta Henry e pisa ainda mais fundo, o carro derrapa nas curvas, o arrasto da força centrífuga os espreme de lado, cada vez mais rápido.

O sujeito fica em silêncio. Os outros também se calam. Inclinam-se para trás e tentam se agarrar a algo.

O ponteiro do velocímetro sobe e um longo trecho de reta desponta à frente. É a chance de saber se este carro é rápido mesmo, imagina ele, engatando a última marcha. Algo reflete a luz dos faróis mais adiante. Dois olhos acesos, no meio da pista, talvez seja um gato, mas ele consegue ver o restante do animal. É uma lebre que resolveu parar bem no meio da estrada, um alvo peludo, um prêmio inesperado, como um ursinho de pelúcia que se ganha numa rifa.

— Que tal, pessoal?! Amanhã vamos comer ensopado de lebre! — diz ele, pisando no acelerador até encostar o pedal no assoalho.

— Henry! — grita o que está sentado no banco do carona e quase nunca abre a boca, mas Henry não lhe dá ouvidos, simplesmente se agarra ao volante nos breves dois segundos que dura este intervalo de excitação, medo e velocidade, enquanto o carro avança em disparada na direção do pobre animal apanhado de surpresa.

De repente, a lebre salta de lado e corre na direção dos arbustos, mas não podia fazer isso, não é possível, não tinha o direito, Henry acha, girando o volante para tentar atropelá-la, aquela lebre filha da puta não o fará de trouxa, de jeito nenhum escapará viva.

Tudo acontece rápido demais.

A lebre desaparece para longe do facho de luz.

Um dos garotos no banco de trás grita seu nome, alto.

O carro desliza pelo acostamento e capota. Um estrondo, uma pancada na lateral, e ele se vê espremido de bruços contra a porta. O carro parou inclinado sobre um rochedo. Há cacos de vidro espalhados sobre seu colo e uma enorme rachadura no para-brisa. Ouvem-se gemidos. Palavrões.

Henry pisca várias vezes, sente o peito doer devido ao impacto no volante. O braço no qual está apoiado, rente à porta do carro, está dormente, mas ele está vivo, está vivo, consegue mexer o outro braço e as pernas, ele pensa. Não foi nada grave, agora é só uma questão de manter a calma. Não deve pensar no que vai acontecer quando o tio souber do acidente, não é hora de pensar nisso agora ou tudo estará perdido, é melhor fingir que nada aconteceu. Ele vira a cabeça, olha para o amigo sentado ao lado, repara nos cacos de vidro nas dobras do casaco e o garoto protegendo o rosto com as mãos. Ele está sangrando.

— E agora? Vocês estão vivos aí atrás? — pergunta ele, cuidando para a voz não parecer trêmula, tentando se manter durão, mas não ouve nada além de gemidos de dor.

— Muito bem. Foi foda. Não vamos mais comer lebre amanhã — balbucia Henry abrindo o vidro da janela. Felizmente a porta não ficou emperrada, ele consegue descer o vidro da janela até o fim para que todos possam escapar. Depois dele passa o garoto que estava no banco do carona e está com o nariz coberto de sangue.

Henry fica em pé e sacode os cacos de vidro presos à calça. Os dois no banco de trás saem engatinhando do carro, um deles faz um esgar com a boca e segura o braço como se estivesse quebrado.

— Lebre de merda! — diz Henry. — Por que desviou do caminho? Justo quando eu estava para passar por cima dela?

Os outros olham para ele sem saber o que pensar.

— Não fiquem aí parados olhando! — esbraveja Henry. — Me ajudem a pôr essa merda na estrada, caralho!

Ele vai até a porta do motorista e apoia as mãos no vão da janela, os outros se alternam tentando empurrar o carro pela traseira. Há algo de servil no olhar deles, como se não ousassem fazer nada até Henry lhes dar o comando. Eles empurram quando Henry diz para empurrar, esperam quando Henry pede para esperar e se esforçam ao máximo quando Henry os comanda, e o carro finalmente vai se movendo ladeira acima até ser recolocado na estrada.

Todos retomam seus lugares em silêncio absoluto, e o motor arranca. Henry se vira para trás e eles olham atentos. Se alguém disser a Sverre Hveding o motivo do acidente, era uma vez o emprego e ele nunca mais terá como pedir o carro emprestado, o que significa também que voltará a ser escanteado pela turma.

— Escutem aqui, vou contar a vocês o que aconteceu — ele diz em voz baixa, assegurando-se de que todos estão prestando atenção. — Não teve lebre nenhuma. A porra da lebre NUNCA EXISTIU. Certo?

— O que você quer dizer...? — pergunta um, e Henry o repreende com um olhar severo, assim como fazem os heróis dos filmes que assiste quando estão no controle.

— Escutem direitinho aqui — diz ele. — Foi um outro carro que veio em nossa direção. Rápido demais. Tão rápido que não vimos nada, só o brilho dos faróis. Um idiota que nos tirou da pista e nem freou, nem quando nos viu capotar no acostamento. Foi isso que aconteceu... Está entendido?

Os outros se entreolham confusos, como se fosse algo difícil de compreender. — Está entendido, caralho? Quero saber! — repete Henry, agora mais alto, e todos assentem querendo dizer "Sim, Henry Oliver".

Ninguém ousa contradizê-lo. É incrível, ele pensa. Antes eram só risadas e diversão, mas aquela alegria cessa rapidamente e agora aqueles rostos são como crianças aterrorizadas diante do pai.

D de diáfano. O orvalho que se deposita no gramado diante do campo de prisioneiros transforma o chão num espelho sob a luz do sol.

D de doce como as uvas dos vinhedos alemães que você costumava admirar através da janela do trem, nas viagens que fazia com frequência para conhecer as novas coleções de roupas ou se reunir com atacadistas.

D de data e do drama na voz de Marie Komissar quando liga para Gerson, no dia 12 de janeiro de 1942, e, com a voz trêmula, diz as palavras que mudam tudo: — Levaram o seu pai!

E

E de execução.

E de eletricidade e do emblema da companhia *Elektrisk Bureau*, gravado em baquelite no telefone em que Gerson fala, numa cabana nos arredores de Trondheim, em janeiro de 1942.

Vestindo bermudas e um suéter de lã, ele está na sala de estar na companhia de um grupo de amigos. Todos são estudantes, nenhum é comprometido, e o clima é de animação. A fumaça dos cigarros se entranha nos anoraques suados e os olhares trocados parecem carregados de mensagens eróticas, ou pelo menos *era* assim até o telefone no corredor tocar e o amigo, proprietário da cabana, avisar a Gerson que ele precisa atender, a chamada urgente é para ele. Não podia ser verdade. Alguém querendo falar justo agora, numa cabana no alto das montanhas, interrompendo a diversão do grupo. De repente todos ficaram em silêncio, por que alguém precisava falar com ele com tanta urgência?

— Levaram o seu pai — sussurra a mãe pelo bocal do fone. O teor da mensagem parece não o alcançar direito, ele fica confuso e se limita a olhar para o telefone sem dizer palavra. Ao lado, enfileiradas no chão, estão as sapatilhas de esqui, com suas pontas pretas e achatadas como bicos de pato, algumas delas ainda com os cadarços cobertos por cristais de gelo que começam a derreter.

— Gerson, você está aí?

— Sim, estou aqui... Quando? — ele pergunta.

— Hoje de manhã. Ligaram e disseram que ele comparecesse ao interrogatório no Misjonshotellet...

— Do que está sendo acusado?

— Não sei... Jamais deveríamos ter voltado da Suécia! — responde a mãe, tentando abafar o choro.

A porta da frente da cabana se abre, é um amigo de Gerson trazendo um balde de neve para derreter. Seu sorriso murcha assim que percebe o clima na sala.

— Ele não pode fugir? — pergunta Gerson em voz baixa.

— Não, ele não quer, porque eu estou internada no hospital! E por causa de vocês — diz num fio de voz, e Gerson percebe que ela está aos prantos.

— Jacob já sabe?

— Sim, ele está fora de si. O pai falou com ele.

Ele ouve a mãe afastando o bocal para abafar o choro.

— Estou voltando agora mesmo — Gerson desliga e olha para os amigos, todos sérios, preocupados.

— O que aconteceu? — quer saber um amigo.

Gerson não largou o gancho do telefone. Uma onda de calor sobe pelo estômago, seu rosto cora.

— Os alemães levaram o meu pai.

— Por quê? — pergunta a garota de cabelos louros.

— Não sei... preciso voltar para casa. Desculpem.

Gerson enfia as roupas na mochila o mais rápido que pode, e repara como a expressão no semblante dos colegas passou da alegria e do riso para um misto de piedade, vergonha e embaraço. Percebe até um certo alívio por estar de saída. Ainda que sintam compaixão por ele, há sempre aqueles que o querem longe, já que sua presença evoca a tristeza e o problema que os motivou a viajar de férias para tentar espairecer. Eu devia saber, pensa Gerson, enquanto enfia o último suéter na mochila e amarra os sapatos. Todos já pressentiam o que estava para acontecer, mais cedo ou mais tarde, ele pensa, levanta-se para dar um abraço nas garotas, cumprimentar os amigos e agradecer pelo passeio. Um amigo o levará para casa e retornará para a cabana em seguida.

Gerson carrega a mochila e os esquis para o carro, permanece calado durante todo o percurso de volta para Trondheim, encosta a testa no vidro gelado da janela e pensa na fatídica decisão de voltar para a Noruega em 1940. Lembra dos que conseguiram fugir para a Suécia no dia em que a Noruega foi invadida: pegando o que pudessem, deixando para trás até os veículos, saindo às pressas para a estação e atravessando a fronteira a tempo, no último trem antes de os nazistas instituírem o controle de passageiros. O tempo passou e disseram que era seguro voltar. Que a situação dos judeus estava normalizada e qualquer um podia viver como antes, desde que não ousasse empinar a cabeça. Foi então que decidiram voltar para o apartamento em Trondheim e retomar a vida de antes. Todos, exceto Lillemor. Se ao menos tivessem ficado na Suécia com ela!

Gerson abre os olhos e olha em volta. A neve fresca cobre os campos e o sol rebrilha nos cristais de gelo. Uma lebre saltou pelo chão e deixou um rastro uniforme de pontinhos escuros, semelhante às costuras nos tecidos na loja, onde ele pede para desembarcar.

Através da vitrina, Gerson acompanha o vaivém dos soldados alemães na butique. A mãe teve alta do hospital, embora ainda não possa ficar em pé, e lhe dá um abraço apertado. Um dos homens uniformizados avisa que seu apartamento foi revistado e ele deve acompanhá-lo para ser interrogado. Ele é arrastado para dentro de um carro enquanto a mãe grita algo que não consegue ouvir. Para onde estão indo? Calcula que esteja sendo levado para uma cela, ou um campo de prisioneiros, enquanto o carro cruza o centro e estaciona num dos escritórios improvisados pela Gestapo. O Misjonshotellet.

Os soldados o arrastam porta adentro para um caos de prisioneiros noruegueses acomodados em camas de campanha, fortemente vigiados.

Logo atrás dos prisioneiros surge um jovem de calças de equitação e botas, um sujeito que abre caminho entre os soldados e se dirige diretamente aos comandantes. O homem lhe chama atenção pela baixa estatura, pelo olhar crispado e pela cabeça desproporcionalmente grande em relação ao corpo, mas principalmente por causa do sotaque. O sujeito fala um alemão macarrônico, com o sotaque característico da região de Trondheim. Ele é norueguês.

E da emoção que a turma de garotos busca se aventurando pelos pomares nos arredores de Levanger, saltando sobre cercas brancas imaculadas, passando por casas de janelas amarelas para enfim encontrar as macieiras mais carregadas de frutas. Rinnan é um dos líderes.

— Aqui — sussurra um e os outros apontam para o jardim onde desponta uma macieira enorme, tão carregada que os galhos quase arrastam no chão.

— Perfeito, eu fico de olho — responde Henry, sacando a arma do bolso e girando-a de um lado para outro. Os outros se aproximam para ver.

— Uma pistola? — pergunta um. — Você tem uma pistola? — outro repete. Os demais trocam olhares furtivos imaginando aonde ele quer chegar.

— Isso aqui parece com o quê? — desdenha Henry. — Pulem a cerca agora! — Os colegas fazem como ele diz, saltam desajeitados sobre a cerca, tentam não ficar presos pelos fundilhos das calças e somem no breu sob as copas das árvores.

Está tudo quieto, é agosto e os dias começam a ficar mais curtos, não se vê vivalma. Parece a cena de um filme. Pena que são um bando de garotos roubando apenas maçãs, Henry pensa ao longe, sentindo o calor da excitação lhe envolver o corpo. E se não estivéssemos neste fim de mundo que é Levanger, mas numa cidade grande dos Estados Unidos, como Nova York ou Chicago? Ninguém estaria assaltando um pomar no meio do nada, mas um banco federal. Seus rostos estariam ocultos atrás de máscaras ou capuzes que cobrissem tudo menos os olhos, e em voz baixa eles ordenariam aos empregados atrás do balcão que entregassem todo o dinheiro e mantivessem as mãos longe do alarme.

Henry divisa as silhuetas dos amigos sob as copas, tentando arrancar as maçãs dos galhos que teimam em não se desgarrar das frutas; as árvores farfalham. Então uma das janelas se abre e um homem entra em cena.

— O que vocês estão fazendo?! — grita ele, e num reflexo Henry aponta a pistola para o alto e puxa o gatilho. Duas vezes. Assusta-se com o coice da arma enquanto os estampidos ecoam pelas ruas. Os amigos também estremecem e deixam cair as maçãs, que saem rolando pelo chão. Henry pega uma maçã, se delicia com a emoção que o perigo lhe causa e sai em disparada, dobrando esquina atrás de esquina até ficar em segurança. Os outros se aproximam, ofegantes.

— Onde você conseguiu isso? — pergunta um deles, nervoso, apontando para a arma.

— O que te faz pensar que vou dizer? — rebate Henry e dá uma mordida na maçã, atraindo os olhares de todos enquanto esmaga a fruta entre os dentes. Um segundo passa. Mais um, e o amigo não retruca, obviamente não ousaria, e Henry sente o prazer que é perceber a hesitação e o medo naquele rosto, porque agora o olhar do amigo denuncia algo mais, uma forma de admiração ou respeito.

A autoconfiança de Henry cresce nas semanas que virão, faz com que ele enxergue a si mesmo de outra forma — e também aos outros. Não sabe explicar o porquê, é como se algo o tivesse tornado mais sedutor e confiante. Pouco tempo depois deste episódio, seu caminho se cruza com o de Klara, a mulher que, num átimo, muda o curso de tudo.

E de Ellen Komissar. Não falta muito, a família já percorre as ruas estreitas de Trondheim. Jannicke mais uma vez adormeceu em seu colo. O carro funciona como um berço mecânico, ela pensa, o balanço da viagem e o ronronar do motor atraem a atenção da menina de apenas dois anos, que adormece imediatamente. Ellen inclina a cabeça para o lado e admira as casas de madeira, estranhamente tortas e charmosas, como se fossem o cenário de uma peça de teatro ou casinhas de bonecas, e se entusiasma com a perspectiva de recomeçar do zero. A vida que levavam em Oslo não era tão ruim, mas agora eles podem tentar tudo de novo. Ela não vê a hora de entrar na loja e experimentar as roupas importadas, como lhe prometeu Marie. Quem sabe isso a ajude a se transformar, ser mais segura de si, igual àquelas mulheres que passeiam pelas ruas vestindo roupas francesas, alemãs, italianas. Voltando a atenção para o caminho, ela reclina-se no assento e confere para onde estão indo, sente a cabeça da filha apertando-lhe a barriga e aponta para uma viela na lateral.

— É entrando aqui, não é? — pergunta.

Gerson está nitidamente incomodado, segura o volante com força e não pisca nem desvia os olhos da rua.

— É aqui? — pergunta, irritado, quase errando a entrada, como sempre faz, pensa Ellen. É tão típico dele achar que ela não sabe das coisas, que não pode dar uma sugestão.

— Sim, é aqui, olhe! Nordregate. É essa a rua! — diz ela.

Gerson deixa escapar um palavrão, está suando em bicas, tenta mudar a marcha pois um carro surge no retrovisor, mas faz o movimento rápido demais e não consegue engatar a alavanca direito. O guincho alto e rascante da caixa de marchas desperta Jannicke, que começa a chorar assustada, como se tivesse captado a tensão dentro do carro.

Gerson segura a alavanca novamente, puxa com força e engata a ré. Vira-se para trás, olhando além da cabeça de Ellen, começa a reverter, mas muito rápido, o outro carro está logo ali, pensa ela, virando o rosto.

— Gerson! — grita Ellen ao ver o carro se aproximando, o olhar incrédulo do outro motorista, mas

Gerson consegue engatar novamente a primeira e entra na rua lateral.

Dentro do carro o silêncio voltou, Ellen fita Jannicke nos olhos e segura sua mão, tenta acalmá-la com um sorriso.

Gerson estaciona bem em frente à Paris-Viena. A loja, localizada bem na esquina, tem amplas vitrinas panorâmicas voltadas para a rua. Ellen segura Jannicke no colo e aponta.

— Olhe ali — diz. — É a butique da vovó! Vamos entrar e dar uma olhadinha nuns vestidos? — diz ela. Jannicke arregala os olhos e passa os braços em volta do seu pescoço.

Ellen abre a porta do carro, observa Gerson tirar o isqueiro do painel e acender um cigarro, e então os três vão na direção da butique. De repente as portas se abrem e Marie surge com um chapéu de aba larga envolto numa fita de seda, uma blusa de babados com pregas na cintura e uma saia preta bem justa, erguendo a mão num aceno elegante. Há sempre um quê aristocrático nela que beira a perfeição, pensa Ellen, sacudindo o pó da própria blusa.

— Bem-vindos a Trondheim! — diz ela abraçando Ellen e virando-se para Jannicke. — Olha quem está aqui, a minha menininha! — diz, mas Jannicke simplesmente vira o rosto de lado, o bastante para Marie desistir de fazer contato e voltar a atenção para Ellen.

— E então, como foram de viagem? — ela pergunta, girando nos calcanhares e abrindo a porta sem esperar a resposta. — Que bom que estão aqui!

Ellen olha para Gerson e abana a cabeça levemente, mas ele não parece captar o sentido do gesto. Já está acostumado aos modos da mãe. Eles entram na butique e Ellen decide ignorar tudo, tanto o cansaço da viagem quanto a falta de interesse da sogra, pois a loja é realmente fantástica. Passa a admirar os tecidos nas estantes e as roupas penduradas nos cabides. Sente a textura da seda, do chiffon, da lã. Os botões perolizados, lindos, parecem saídos de uma arca de tesouro. Finalmente Gerson tem um emprego decente, com renda fixa, vai valer a pena ter mudado de Oslo e ficar distante dos pais e da irmã gêmea, Grete. As duas sempre viveram sob o mesmo teto, fizeram as mesmas coisas e compartilharam tudo. De agora em diante, cada uma irá viver numa cidade diferente, elas que nunca se separaram por mais que algumas horas.

— Olhem aqui — diz Marie pousando uma garrafa de vinho do porto e três cálices em cima do balcão. — Precisamos comemorar — diz ela.

— Obrigado, mãe — diz Gerson segurando o cálice e olhando para Ellen, como se pedisse permissão para tomar um gole. Ela também aceita. Os três brindam e ela beberica o vinho, sente o álcool aquecendo o corpo instantaneamente e precisa pôr Jannicke no chão, a menina travessa que já não queria mais ficar nos braços da mãe.

— Quem diria que estamos aqui — diz Ellen. — Com trabalho, filha e uma casa — diz ela, percebendo uma reação estranha em Gerson, seus olhos piscam rápido e ele passa a língua para umedecer os lábios ressecados.

— Sim, temos sorte — diz ele afetando indiferença.

— Têm mesmo — diz Marie largando o cálice no balcão com tanta força que o vidro chega a estalar. — Naturalmente o fato de que não havia muita gente interessada ajudou bastante... considerando a história daquela casa.

Ellen olha confusa para Gerson. Considerando a história daquela casa?

— O lado bom é que o preço foi realmente excelente — diz ela.

— Como assim? — pergunta Ellen.

Agora é Marie quem olha confusa para Gerson.

— Mas... você não disse nada? — pergunta ela.

— Nada sobre o quê? — Ellen parece aflita.

— Sobre a história da casa?

Jannicke engatinha pelo chão na direção de um cabideiro cheio de vestidos, mas Ellen se adianta e a pega novamente no colo.

— Qual é história da casa? — pergunta ela a Gerson, que está girando a haste entre os dedos e não desvia o olhar do cálice.

— Sim, por isso que conseguimos pagar tão pouco — diz ele.

— Por quê? — pergunta Ellen. — A casa não está em boas condições? Aconteceu alguma coisa?

— A casa foi o quartel-general do Henry Rinnan durante a guerra — explica Marie.

Ellen sente um calafrio que deixa eriçados os pelos dos braços, mas precisa conter Jannicke, que tenta se desvencilhar para voltar para o chão e continuar explorando o terreno.

— Henry Rinnan? — pergunta ela. — Foi isso que vocês aprontaram? Nós vamos... morar na casa da Gangue do Rinnan?

— Mas minha querida — diz Marie com um sorriso complacente no rosto. — Quanto você acha que custa um casarão ajardinado como aquele, no alto de Singsaker?

E de estranhamento. Durante dias, caixas com roupas e utensílios de cozinha ficam empilhadas pelas paredes dentro da casa, como se os objetos precisassem se ambientar primeiro para só então sair rastejando e encontrar seu devido lugar, sozinhos.

E da esperança que o trabalho forçado lhe rouba, um pouco a cada dia, até você começar a pensar que tanto faz, que não adianta resistir, que o melhor seria desaparecer. Deitar-se no chão, encostar o rosto na grama, sentir o cheiro da terra. Ficar ali imóvel, relaxar todos os músculos, fechar os olhos e não dar ouvidos aos gritos dos guardas. Não se importar com o chute nas costelas nem com os outros presos se apressando em levantá-lo. Apenas continuar ali deitado, afundar na terra, unir-se a ela, reconhecer que a morte não é algo de que possamos escapar, ao contrário, é bem-vinda e deve ser recebida de braços abertos, pois é a maneira mais rápida e garantida de escapar do campo de prisioneiros.

F

F de forte.

F de frágil.

F de frio.

F de ferro.

F de fantasmas, da fuga que nunca acontece. F de falta.

F do fascismo que perdura até os nossos dias, da fatalidade que se repete e se alastra pela civilização como um tumor em metástase.

F de Falstad. É em meados de um outubro surpreendentemente ameno a manhã em que tomo um táxi da estação de trem a uma hora do centro de Trondheim. Em ambos os lados da estradinha rural, veem-se as lavouras entrecortadas por travessas, como se um gigante tivesse picotado o terreno com uma tesoura.

Finalmente estacionamos diante de uma placa marrom com o símbolo internacional de local de interesse, um quadrado de cantos circulares, a exemplo da própria história, que dá voltas em torno de si e repete os mesmos padrões, os mesmos motivos. Amor, cobiça, poder, ódio. Riso, alegria, horror, raiva. Paixão, desejo, doença e parto.

É sempre assim.

O prédio de apenas dois pavimentos é inteiro cercado por um muro amarelo, exceto no vão abobadado do portão, de onde se ergue uma torre com um campanário. É um belo edifício, originalmente projetado para servir de escola especial para deficientes mentais, bem afastado da cidade mais próxima.

No átrio entre as paredes fica uma bétula cujas folhas estão amareladas, muitas delas já espalhadas pelo chão.

A mesma árvore estava ali naquela manhã de outubro, quando você foi arrastado pelo portão e conduzido para a charneca no meio do bosque.

Ao mesmo tempo que ressecavam a casca, os raios de sol iluminavam as folhas douradas que cintilavam cobertas pelo orvalho, enquanto a sombra projetada pelo tronco movia-se no chão como o ponteiro de um relógio, até a escuridão cair e engolir tudo em volta.

Horas depois, uma coluna de novos prisioneiros adentrou marchando o portão, alguns com o olhar fixo à frente para não provocar os guardas, outros espiando de esguelha para saber onde exatamente haviam chegado. Um deles era Julius Paltiel, um jovem que mais tarde se casaria com alguém da família Komissar, depois que Jacob e Vera se divorciaram. Julius Paltiel relata um episódio ocorrido naquele pátio sob a bétula num dos livros que ele e Vera Komissar escreveram. Era outubro de 1942, logo depois que você foi morto. Julius estava no pátio com vários outros prisioneiros quando um dos soldados alemães ordenou que recolhessem as folhas do chão.

— Onde estão os rastelos? — quis saber um prisioneiro. Os soldados alemães começaram a rir e os obrigaram a ficar de quatro e apanhar a ramagem com a boca.

Julius Paltiel rastejou pelo chão do pátio, enfiou o rosto na pilha de folhas e sentiu na boca o gosto pungente da matéria orgânica em decomposição. Cabisbaixos, com o rosto voltado para o chão, os prisioneiros abaixavam a cabeça, mordiam as folhas empilhadas e as deixavam cair noutro lugar. Depois voltavam e repetiam o processo.

Julius Paltiel sobreviveu ao cativeiro em Falstad, foi levado para Oslo e embarcado num dos trens rumo aos campos de concentração.

Sobreviveu à viagem de trem que atravessou a Europa.

Sobreviveu a três anos em Auschwitz e à marcha da morte que atravessou a República Tcheca rumo a Buchenwald. Ele e uns poucos outros se esconderam enquanto os judeus eram fuzilados, sobreviveram à frustração de não terem sido libertados imediatamente junto com os demais prisioneiros, em março de 1945, e tiveram que esperar até maio para que as forças norte-americanas os resgatassem.

Eu o conheci pouco mais de cinquenta anos depois disso, num jantar na casa de Gerson, e o que mais me chamou a atenção foi a compostura deste homem, um dos únicos a retornar com vida dos campos de concentração e da marcha da morte. Não era alguém amargurado e derrotado, que amaldiçoava a vida por ter passado o que passou, ao contrário: era um homem de extraordinária mansidão em tudo que dizia e fazia.

Julius Paltiel era tranquilo e discreto, falava baixo e tinha as mangas da camisa dobradas, deixando à mostra a tatuagem do número de prisioneiro em Auschwitz, e mesmo assim parecia ter uma aura em volta de si.

Enquanto estou no andar de cima do prédio em Falstad, observando pela janela a bétula no pátio, a imagem daquele rosto me vem à mente. Ainda enxergo nele a expressão de bondade de quem foi destituído de tudo e passou pelas piores provações sem perder o traço de humanidade. O que faz algumas pessoas se fortalecerem diante da adversidade e do mal, enquanto outros vergam, sucumbem, prostram-se e se deixam destruir?

Teria algo a ver com a bagagem que se traz do passado? As experiências vividas na primeira infância? Estaria o sentimento de ser amado oculto nos recônditos mais profundos da personalidade humana, onde também se escondem a frieza e a indiferença? O que dizer dos irmãos e irmãs de Rinnan, por exemplo? Apenas dois ficaram a seu lado.

Henry Rinnan deve ter revelado tudo aos irmãos num passeio de carro, explicado que fora recrutado como espião pelos nazistas. Mas, quando quis recrutá-lo, seu irmão lhe pediu que parasse o carro ali mesmo, no meio da estrada, e voltou a pé para casa, em Levanger.

O homem que me guiou pela visita em Falstad saiu do escritório com a chave do carro na mão querendo saber se já era hora de visitar os monumentos erguidos em memória dos prisioneiros fuzilados. Eu o acompanho pela estrada carroçável no coração da floresta e chegamos às lápides, pedras em forma de pirâmide que despontam da urze e são identificadas com algarismos romanos. Fico sozinho caminhando pela mata de pinheiros, onde galhos ressecados projetam-se dramaticamente dos troncos. Uma grande pedra em forma de concha jaz no chão, inscrita com os nomes de todos os mortos. Mesmo coberto por folhas, eu encontro seu nome quase imediatamente, passo o dedo sobre ele, fecho os olhos e tento imaginar aquela manhã, tanto tempo atrás. Você estava ali próximo, talvez no meio daquelas mesmas árvores. Meu guia em Falstad aponta para a pedrinha em formato de pirâmide assentada no mesmo local onde você foi sepultado pela primeira vez. Eu tiro fotos, nós quase não trocamos palavras. Retorno ao carro, agradeço a ele e sigo viagem.

O próximo compromisso é com o proprietário da casa que Henry Rinnan usou como base, no número 46 da Jonsvannsveien. O Mosteiro da Gangue, que enfim conhecerei por dentro.

F de Flesch, que soa como se alguém dissesse carne (*flesh*) em inglês, mas é o sobrenome do novo chefe da segurança da Noruega meridional. Você cruzou com esse burocrata nazista várias vezes no cativeiro em Falstad e reparou como os soldados sempre ficavam tensos na presença de Gerhard Flesch, transformando-se em versões ainda mais cruéis e tiranas de si mesmos, temendo o que o oficial faria com eles se demonstrassem algum sinal de fraqueza ou compaixão. É um homem de aparência banal, de um funcionário de repartição, cabelos ralos e olhos claros e dóceis que não condizem com seus atos: chutes e socos sem motivo aparente e execuções repentinas, a mais recente delas na manhã anterior ao dia em que o assassinaram.

F de felicidade porque faz tempo bom. F das frutas nas árvores na Jonsvannsveien, árvores antigas cujos galhos se estendem sobre as cercas, as folhas verdes e flores brancas que Ellen sabe que murcharão em poucos dias.

— Olhe aqui! — diz Gerson animado. — Está cheio de macieiras e ameixeiras! Não acha que pode ser bom assim? — diz ele apontando para a filha que carrega nos ombros, mas a pergunta retórica é na verdade dirigida a ela, pensa Ellen, e assente com a cabeça, responde que sim, será ótimo, com certeza, pois o jardim é maravilhoso. Grande, cheio de árvores frutíferas e groselheiras, nada comparável ao que tinham em Oslo. Além disso, terão à disposição um casarão inteiro, no alto de uma colina de um bairro nobre. Uma construção nada alta, mas de aspecto distinto, pois a casa tem um mezanino, ao estilo de um bangalô, e forma um L em volta do jardim, onde há uma mesa comprida decorada com vasos de flores. Próximo ao telhado está a janela abobadada que ela reconhece das fotos que Gerson recebeu da mãe, a mesma janela que viu nas fotos do julgamento de Rinnan, mas agora não é hora de pensar nisso, não é o momento de lidar com isso, Ellen repete mentalmente e volta a atenção para a filha. Percebe como ela está feliz sentada nos ombros do pai. Seu rosto se abrindo num sorriso quando olha para o jardim, seu rostinho rechonchudo, o indicador da mãozinha apontando e ela dizendo: — *Árvore!*

Ellen repara nas janelas do porão, sente os pensamentos se rebelando como cães latindo diante de um desconhecido, mas não lhes dá atenção, tenta se concentrar na filha.

— Sim, nós vamos ser muito felizes aqui — diz Ellen com um sorriso enquanto levanta o polegar da pequena, sente o toque macio da mão de Jannicke e olha para Gerson. Eles são tão privilegiados. É nisso que ela tem que pensar agora. Nada mais.

Não tem que relembrar a história da casa, Gerson está coberto de razão. Aquele lugar já abrigou durante dois anos uma creche, os horrores que foram perpetrados sob aquele teto já devem ter sido expiados de alguma forma, e agora a casa pode renascer como lar de uma família. Em vez de imaginar o arame farpado em torno da propriedade e os prisioneiros sendo levados à força para serem interrogados ali, ela deve se concentrar na outra história. Imaginar as criancinhas correndo pelo jardim, escalando as escadas degrau por degrau, suas perninhas gordas e cabelos encaracolados emoldurando seus rostinhos angelicais. É nisso que deve manter o foco. A única coisa que precisa ter em mente é que eles são felizardos, afinal — e é verdade. Ela tem um ótimo marido, está se mudando para uma casa grande, a família conseguiu sobreviver à guerra sem maiores privações, diferentemente da maioria das famílias judaicas que conhece, das quais tudo que restou foram os apartamentos vazios. Gerações inteiras foram exterminadas, reduzidas a nomes que são mencionados na sinagoga, ou eventualmente quando esbarra num amigo em comum. Falando nisso, o que aconteceu com fulano e beltrano? Quantos conseguiram escapar, é a pergunta que não cala, e o interlocutor não consegue disfarçar o constrangimento, talvez piscando os olhos, talvez sentindo uma comichão repentina no braço, até que a resposta fique evidente. Todos se foram para sempre. Sobretudo não se deve perguntar que fim levaram as crianças, Ellen aprendeu, nunca se deve querer saber o paradeiro das crianças, de dois, quatro ou sete anos, pois já não estão mais entre nós.

  Ela teve sorte, eles tiveram sorte, escaparam, não foram mortos, como foram o pai de Gerson e o irmão de Marie. Embora a guerra os tenha arruinado do ponto de vista financeiro, ainda conseguiram adquirir esta imponente e sólida casa numa excelente área residencial em Trondheim. Eles têm sorte, repete Ellen para si mesma, várias vezes. Mesmo assim, sem conseguir se libertar do pressentimento de que algo está errado, um mal-estar sobe pela espinha e lhe dá calafrios assim que ela põe os pés no jardim. Sabia que eles torturaram centenas de pessoas ali dentro?

Assim que Gerson a pôs no chão, Jannicke saiu correndo para fazer o reconhecimento do jardim, como um cachorrinho que farejasse cada canto do lugar. Ela passa as mãos pelas barras que podem futuramente servir de apoio para um balanço. Examina os canteiros de flores e hortaliças e as árvores que poderá escalar.

Gerson tira as chaves do bolso. A casa deve estar vazia, os inquilinos antigos — a família Tambs Lyche — já viajaram para Oslo e Marie se encarregou de tudo. Agora a residência pertence a eles, o plano de construírem uma outra casa em Oslo foi descartado.

Aqui. É aqui que irão morar. Vai dar tudo certo, imagina Ellen, deslizando a mão em volta do braço de Gerson. Que homem maravilhoso. Olhos castanhos, cabelos encaracolados da mesma cor, pele bronzeada. Ao mesmo tempo inteligente e atencioso, pensa ela, apoiando a cabeça nos seus ombros. Vai dar tudo certo, repete para si mesma e outra vez desvia o olhar das janelas do porão, protegidas por grades de metal de onde pendem pequenos elos, como se fossem algemas.

F de Ford.

F de fábrica.

F de fanatismo.

F de família.

F de fugaz. Quando Marie e Jacob vêm visitá-lo em Falstad nesta primavera, como fazem familiares de vários outros detentos, você sente alegria e alívio ao vê-los, os dois, mas outro sentimento também aflora e ensombrece aquele momento, que quer abreviar. A vergonha de ser visto num uniforme de presidiário, roto, imundo, mesmo que por um breve instante. Você resiste em enfiar as mãos pelos vãos das barras de metal e sentir na pele aquele carinho, pois não reconhece a si mesmo, e, pela maneira como o encaram, constata que até eles já não o reconhecem tampouco.

F da fome que grassava pelo interior da Noruega na década de 1920. Enquanto algumas biografias evidenciam a pobreza da família de Henry Rinnan, como faz Per Hansson em *Hvem var Henry Rinnan* [Quem foi Henry Rinnan], outros autores contestam este dado e afirmam o oposto: que obviamente as décadas de 1920 e 1930 foram tempos difíceis, mas a família de Rinnan não vivia em condições piores que a maioria, ao contrário. Eram pobres e tinham vários filhos, mas moravam numa casa central e o pai tocava o próprio negócio. O tio administrava uma loja de esportes, vendia automóveis e abriu seu próprio posto de gasolina. Os avós de Henry tinham uma fazenda nos arredores da cidade e, como apontam alguns, seus pais sempre poderiam recorrer a eles para obter carne e vegetais caso faltasse comida em casa. Nada indica que Henry Oliver Rinnan tenha passado mais necessidades que a maioria.

O episódio das botas femininas, mencionado pela professora de Rinnan numa entrevista, pode ser apenas o desdobramento de uma decisão equivocada, tomada de supetão numa manhã caótica, por pais com filhos pequenos. Quantos pais já não se viram em condições semelhantes e descobriram de última hora que as luvas ou botas dos filhos foram esquecidas no fundo de uma mochila no dia anterior e estão encharcadas? Como improvisar e proteger do frio os pés e mãos das crianças? Calçando luvas de um tamanho maior, ou talvez apenas dizendo à criança para não tirar a mão do casaco quando estiver lá fora, para não congelar?

F de ferro e ferramentas. Os diversos tipos de porcas, parafusos e chaves com os quais Henry começa a se familiarizar debruçado sobre o capô do carro, sem tirar os pés da oficina, fascinado com o motor daquele Ford, com a maneira como as peças se encaixam e funcionam em conjunto, orgulhoso de um sentimento que só aumenta a cada vez que o tio lhe sorri.

— Está indo muito bem, garoto! — é só o que ouve quando chega com as mãos e o rosto sujos de graxa, e ele sabe que é verdade. Aquela é uma arte que ele já domina.

G

G de Granada, na Espanha. No ano 1066, a cidade encravada no alto das montanhas estava a vários dias de caminhada desde o litoral. Em Granada ocorreu um dos primeiros pogroms conhecidos após a perseguição aos judeus pelo Império Romano. Naquele ano, cerca de quatro mil judeus foram perseguidos e passados na espada pelos mouros, inaugurando um novo capítulo numa história de terror.

G dos golpes de enxada e facão que lhe enchem as mãos de calos entre o polegar e o indicador, depois de tanto escavar a terra da floresta em Falstad, bolhas arroxeadas que depois de alguns dias racham e deixam um pedaço de pele morta cobrindo a carne lacerada.

G dos guardas, uns poucos que têm alguma piedade e fazem vista grossa às cartas e à comida que as famílias contrabandeiam para o campo de prisioneiros. Assim como crianças que desenvolvem um sexto sentido e sabem com quais adultos podem ou não brincar, quais deles são mais ou menos rigorosos, você aprendeu a interpretar as diferenças imperceptíveis no tom de voz e no gestual dos guardas. É capaz de reconhecer quais deles estão ali por convicção e escolha próprias e quais estão apenas cumprindo um papel, mecanicamente, envergando um uniforme militar que poderia muito bem ser substituído por um jaleco de médico ou pela batina de um padre. Um destes exemplos você soube apenas de ouvir falar, pela boca de outro prisioneiro, que lhe contou com um sorriso no rosto o que aconteceu com um pacote que lhe enviaram de uma fazenda próxima, assim que terminou o dia de trabalho forçado. Uma garrafa de leite e um pedaço de presunto que deixou cair no chão. O guarda limitou-se a dar um sorriso e desviar o rosto por alguns segundos, tempo suficiente para o homem se abaixar e esconder o pacote novamente.

G de Grete: — Do que eu lembro? Lembro do jardim, onde havia umas barras onde eu brincava. Jannicke e eu dividíamos o quarto próximo à cozinha. Me lembro do quarto com a janela em formato de arco no andar superior, onde mamãe costumava se recolher quando estava com enxaqueca. Tínhamos que ficar quietas, éramos proibidas de entrar. Lembro que Jannicke e eu tínhamos um clube secreto no sótão, onde Jannicke encontrou algo do tempo da guerra, mas isso acho melhor ela mesma contar. Lembro que encenávamos peças de teatro no porão, e de ficar no alto da escada recolhendo os ingressos. Fora isso não lembro de muita coisa, mas para mim não há dúvidas: aquela casa simplesmente acabou com a vida da minha mãe.

G do granito das lápides no cemitério judeu de Sofienberg, em Oslo, perto de onde Rikke morava quando nos conhecemos. O cemitério original foi transformado num parque onde os vivos podem relaxar e aproveitar os dias de sol, passear com carrinhos de bebê ou pular corda entre as árvores, provavelmente alheios aos esqueletos logo abaixo de onde pisam. A única parte que restou do pequeno cemitério judeu é um pedacinho na esquina do parque. Já era do meu conhecimento que as lápides judaicas não devem ser removidas, justamente para que os nomes não sejam apagados, foi Rikke quem me ensinou quando visitamos o cemitério judeu de Praga, uma verdadeira selva de rochas cinzentas e negras onde estão gravados os nomes. Há corpos ali que foram sepultados séculos atrás. O cemitério de Sofienberg era consideravelmente menor e bem mais recente, mas Rikke reconheceu vários nomes das lápides, e certa vez me disse que ao passar pelo cemitério sempre lhe vinha à mente a saga da própria família, pois ali estavam sepultadas pessoas das quais sempre ouvia falar nas conversas em casa. Lá estavam os Dworski e os Klein, nomes que às vezes eram mencionados nos jantares na casa do avô Gerson, ou em livros sobre judeus noruegueses. Na manhã em que passamos ao lado das sepulturas, há quase vinte anos, vimos muitas lápides derrubadas — de propósito, sem dúvida. Rikke ficou indignada e quis colocá-las de volta imediatamente. Eu a acompanhei, convencido de que estava fazendo algo proibido, e me lembro de olhar em volta, apreensivo, antes de tentar levantar uma das pedras. Seguramos, cada um de um lado, sentimos a aspereza da pedra arranhando as mãos, tentamos erguê-la com toda a força que tínhamos, mas a lápide era pesada demais e fomos obrigados a deixá-la ali mesmo, com a face voltada para o chão.

G de Gestapo, de genocídio, de Gerson. Todos aqueles que serão assassinados precisam antes ser destituídos da sua humanidade. Suas roupas, o modo como se vestem, não podem mais existir. É preciso dar cabo das jaquetas de veludo azul e camisas listradas com botões brancos. É preciso eliminar os relógios e os sapatos de couro. Destruir vestidos de verão de tecido e blusas florais, colares de pérolas e anéis brilhantes.

Há também os cabelos. Franjas encobrindo os olhos que balançam com um leve movimento de cabeça. Tranças compridas, rabos de cavalo e cabelos crespos grudados na nuca como carrapicho. Barbas enceradas que se mantêm rígidas no rosto, e também aquela barba sedosa que envolve o queixo e às vezes acumula migalhas de pão ou um pouco do molho, e chama a atenção da esposa que se inclina sobre a mesa e vem limpá-la com o guardanapo.

Tudo que faça referência à personalidade deve ser extirpado para impedir que os carrascos se reconheçam no rosto das vítimas. É a distância regulamentar necessária. Do contrário, a etapa seguinte se torna impossível, seria como atacar a própria imagem no espelho.

Uma vez concluída essa transformação, pode-se começar a arrebanhar os prisioneiros, classificá-los e matá-los. Impiedosamente, obedecendo a uma lógica inflexível, é que se implementam as medidas necessárias para erradicar as pragas que se acumulam nas cidades e disseminam doenças, sujeira e inquietação.

O espírito do tempo na Trondheim da década de 1930 vai corroendo a humanidade de Gerson e, no início da guerra, ele já não pertence mais a uma série de categorias. Não é mais norueguês. Não é mais estudante. Por mais que seja nativo no dialeto de Trøndelag, não é mais um *trønder*, um local. Não é mais baterista, não é mais um aficionado por jazz, universitário, galanteador, matemático, filho nem irmão. Ele é um judeu, e como tal inspira desconfiança. O mesmo vale para seu irmão, Jacob, e para sua mãe, Marie. O apartamento onde moram é revistado. Os soldados encontram fotografias de garotas arianas na sua escrivaninha. Gerson é convocado para depor e confrontado com as imagens. Recebe a ordem de se manter longe das norueguesas se não quiser ter o mesmo fim do pai, em Falstad. Em seguida é liberado.

O mais razoável agora, eles concordam, é viajar para Oslo e tentar reconstruir a vida na capital, mas logo fica evidente que ele não poderá continuar os estudos, pois os bens da família foram arrestados pelas autoridades.

Ele procura um amigo do pai e consegue um emprego como contador. Os demais envolvidos no caso das notícias da BBC são executados, entre eles o irmão de Marie. O tempo passa, o apartamento onde moram também é confiscado e Jacob se vê obrigado a morar com outra família judaica, enquanto Marie vai para uma pensão. Não demorará para Jacob ouvir rumores de que estão sendo vigiados, e os dois também decidem se mudar para a capital. Chega a primavera. Chega o verão. Estamos em 1942 e Gerson recebe notícias desencontradas do seu paradeiro. Sem aviso prévio, você foi enviado ao extremo norte da Noruega para servir como intérprete de prisioneiros russos durante a construção de barreiras de contenção de neve ao longo das estradas.

Num folheto de folhas A4 datilografadas, Gerson escreve sobre a infância e a súbita mudança na vida que tinham. O dia em que as coisas viraram de cabeça para baixo:

Na primavera de 1942, as coisas estavam relativamente tranquilas. Por enquanto, o número de judeus presos é modesto, mas a sinagoga de Trondheim foi invadida, profanada pelos alemães e transformada em dormitório. Uma série de episódios leva a crer que as autoridades alemãs em Trondheim estão adotando ações mais sistemáticas. [...]

Então, no dia 8 de outubro veio o choque.

Em 8 de outubro de 1942, o jornal não está mais na soleira da porta do dormitório de Gerson como costumava estar. Ele se veste e escuta a proprietária da residência chorando na cozinha. Abre a porta e a vê de pé junto da mesa segurando o jornal do dia, com uma expressão desoladora no olhar.

A manchete diz que você foi executado em Falstad no dia anterior, junto com nove outros. Que você é um dos dez fuzilados por ações de sabotagem e por colaborar com o movimento de resistência, que nos últimos dias detonou explosivos em ferrovias e comprometeu o fornecimento de minérios para a indústria bélica alemã. O jornal diz que foram "vítimas de retaliação".

Ao mesmo tempo, a cidade está sob lei marcial. A proprietária apoia a mão no ombro de Gerson, ele sente os olhos arderem, o estômago revirar e uma estranha dormência se espalhar pelo corpo. Terá que sair do país novamente. Ele, o irmão e a mãe precisam fugir, o mais rápido possível. Gerson faz as malas e telefona para Jacob com as mãos trêmulas. Pede que o irmão o encontre agora mesmo. Quase não consegue falar soluçando, como se lhe faltasse fôlego para pronunciar as palavras. Despede-se recebendo um abraço apertado da proprietária e sai furtivamente.

Durante alguns dias, poderá se hospedar na casa de uma senhora que trabalhou como babá deles quando crianças. O clima na casa é tenso. A qualquer momento os alemães podem entrar pela porta, e então?

Por fim, o dono da casa sugere um local onde podem se esconder, na residência de uma viúva, no centro. Gerson começa a rir quando o escuta dizer o endereço, tem certeza de que o homem não está falando sério, mas não, é verdade. Eles serão vizinhos do Victoria Terrasse, o conjunto de apartamentos onde funciona quartel-general dos nazistas em Oslo.

G de gesto. Na Carl Berners plass, em Oslo, um dia existiu uma loja de artigos de jardinagem. Era lá que famílias judaicas e membros da resistência se encontravam para se esconder, entre vasos de plantas, enquanto um grupo intitulado Carl Fredriksens Transport tratava de planejar como seriam levados para a Suécia.

Tudo começou no dia 27 de outubro de 1942. Rolf Syversen caminhava pelas fileiras de vasos de plantas, inspecionando as mudas no viveiro, observando as folhas murchas e as trepadeiras sempre verdes, quando percebeu um movimento estranho atrás do balcão onde estava o caixa. O que seria? Um animal? Um ladrão que teria invadido a loja?

Eram quatro irmãos, quatro irmãos judeus proprietários de uma loja nas redondezas tentando se esconder após terem sido avisados de que a polícia recebera ordens de prender todos os judeus da cidade. O dono da loja os conhecia de antes e mobilizou alguns amigos, entre eles o proprietário de uma agência de transportes, e logo estavam os quatro reunidos: Syversen, Gerd, Alf Pettersen e Reidar Larssen. O caminhão chegou e os levaria escondidos para a Suécia, mas e quanto aos outros que estavam sendo perseguidos?

Os irmãos anotaram os nomes de conhecidos que talvez pudessem precisar de ajuda para atravessar a fronteira. Gerd entrou em contato com aquelas pessoas, e, enquanto o primeiro caminhão cruzava a fronteira da Suécia, os quatro já estavam planejando o envio seguinte.

O resto é história. Ao longo de seis semanas, esses quatro noruegueses salvaram a vida de mais de mil homens, mulheres e crianças, do fuzilamento ou da deportação para campos de concentração. Mil seres humanos, tanto judeus como membros da resistência e suas famílias.

Quantos serão seus descendentes hoje? E o oposto? Quantas pessoas deixaram de ser concebidas por causa do holocausto? Agora, depois de mais de setenta e cinco anos do encerramento dos campos de concentração, depois de abertas as sepulturas e depois que as famílias sobreviventes tiveram que se haver com apenas as migalhas das vidas que um dia viveram, quantos dos seus descendentes estariam hoje pela Europa se os seis milhões de judeus não houvessem sido assassinados? Cinquenta milhões? Mais?

Dito de outra maneira: o que seria daqueles que nunca teriam vindo ao mundo não fosse pelos que arriscaram suas vidas para permitir que seus parentes fugissem? Quantos seres humanos deixariam de nascer caso a Suécia tivesse fechado suas fronteiras ou repatriado as famílias que abrigou?

Em janeiro de 2017, os quatro à frente da Carl Fredriksens Transport foram homenageados com o prêmio internacional *The Righteous Among Nations* numa cerimônia solene na prefeitura de Oslo. Como a família de Rikke estava entre os sobreviventes, recebemos pelo correio o convite oficial. Passamos pelo controle de segurança e adentramos o salão pelas portas maciças onde centenas de pessoas, a maioria idosos, já se aglomerava, muitos com solidéus cobrindo as cabeças, uma cena que jamais havia visto. Alguns dos idosos reconheci de antes, pois na véspera da premiação participei da reconstituição da histórica rota de fuga junto com pessoas que haviam cruzado a fronteira ou eram descendentes daqueles que foram salvos da deportação e da morte certa.

Era um dia surpreendentemente ameno de janeiro, um sol glorioso brilhava sobre a paisagem. Meus companheiros eram os irmãos Mendelsohn, filhos de um casal transportado para a Suécia, e um amigo deles, historiador. Seguimos de carro desde a Carl Berners plass, o exato local onde a fuga um dia ocorreu. Fizemos à risca a rota original desde a loja de jardinagem. Saímos de Oslo, passamos por Lillestrøm, viramos na estrada para Fetsund, onde os antigos postes de luz emergiam da superfície da água banhados pelo sol da manhã e reforçavam a sensação de quietude, objetos que perderam sua função original e ali pareciam egressos de um cenário de faz-de-conta, silenciosos, abandonados. Atravessamos a ponte por onde passavam os caminhões e era guarnecida por soldados alemães e adentramos a floresta percorrendo uma estrada vicinal estreita, onde a camada de gelo à sombra dos pinheiros era mais espessa, e por fim estacionamos o carro e encontramos os dois que mais uma vez cruzavam aquela fronteira. Um deles era Freddie Malkowitz, um homenzinho de 78 anos, cabelos brancos e aparência gentil.

— As estradas estavam muito escorregadias, os pneus ainda não haviam desgastado o gelo e nós caminhávamos com dificuldade — disse Freddie sobre a fuga. Ele tinha quatro anos e se recorda de subir com a mãe na carroceria e ficar rente ao vidro da boleia, espremido no meio de estranhos. Uma lona cobria o teto e as laterais para que não fossem descobertos. Ele se lembra do silêncio e de como haviam sido instruídos a não dizer palavra, nem um sussurro, antes de chegarem à Suécia: — O silêncio debaixo da lona era total — disse. — Havia só o ruído do motor, o perfume resinoso das lascas de madeira, que eram usadas como combustível em vez da gasolina, e as pessoas amontoadas pressionando umas às outras a cada curva.

De repente o caminhão parou. Ele sentiu um cheiro de queimado e a lona foi levantada. Freddie escutou gritos em alemão e em norueguês, mas só foi saber o que aconteceu anos depois. Um dos sacos com lascas de madeira estava em chamas e Pettersen subira no teto do caminhão para tentar apagar o fogo. Em seguida, fez a saudação nazista aos guardas que bloqueavam a estrada, repreendeu-os por ficarem ali parados sem fazer nada e pediu que o ajudassem a debelar o incêndio. — Deve ter sido muito convincente, pois os guardas pegaram o saco em chamas e começaram a jogar neve sobre ele, e deu certo, o caminhão seguiu viagem — disse Freddie, sorrindo.

Estávamos agora diante de uma clareira na floresta, uma faixa de cinco metros de extensão onde as árvores haviam sido cortadas. Ao lado da estrada havia uma antiga placa com as palavras RIKSGRÄNS SVERIGE [FRONTEIRA NACIONAL DA SUÉCIA] escritas em negrito sobre um fundo amarelo.

Ficamos ali, nós cinco, olhando em volta, e Freddie concluiu a história dizendo que ficou muito confuso quando ouviu alguém gritar de alegria já no lado sueco da fronteira.

— Nós tínhamos recebido instruções expressas para ficar quietos, sabe? — disse ele com um sorriso enviesado. — Quando se é criança a gente leva essas coisas muito a sério, então fiquei muito perturbado quando vi os suecos gritando e nos dizendo *Välkomna till Sverige* [Bem-vindos à Suécia].

Com o mesmo sorriso no rosto, ele deu um depoimento exibido num telão na prefeitura, na noite do mesmo dia, durante a cerimônia de homenagem aos quatro premiados. A primeira-ministra da Noruega discursou e, em seguida, uma senhorinha encurvada subiu ao palco conduzida pela filha, aproximou-se do púlpito, segurou-se com ambas as mãos e inclinou-se diante do microfone e de um salão absolutamente lotado.

— Meu nome é Gerd — disse a anciã numa voz nítida e forte. Na primeira fila estavam a primeira-ministra norueguesa, o embaixador de Israel e aqueles que sobreviveram à guerra graças à Carl Fredriksens Transport. Na última fila, onde estavam também as câmeras e os seguranças de paletó escuro e fones de ouvido conectados a transmissores, sentamos eu e minha família. As crianças estavam quietas e meu filho me segurava pela mão.

— Meu nome é Gerd — repetiu ela. — E eu tinha doze anos quando a polícia veio me buscar, no dia 26 de novembro de 1942. Era um policial norueguês acompanhado de um soldado alemão sem a patente no braço do uniforme. Disseram que tínhamos de ir com eles e quando minha mãe perguntou para onde, responderam que era melhor nos apressarmos, então mamãe fez apenas uma mala e saímos. Tivemos que esperar muito tempo pelo táxi — disse ela sem desviar o olhar da plateia. — Mas o táxi não chegava, não sei por quê. Finalmente chegamos no cais, onde um barco nos esperava. Fiz menção de estender a mão e abrir a porta, mas um soldado alemão veio na nossa direção e ordenou: *Zurück!* Ele só disse esta palavra, *Zurück!*, Volte!, e quando espiei pela janela vi que a escada já havia sido recolhida e o barco estava prestes a zarpar. Foi assim que nos levaram de volta para o apartamento.

Fiquei quieto, apenas observando meus filhos em silêncio acompanhando a história. A mulher ali na frente era a bisavó de um coleguinha de sala do meu filho na escola, e tinha mais ou menos a idade atual dos meus filhos quando isso aconteceu.

— Na verdade eu devia ter embarcado naquele navio — continuou ela. — O plano deles era me colocar num vagão de trem e me levar para Auschwitz. Lá, eu iria para a câmara de gás e meu corpo seria queimado até só restarem cinzas. Esse era o plano deles, mas o táxi atrasou e não foi assim — arrematou ela com um movimento de braço, e naquele simples gesto resumiu a arbitrariedade que rege a vida de qualquer ser humano.

A plateia ficou muda. As lágrimas rolaram. Olhei para Rikke, que me sorriu de volta com os olhos marejados. Se não fosse pela Carl Fredriksen Transport, ela não teria nascido.

Gerd desceu do púlpito da prefeitura de Oslo, a poucas centenas de metros do cais onde deveria ter embarcado no *Donau*. Mais tarde, na época, ela seria levada para a Suécia pelos quatro da Carl Fredriksens Transport, que viraram noites e noites naquele outono, compilando listas, contratando novos motoristas e transportando em silêncio uma pequena multidão de pessoas em caminhões lotados.

O trabalho da Carl Fredriksens Transport foi interrompido não porque os membros do grupo estivessem exaustos, nem porque tivessem medo, mas porque foram descobertos por um infiltrado. Um norueguês se passou por refugiado e se juntou ao grupo, mas esgueirou-se de volta pela fronteira e denunciou o esquema — era provavelmente alguém ligado à rede secreta de infiltrados administrada por Henry Oliver Rinnan.

Hoje, a loja de jardinagem na Carl Berners plass não existe mais, em seu lugar ergueram-se condomínios residenciais, mas num bloco de rocha ao lado da avenida foi afixada uma placa que dá nome ao parque contíguo, denominado singelamente *Dette er et fint sted* [Este é um lugar agradável], um trabalho de autoria do artista judeu Victor Lind, ele mesmo um dos que sobreviveram graças ao transporte.

    Seguindo a curva que contorna a Carl Berners plass chega-se a uma colina onde há uma pedra memorial polida na forma de uma estrela de Davi, inscrita com os nomes daqueles que pereceram. A escola de balé da minha filha é bem ao lado, então passo diante daquele memorial várias vezes por semana e, não faz muito tempo, conheci o artista responsável por ele, num dos locais mais inusitados que poderia imaginar: no fundo da piscina de saltos ornamentais do complexo de Frognerbadet.

    Era 7 de outubro de 2017, aniversário de setenta e cinco anos da sua morte. Era uma noite fria e clara e eu estava no fundo da piscina com Rikke e as crianças.

    A piscina tem cinco metros de profundidade e fica a céu aberto, estava vazia e fora convertida numa espécie de auditório. Não havia o calor da água aquecida. Não havia o burburinho de vozes e o barulho dos pés chapinhando sobre as bordas e deixando poças escuras de água sobre os azulejos. Não havia mais as mãos gesticulando em pleno ar na queda de sete metros de altura, nem pessoas olhando nervosas para baixo na prancha do trampolim.

    Era fim de estação, o parque aquático estava fechado e nós estávamos no fundo da enorme piscina vazia. Holofotes foram instalados na borda e apontados para o alto, de modo que a estrutura de concreto pintada de branco que constitui a plataforma de saltos reluzia no escuro do céu de outubro. A peça a ser encenada se chamava *Det Nye Mennesket* [O novo ser humano]. Lá estávamos nós, com a cabeça inclinada assistindo aos quatro atores, cada um num canto da piscina coberto por uma capa que brilhava contra a escuridão do céu, e ao nosso lado, sentado numa cadeira de rodas dobrável, estava um ancião. Rikke aproximou-se de mim e sussurrou no meu ouvido que aquele homem era Victor Lind, o artista por trás do monumento na Carl Berners plass; sua filha era a autora da peça que estava sendo encenada.

Depois que o espetáculo terminou, abordei Victor Lind e lhe perguntei detalhes sobre o trabalho no memorial e as razões para tê-lo realizado.

— Sabe, eles não precisavam fazer aquilo, eram só um jardineiro, a mulher dele, o chefe de uma companhia de transporte. Não tinham por que fazer nada daquilo. E um deles chegou até a ser baleado.

Eu sorri para ele. Os holofotes se apagaram. Perguntei-lhe sobre a fuga. Caía uma garoa fina e nós éramos os últimos ali. Uma estrela brilhou no céu atrás do cronômetro, para onde eu sempre escalava quando era pequeno, embora jamais tenha tido a coragem de saltar daquela altura.

— Não precisavam fazer aquilo.

G de Gangue do Mosteiro. Se uma casa é como um corpo, o vestíbulo não pode ser comparado ao rosto, embora sempre cause a primeira impressão. O vestíbulo é antes uma saudação, como um aperto de mãos, algo totalmente superficial que, no entanto, transmite uma impressão da pessoa que está à sua frente. O material de que é revestido, os carpetes, o cheiro do tempero da comida que está sendo preparada no fogão, tudo isso diz muito de quem vive ali.

As primeiras pessoas a passar pelo vestíbulo daquela casa foram os operários que a construíram, na década de 1920, ainda calçando botas nos pés, com cintos de carpinteiro e cigarros presos no canto da boca, soltando pelo ar minúsculas nuvens de fumaça que se infiltravam nas frestas das paredes e do teto.

Depois foi a vez dos primeiros proprietários: o professor e botânico Ralph Tambs Lyche e sua esposa, Elise Tambs Lyche. Cheios de expectativas, eles entram e observam a sala, em seguida se dão as mãos e ele a leva para mostrar os quartos. É aqui que vão morar. É aqui que ela administrará uma creche no porão enquanto Ralph estiver lecionando na faculdade.

Em seguida virão os bebês, com seus pés calçando botinhas tamanho 14 e 15, luvinhas e casaquinhos, choros e risadas. Em meio a tudo isso surgem as conversas sobre a guerra e a invasão.

Alguns anos depois, alguém bate à porta. Ralph vem atender e depara com um grupo de soldados de rostos severos e botões reluzentes nos uniformes.

— Você é Ralph Tambs Lyche? — indaga o soldado mais próximo, em alemão, certo de que ele domina o idioma.

— Ehhh... sim? — responde Ralph ouvindo a algazarra das crianças brincando no porão sob seus pés misturada à voz da esposa, cheia de energia.

— Você precisa vir conosco.

— Por quê?

— Está preso por causa da sua conduta política e pelo trabalho que faz na faculdade.

— Muito bem... Posso apenas avisar minha esposa?

O soldado faz que sim com a cabeça.

— Mas não tente nada estúpido — responde o homem em uniforme, e com um simples gesto manda os soldados cercarem a casa, enquanto ele mesmo fica parado sob o pórtico esperando.

Ralph é conduzido ao campo de prisioneiros de Falstad. A casa é confiscada, e Elise Tambs Lyche sai pela porta da frente carregando o pouco que consegue.

As portas são trancadas à chave e nada acontece sob aquele teto durante alguns meses.

A poeira vai se acumulando sobre o assoalho de madeira. O quartinho é iluminado e escurece novamente num ritmo constante. Então se ouve o motor de um carro, os passos pelo cascalho lá fora, e, finalmente, num dia de setembro de 1943, a porta da frente volta se abrir e deixa passar Henry Oliver Rinnan. Ele esfrega as mãos e vai inspecionar a sala de estar.

Caixas de bebida são carregadas pela porta adentro. Armas. Presunto. Pão. Uma bala de revólver atravessa o corredor e atinge a parede, despedaçando a madeira. Membros da gangue entram e saem a todo instante. Começam a trazer prisioneiros, arrastados para os aposentos de mãos amarradas nas costas.

Isso dura alguns anos. Três caixas com corpos são levadas para fora, o sangue escorre do fundo delas e goteja sobre o tapete de lã.

Alguns anos depois, é a vez de Gerson entrar pela mesma porta com os braços na cintura de Ellen.

Ellen segura Jannicke pela mão, hesita um instante e não a deixa prosseguir para dentro da casa.

A menina olha para cima e tenta demover a mãe. Gerson olha para as duas, estende as mãos e pega a pequena nos braços.

— Olhe aqui, filha — diz ele sorrindo. — Olhe aqui! — diz ele apontando para a sala.

É aqui que vão morar.

H

H de Hirsch.

H de humano.

H das histórias que Henry conta na lanchonete, na esperança de que os outros garotos prestem atenção ao que ele diz agora. Que se aproximem e ouçam, como se estivessem num auditório acompanhando atentos tudo o que diz, até a última fileira de cadeiras, e permaneçam ali depois que ele sair sozinho pela porta. Para que não saibam que não tem coragem de ir ao parque encontrar as garotas, sempre avessas a ele, sempre arranjando desculpas para evitá-lo e voltar para casa a cada vez que ele se aproxima, sempre virando o rosto de lado, retomando alguma conversa ou arrumando um pretexto qualquer para ir embora. Todas agem assim, todas sem exceção. Mas eis que num fim de semana ocorre algo inusitado. Henry levou um grupo de amigos para um baile nos arredores de Levanger.

É junho, as risadas ecoam pelo ar.

Ele percebe assim que desce do carro, pois ela se vira e seus olhares se cruzam. Ela não tira os olhos dele. Quem será? Quem sabe já ouviu falar das histórias ridículas que circulam sobre ele? Não, não parece, ele não detecta nenhum sinal de desprezo no modo como ela o observa. Fecha a porta do carro, corre os dedos entre os cabelos e só então espia novamente para conferir se ainda está sendo observado. Agora um sorriso tímido se insinua entre os lábios dela. Henry sorri de volta. Precisa ir até lá! Por sorte, ela está conversando com um dos colegas, um dos quais ofereceu carona, então tem uma boa desculpa. A desconhecida se afasta um pouco e lhe dá a deixa para abordá-la, sem tirar o sorriso dos lábios. Ela é baixa, mais baixa do que ele.

— Já precisamos ir? — pergunta o colega. Henry abana a cabeça, repara que a garota ao lado espera uma resposta e diz: — Não, não estamos com pressa...

É assim que a sorte lhe sorri, como uma súbita onda de calor, na forma de uma mulher de verdade que se materializa na sua frente. Ela tem dezoito anos, cabelos longos e encaracolados e é mais baixa do que Henry — não muito, apenas o bastante. A maior surpresa é que não dá sinais de querer ir embora. Continua imóvel, conversando com ele, sem desviar o olhar em busca de uma desculpa ou tentando encontrar alguém conhecido. Apenas permanece ali parada, de pé, insegura e tímida. Depois dos anos que foi obrigado a passar observando o mundo como se estivesse num aquário, ele custa a crer que seja verdade. É uma mulher real que está bem na sua frente: um corpo vivo, pulsando, com lábios que sorriem, dois olhos gentis e um par de seios pressionando o vestido.

Henry estica o braço e roça a mão no braço dela, de leve apenas, deslizando o indicador suavemente sobre a pele clara e cheia de sardas, coberta por uma fina penugem de pelos claros. O toque é uma faísca, um choque que começa na ponta dos dedos, passa pelo braço e desce até a virilha, e ela parece sentir o mesmo, pois não faz menção de recolher o braço. Ao contrário, o aproxima da mão dele e com o rosto corado, os olhos adquirindo uma expressão mais séria, para em seguida passar os braços em torno da cintura de Henry.

Os dois conversam, ele a escuta dizer o nome, Klara, e responde dizendo o seu e de onde vem. Dias depois, os dois se encontram sozinhos na casa dela.

Que sorte!

Vê-la desabotoar a blusa ali bem na sua frente. Não na imaginação, mas de verdade. Que pele macia! Finalmente pode sentir o toque do corpo de uma mulher, pela primeira vez, e experimentar cada centímetro do seu corpo despertar, brilhar e tremer.

Acordar do lado dela no dia seguinte, virar a cabeça e fitar aqueles olhos brilhantes, abraçá-la e senti-la aninhando o rosto sobre seu peito. Ele sente uma paz completa, uma vitória que nunca antes sentiu. Ela pertence a ele. Só a ele.

Eles se casam.

O avô de Henry lhe faz um terno sob medida para a baixa estatura. Agora eles vão ver, todos aqueles que diziam que ele jamais encontraria alguém, que nunca serviria para nada. Agora serão obrigados a vê-lo caminhando pela nave da igreja e conduzindo sua esposa pela porta. Agora terão de engolir tudo o que disseram, enquanto ele carrega os móveis para o apartamento que alugaram. Mesas e cadeiras modernas, que o banco permitiu que comprassem a prestação, graças à segurança que o emprego na loja de esportes lhe dá. Uma cama de casal em madeira escura. Lençóis brancos e macios, de algodão penteado, que ficam pendurados no varal e dão a todas as pessoas que passam um testemunho das noites que passam abraçados um ao outro, transformados em dois animais, apenas corpo e desejo.

Que felicidade maravilhosa e única: poder beijá-la no rosto e sair pela porta a caminho do trabalho, segurar a aliança entre os dedos e sentir a dureza do metal contra a pele.

Encará-la no dia em que ela avisa que os dois terão um filho, abraçá-la, girar seu corpo e roçar o nariz na sua nuca.

A felicidade dá a ele uma paz inesperada. Depois de passar a vida inteira tensionando os ombros, vigiando todos que passavam em volta, prestando atenção a qualquer ruído, pode finalmente relaxar, respirar fundo e apenas aproveitar a vida. Pode finalmente descobrir tudo que o mundo oferece e sempre existiu, mas não tinha permissão de experimentar.

O único senão em toda essa alegria é o dinheiro. Os dois até que não são exatamente pobres, mas são tantas as coisas que Klara dá a entender que deseja, são tantas as coisas que ele quer lhe dar, mas não consegue. Precisava ganhar um salário melhor. Se ao menos os patrões fossem mais justos... Porque é ele quem passa a maior parte do tempo de pé atrás do balcão, sentindo a coluna doer e os pés latejarem. É ele quem deixa os clientes satisfeitos, contando piadas ou perguntando pelos filhos, chamando-os pelo nome, ou mencionando algum detalhe que os faz sentir valorizados e os induz a comprar algo mais, algo que nem sabiam que precisavam. Mesmo assim, o salário não é o bastante. Não é o que Klara e o filho merecem, pensa ele à medida que vai estocando mercadorias, carregando caixas e limpando o pó das prateleiras. Se estiverem precisando de roupas novas, ele haverá de prover. Se Klara quiser ir à lanchonete, a família inteira irá à lanchonete para se distrair tomando um chocolate quente ou saboreando uma fatia de bolo, como fazem todos. Por que com eles seria diferente?

Por que logo ele, que trabalha tanto, não pode levar uma vida como os demais? Não tem essa oportunidade, mesmo que a loja dê lucro e esteja sempre cheia de clientes. Quem é que passa os dias ali, de manhã até de noite, sorrindo e puxando conversa com os clientes, tentando fazer com que comprem alguma coisa? Quem é que faz essa loja ir tão bem? É ele, Henry — que mesmo assim precisa viver essa vida de eterna necessidade?

Ele não acha justo. Precisa encontrar um jeito de sair dessa situação, uma forma de ganhar melhor, mas como? Não é mais uma questão de poupar dinheiro: o que ganha simplesmente não basta, pensa no intervalo entre um cliente e outro, quando aproveita para repor os produtos nas prateleiras. Em casa, esses pensamentos continuam a remoer na sua cabeça, seja enquanto tira a dentadura da boca e coloca num copo de água, seja enquanto joga bola com o filhinho na calçada.

Então, surge a ideia. Tomado por uma clareza repentina, ele descobre uma saída, encontra uma solução genial para o problema.

H dos horários que fazem a rotina no campo de prisioneiros: despertar às cinco da manhã com os gritos vindos do lado de fora, vestir o uniforme de presidiário o mais rápido que puder, engolir uma fatia de pão com uma xícara de um líquido com o gosto parecido ao de café e se perfilar no pátio para a revista e a divisão nos grupos de trabalho. Se tiver sorte, você será alocado na oficina de carpintaria e poderá ficar sob um teto, abrigado do frio, em condições não tão insalubres, escutando o zumbido das serras sentindo o cheiro da madeira fresca. Se tiver menos sorte, terá que sair para quebrar pedras ou derrubar árvores na floresta, esmagar pedregulhos com marretas ou destroncar raízes e serrá-las depois, sem nenhum propósito aparente.

Todo dia sentir o gosto da mesma sopa, com pedaços de batatas e couve-rábano boiando num líquido cinzento.

Todo dia ouvir os gritos vindo do pátio quando alguém é espancado ou obrigado a engatinhar até se exaurir e desabar no chão de tanto esforço.

H de herbário. É 10 de março de 1942, no refeitório você repara num dos prisioneiros que chegaram a Falstad na noite anterior. É um homem alto, de olhos claros, trajando o mesmo uniforme dos demais. O homem olha para você e acena com uma mão. É Ralph Tambs Lyche. Você já cruzou com ele diversas vezes antes, junto com Marie, tanto pelas ruas, quando ele estava a caminho da floresta para coletar novos exemplares de plantas para seu herbário, como no centro acadêmico, onde ele fazia discursos brilhantes sobre a desigualdade social e os direitos dos trabalhadores. Numa ocasião, até esteve na residência em que ele morava com a esposa, um casarão na Jonsvannsveien, e conheceu o herbário que ele mantinha no andar de cima, num quarto de janela abobadada que dava para o jardim.

H de hoje. Do dia que chega quando despertamos no mesmo aposento onde deitamos na noite anterior, onde deixamos de lado os olhares do mundo e somos apenas nós mesmos. Estamos na metade do ano e na metade do século, em julho de 1950. Ellen observa a babá brincando com Jannicke na sala de estar e tenta sorrir, mas não consegue porque seu rosto não a obedece. É como se as paredes pressionassem seu corpo e cada prancha de madeira do assoalho sussurrasse algo para ela. No começo até que foi diferente. Ela também ficou encantada com a possibilidade de recomeçar a vida numa outra cidade, com marido, filhos, jardim e até uma babá. Claro que ficou. No começo, gostava de ir à Paris-Viena, conhecer os chapéus novos que Marie fazia, experimentar vestidos e encomendar casacos que eram costurados na sala dos fundos. Costumava passear pelo centro empurrando Jannicke no carrinho, de braços dados com Gerson, às vezes acompanhada pela babá, reparando nas pessoas olhando admiradas e comentando "Que casal mais elegante". A butique que Gerson ajudava a administrar lhe permitia ficar em dia com as últimas tendências da moda na Europa. Era exatamente com isso que ela sonhava quando estava no campo de refugiados de judeus noruegueses em Uppsala, na Suécia, vivendo num limbo, sem a mínima perspectiva de futuro. Ela tinha tudo aquilo com que sempre sonhou. Mesmo assim, o cotidiano foi encobrindo aquele entusiasmo como o pó que se acumula sobre as coisas com o passar do tempo. A ida à loja passou a ser uma coisa banal, até porque não havia sequer ocasião para usar todas aquelas roupas, uma observação que Gerson tampouco se furtava de fazer. Ao longo do ano passado, seu sorriso foi se esvaindo. Cada vez mais ficava evidente que todos ali tinham um papel, uma obrigação, exceto ela, que se sente inútil. Não tem um trabalho. Não cuida das crianças. Não cozinha — porque não sabe. Tudo que lhe resta então é ver o tempo passar. Ir ao centro, sentar-se num café, espiar as vitrinas das lojas, embora ultimamente a barriga tenha aumentado tanto que ela nem mais se anima a experimentar roupas novas.

    Está esperando uma filha, que não para de se remexer ali dentro e atrai os sorrisos das pessoas com as quais cruza pela rua. A gravidez faz com que estranhos a cumprimentem na rua, toquem sua barriga, ou lhe digam como é fantástico esperar um bebê, ainda que ela não veja nada de fantástico nisso. Ellen sente vergonha de pensar assim, mas não acha fantástico imaginar que tornará a dar à luz, justamente logo depois da virada do Ano Novo, quando tudo estará coberto de neve e o frio impossibilitará até um simples passeio pelo jardim. Será obrigada a ficar enclausurada no Mosteiro da Gangue e tentar não pensar nas histórias, enxotando os pensamentos como se fossem um pássaro exasperado que entrou pela janela. A cada dia é mais difícil. À medida que vai tomando ciência das atrocidades ocorridas entre aquelas paredes, mais e mais detalhes emergem e suas defesas vão desmoronando.

 Ela abre a porta que conduz ao porão e não consegue deixar de pensar nas pessoas que foram arrastadas por aquelas escadas, de mãos atadas às costas. As imagina suspensas numa barra de ferro presa entre dois tonéis e escuta os gritos de dor e o som de paus e correntes açoitando os corpos lá embaixo, exatamente como lhe contaram os vizinhos e amigos. Pessoas torturadas com ferro quente, chicotes, cujas unhas eram arrancadas. Por que precisam lhe revelar todas aquelas particularidades? Parece que são incapazes de se controlar, sentem-se compelidos a recontar os detalhes mais mórbidos, como se o ato de verbalizar aquele mal o tornasse mais fácil de compreender. Será que não entendem que aqueles pensamentos a perseguem, como fantasmas espreitando o momento em que esteja sozinha para apavorá-la?

 Eles jamais deveriam ter mudado para lá, pensa ela enquanto se afasta da porta na direção do aposento mais distante possível do porão, um quarto no andar superior, com uma janela arqueada e uma cama embutida. Nunca deveriam ter se mudado para aquela casa, pois agora não é mais uma questão de curar as feridas da guerra, que afetam a todos. Não é apenas o desespero que a atormenta, nem a enxaqueca que já começa a se insinuar e a obriga a ficar reclusa no andar de cima, deitada num quarto escuro e silencioso, sentindo a cabeça latejar. É preciso também se manter alheia à história da casa.

Apenas uma única vez ela leva Gerson para um passeio pelos aposentos, lhe conta as histórias que ouviu dizer e as que ela mesma leu a respeito, apontando para a lareira e dizendo que eles atearam fogo nos papéis quando fugiram, apontando para a sala e dizendo que ali Rinnan presidia uma espécie de tribunal que condenou vários membros da gangue à morte. Apontando para os quartos e dizendo que dormiam e faziam sexo ali. Aproximando-se do porão, mas estancando diante da porta. Possuída por uma raiva que a corrói por dentro e nem se sabia capaz de sentir, ela enfim desabafa: — E ali embaixo, Gerson! Sabe o que eles faziam lá embaixo?

— Sim, eu sei — diz Gerson com a voz tranquila, mas sem esconder a irritação.

— E mesmo assim não se incomoda? — pergunta Ellen.

— Faz quase dez anos, Ellen.

— E daí?

— Claro... Você por acaso faz ideia das atrocidades que ocorreram em vários outros locais desta cidade ao longo dos tempos? Desde que os primeiros seres humanos chegaram aqui, na Idade da Pedra? Provavelmente ocorreu uma a cada cinco metros, mas você não vai ficar paralisada por causa disso, não é?

— Estou falando de outra coisa! Você sabe muito bem! Outro dia, Jannicke apareceu com uma bala que encontrou no porão, quer dizer, eu sabia o que era, mas ela, não. O que eu devo dizer a ela, então? Vou dizer que é o quê?

— Não sei... Não pode simplesmente dizer que não sabe?

Ellen baixa a cabeça e franze o cenho.

— Mas Gerson — diz ela com um fio de voz. — Você não percebe que esta casa está acabando com a gente?

Gerson coloca a mão sobre seu ombro.

— Vou descer e apagar qualquer vestígio da guerra que eu encontrar, Ellen. Posso pintar as paredes. Tudo bem assim? — pergunta ele, mas não adianta. Num movimento brusco, Ellen afasta a mão dele e diz que vai subir para descansar. Não quer ser consolada, não daquela maneira. Não quer ser tratada como se fosse uma criança tola com medo de assombrações durante a noite. Deseja apenas ser compreendida, e aparentemente é algo que ele não consegue fazer.

H de histórias. H de habilidades.

H de homens que hesitam. Ao dar um laço num cadarço. Ao erguer uma criança para que alcance as flores na copa de uma árvore. Ao varrer as migalhas do tampo da mesa com movimentos firmes e rápidos da mão. Ao bater pregos na sola de um sapato. Ao empunhar um chicote pelo cabo. Ao cerrar o punho antes de esmurrar o rosto de alguém. Ao atar prisioneiros com uma corda. Ao segurar um copo e saber que aquela dose não é a última. Ao acariciar um rosto. Ao calçar uma luva. Ao sentir a maciez da lã de um tecido de tweed. Ao espiar lá fora pela janela. Ao abrir uma porta.

Uma menina põe o indicador sobre os lábios. Seu nome é Jannicke Komissar. Seu rosto é iluminado pela vela que segura numa mão, a chama trêmula oscilando quando ela se vira e sussurra no ouvido da irmã: — Venha, Grete. Tem uma passagem secreta aqui em cima!

Histórias de comércio e de segredos. Henry avisa aos clientes que agora podem comprar mercadorias a prazo, mas é preciso negociar diretamente com ele. Eles têm uma boa relação, se conhecem há anos, e vários aceitam. É tão fácil, é fácil demais, é só pronunciar as palavras certas no local e no momento certos para eliminar qualquer vestígio de dúvida que ainda possam ter e convencê-los a fazer a compra, e assim Henry inaugura uma loja dentro da loja. O lucro agora pertence só a ele e lhe permite comprar alimentos mais caros, roupas novas e móveis. Ainda é difícil arcar com o financiamento do banco e ao mesmo tempo continuar adquirindo tantas coisas, mas ele se recusa a agir de outra forma, e nunca, nunca, NUNCA irá dizer a Klara que não tem dinheiro para o assado de domingo, nem para um novo vestido, nem para equipar a cozinha. Jamais. O que lhe resta então é se virar como pode.

Não demora para Henry começar a visitar as fazendas nas cercanias da cidade e mascatear os produtos que julga serem mais adequados. São tão inocentes, aqueles fazendeiros, tão fáceis de convencer que ele poderia lhes vender qualquer coisa. Bastam umas poucas viagens nos fins de semana e conseguirá o dinheiro extra de que precisa. É simples. E genial. A renda familiar aumenta. Klara parece satisfeita, embora seu sorriso esmaeça a cada vez que ele chega em casa trazendo uma toalha de mesa ou uma bicicleta, e ela lhe pergunte gentilmente se estão em condições de arcar com aquilo tudo, se ele realmente está ganhando tão bem. Ele a abraça e se limita a dizer que sim, e ela então sorri satisfeita.

Mas então vem a derrocada.

É por volta do meio-dia, Henry está perdido em devaneios tão vívidos que mal ouve a campainha soando quando a porta se abre e vê seu tio entrar apressado, gesticulando muito, com o cenho franzido e uma expressão furiosa no rosto, os lábios retesados, quase um risco no rosto, e as mãos trêmulas que apoia no balcão.

— Sabe o que me contaram hoje, Henry?

— Não... o que foi? — pergunta Henry, embora tudo seja indício do que irá acontecer. Seu tio abre a boca e faz menção de continuar a falar, revelar o que lhe despertou tamanho ódio, mas neste instante a porta se abre e chega um cliente idoso trazendo na mão a câmara de ar de um pneu de bicicleta. O tio dá meia-volta imediatamente e vai para a sala ao lado, onde permanece enquanto Henry ajuda o cliente a decidir se compra um remendo ou se aquele furo microscópico rente ao pito é tão difícil de remendar que talvez fosse melhor comprar logo uma câmara nova. O tempo inteiro o tio fica de costas, na sala ao lado, ostensivamente arrumando as prateleiras com produtos que Henry costuma desviar.

Assim que o cliente sai pela porta, o tio se apressa em direção ao balcão.

— E então, Henry Oliver? Você sabe muito bem do que se trata, não é? — pergunta ele.

Henry pisca os olhos imóvel, acha que o tio descobriu tudo, que é o fim, mas procura afastar esse pensamento da cabeça e não responde.

— Muito bem, então vamos fazer do jeito mais difícil. Sabe o Kristoffersen?

— Sim...?

— Ele me procurou hoje, estava muito feliz e contente, e contou que um sujeito está passando pelos distritos e vendendo produtos em meu nome... Até comprou um par de luvas daqui por um preço muito bom... Isso lhe soa familiar?

Henry fica mudo. Abaixa a cabeça e sente suas forças sendo drenadas, a última esperança que tinha de que o tio queria falar de outra coisa se esvai. Agora é o fim. Ele foi pego em flagrante.

— Ele me cumprimentou entusiasmado, feliz de verdade, enquanto eu fiquei parado feito um idiota sem desconfiar de nada, porque não conseguia enxergar o que estava diante dos meus olhos. Porque faz muito tempo que tenho sido ingênuo demais. Sabe do que estou falando, Henry Oliver? — pergunta o tio erguendo a voz até quase gritar.

Henry não responde.

Não tenta fugir, porque não conseguiria, e nem pede desculpas, pois de que adiantaria, afinal? Ele faria tudo outra vez. Era a única solução, o único meio de conseguir ganhar o bastante para levar uma vida decente, e nem o tio nem seu sócio deram por falta das mercadorias que sumiram. O tio já tinha de tudo, tinha condições até de dar festas suntuosas de quando em vez. Seus convidados eram recebidos em jantares à francesa e transportados desde a porta de casa no Ford que Henry sujava as mãos de graxa para deixar funcionando. E quem fazia as vezes de motorista? Henry, é claro. Ele que os apanhava em casa e estendia as mãos para senhoras empetecadas descerem do carro. O tio já tinha mais do que precisava e nem dera por falta das mercadorias porque os negócios estavam indo de vento em popa, enquanto para Henry aquele dinheirinho era a diferença que lhe permitia levar uma vida com menos sacrifícios.

Era a justiça sendo feita, mas como ele poderia explicar isso? Impossível. Melhor então ficar de boca fechada, largar o jaleco em cima do balcão e sair dali sem dizer palavra, tomado pela vergonha e pela raiva. O que ele dirá quando chegar em casa? Como Klara reagirá? E seus pais? Tudo virá abaixo, ele pensa, sentindo a cabeça remoer os pensamentos. A própria subsistência da família depende desses rendimentos que ele, ou melhor, eles deixarão de receber. Será que ele não tem o direito de viver em sociedade? Não pode gozar o mínimo de felicidade e aproveitar as comodidades que conseguiu amealhar?

Cabisbaixo, Henry sai pelas ruas apressado. O Kristoffersen! Aquele idiota arruinou tudo! Por que tinha que dar com a língua nos dentes, afinal? As outras pessoas agem como se nada tivesse acontecido, passeando com seus filhos, indo às compras, conversando, fazendo planos e pensando no futuro, enquanto ele mais uma vez se vê humilhado por essa cidade mesquinha. Cidade de merda!

O que ele vai fazer agora?

O que diabos ele pode fazer agora?

Ir embora? Não, não é possível. Precisa ficar ao lado de Klara e do filho, e não pode inventar mais uma mentira pois ela ficará sabendo assim que o banco vier cobrar o dinheiro do empréstimo. Henry passa na frente do banco e do abrigo para os sem-teto e antevê o que pode acontecer. Eles perderão tudo. Absolutamente tudo. A casa, a mobília, tudo. Ele sente vontade de chorar, de quebrar alguma coisa, mas segue adiante, tudo que quer agora é ir para longe dali.

Merda, merda, merda, pensa enquanto suas pernas o conduzem para perto do mar, ao longo da orla, onde os montes de algas ficam presos às pedras, para depois voltar a cruzar o centro passando diante do cemitério. Não há saída. Ele terá que contar o que aconteceu.

Klara apenas assente em silêncio. Não fica furiosa, não começa a chorar, e isso é ainda pior, pois agora ele não tem ninguém a quem confortar, nenhum lugar onde pôr as mãos, descansar o rosto ou projetar sua insegurança. Klara apenas fica parada diante dele, com os braços gorduchos caídos ao lado do corpo, balançando a cabeça gentilmente, como se ele tivesse feito uma confidência sobre o vizinho ou um comentário sobre o clima.

— Com o que vamos ficar, Henry? — ela pergunta.

Henry respira fundo e afunda os ombros.

— Não sei.

— A casa. Vamos ficar com a casa?

Henry sacode a cabeça e escuta Klara suspirar "Oh, Deus!" para si mesma, antes de esconder o rosto atrás das mãos e começar a chorar. Henry põe a mão sobre seu ombro, mas ela se desvencilha. Soluçando, tira as mãos do rosto e pergunta: — E os móveis?

— Não, Klara. Eles vão levar tudo, a não ser a casa. Mas eles vão arranjar um lugar para nós...

— Eles? No abrigo dos sem-teto?

Henry faz que sim com a cabeça. Percebe que ela volta a soluçar e sente a tristeza drenando todas as forças que ainda lhe restam. Sente-se fraco, o mundo volta a desabar sobre seus ombros tal como era antes, e ele não tem mais condições de resistir. Não aceita que seja assim, porque a culpa não é dele! Jamais teria roubado dinheiro do caixa se o pagassem melhor! Não teria cedido àquela tentação. No final das contas, a culpa de tudo que ocorreu é do tio e apenas dele, mas como explicar isso a Klara? Ela não vai entender nada. Nem mesmo o fato de que agiu assim por causa dela. Foi por causa dela e do filho que ele fez o que fez. Percorreu todo o distrito, de fazenda em fazenda, de cidade em cidade, trabalhando desde o começo da manhã até a noite, por causa deles. Será que ela não percebe?

Klara tira um lenço do bolso do vestido. Seus olhos estão marejados, as lágrimas deixaram um rastro de umidade no seu rosto. Então o encara, fria e calmamente.

— Muito bem, Henry. Quando virão pegar as coisas?

— Amanhã.

— Está bem. — diz ela passando o dedo sobre o canto da mesa numa espécie de despedida. — Está bem.

No dia seguinte, os credores chegam e levam as cadeiras e a mesa onde eles costumavam almoçar juntos no domingo. Levam as panelas brilhantes nas quais Klara costumava preparar suas receitas. Henry fica acuado num quarto e é obrigado a ver os objetos sendo carregados enquanto pessoas se aglomeram do lado de fora da porta, com os olhos arregalados, cochichando a todo instante. Nem se preocupam em disfarçar que estão se entretendo com aquilo, que querem se inteirar de todos os detalhes deste escândalo, que não se fartam apenas com o que seus olhos veem. Sentem uma necessidade irrefreável de ridicularizá-lo e não poupam sequer sua família. Merda. Eles não sabem de nada. Malditos pequenos burgueses que nunca, nunca, nunca perdem a chance de destruir aqueles que não tiveram a sorte de nascer na família certa! Filhos de puta mimados, que nasceram em berço de ouro e têm para si todas as oportunidades do mundo. Vão à merda!

Quando tudo é levado embora, entra um homem de paletó e pede a Henry que assine um papel confirmando o confisco da casa. Pede também que o acompanhe ao escritório do abrigo dos sem-teto. Henry tenta segurar Klara pelo braço, ela se esquiva com um movimento imperceptível, mas ele percebe a rejeição. De início acha que é compreensível, que ela irá superar, mas a frieza continua depois que recebem um apartamento no abrigo.

É como se a cada vez que ele tentasse tocá-la ela recuasse um milímetro, seu olhar agora é acompanhado de uma frieza, uma estranheza, uma queixa, como se ela também não se beneficiasse do dinheiro que ele trazia para a família. Como se ela não gostasse das costeletas de cordeiro, das idas ao café e das blusas e saias novas. Maldita hipócrita, pensa ele. Não poderia rejeitá-lo justo agora! Não tem esse direito! Depois de tudo que fez por ela, por eles; não pode se afastar justo agora, desprezá-lo assim.

À noite ele a agarra à força e levanta sua saia, deixando claro o que quer, levando uma mão na direção da sua virilha enquanto a segura firme com a outra, enfiando o dedo no seu sexo mesmo sem ela estar úmida. Depois ele a empurra na cama e desabotoa a calça. Sem dizer nada, mas respirando ofegante, sentindo a raiva crescer. Vadia ingrata! Como se não estivesse o tempo todo do meu lado aproveitando tudo! Hein? Você que sempre reclamava quando tínhamos pouco e nunca perguntava de onde vinha o dinheiro quando eu chegava em casa trazendo mais! Nunca!

Ele se deita sobre ela, segura seu pênis, o enfia na abertura seca e mal percebe que ela vira o rosto de lado e fica deitada sem mexer um músculo.

O tempo demora a passar agora que não há mais nada para fazer. Os dias não têm sentido, sem trabalho, sem reconhecimento, sem dinheiro. Henry não suporta mais ficar sentado ali e ser bombardeado pelas acusações de Klara, que não perde uma oportunidade de lhe esfregar na cara os erros que cometeu. Cada vez que abre a boca, cada vez que olha para ele e cada vez que o rejeita, ele é lembrado do fracasso. Em vez disso, prefere sair e vaguear sozinho pelos arredores de Levanger, o mais distante que puder dos olhares de conhecidos. Humilhado, imagina as pessoas se divertindo, jogando conversa fora e saboreando as guloseimas na lanchonete. Não é difícil imaginá-las debruçadas sobre as mesas e abafando a voz para contar o que aconteceu com Henry Oliver Rinnan. Logo ele, que gostava tanto de se gabar do que fazia.

Henry os imagina tentando disfarçar os risinhos irônicos, trocando olhares de nojo e de piedade ao redor das mesas, nas salas de estar das casas, nas calçadas e nos pátios das fazendas. São todos uns ordinários, todos eles! Bando de gente fútil que se deixa influenciar pelo que os outros pensam ou deixam de pensar. Esses merdinhas vão ver do que ele é feito! Ele não precisa de ninguém. De verdade. Não precisa de amigos, vizinhos, nem mesmo da família. Não se for para ser tratado assim. Tantas vezes ele esteve ali, no meio da floresta, apenas para chorar. Mas desta vez as lágrimas não vêm: endurecem como as gotas de estalactites que brotam do teto de cavernas e se acumulam no chão frio, onde se transformam em pedras. Eu vou me reerguer, pensa Henry trincando os dentes com força e exalando ofegante pelas narinas à medida que vagueia a esmo pela periferia da cidade. De um jeito ou de outro eu vou me reerguer e eles vão me pagar, é o que pensa quando cruza com dois vizinhos que param de conversar e olham fixamente para ele. Henry sente o rosto corar e nota como os dois estão indignados e, ao mesmo tempo, felizes. Ele? Ele não dá a mínima para o que se passa dentro daquelas mentes estreitas.

Aqueles idiotas, por que deveria lhes dar alguma satisfação? Que mal há se não convidam ele e Klara para jantar ou para um café de domingo, se ele não faz a mínima questão dessa convivência? Não faz diferença nenhuma!

Não faz a menor diferença, ele está cagando para aquelas companhias idiotas e mesquinhas. Não sente a menor vontade de frequentar suas salas de estar burguesas, onde tudo é uma questão de impressionar os outros com um novo jogo de porcelana ou um sofá, ou talvez algum objeto de valor ao qual se referem com desdém, assoberbados por uma falsa modéstia, e revelam afetando naturalidade que se trata de uma herança da família ou dizem algo como ainda não terminamos de pagar as prestações. Vão todos arder no inferno!

Morram todos aqueles malditos filhos de puta, pensa Rinnan enquanto atravessa a rua.

H de H_2O_2. Em outubro de 1942, Gerson e Jacob estão escondidos num sótão no centro de Oslo, ao lado do quartel-general dos nazistas. O cabelo de ambos, escuro como breu, não deixa dúvidas de que não possuem genes arianos.

— Vocês vão precisar tingir o cabelo — diz a viúva Eriksen enquanto coloca diante deles uma garrafa marrom que trouxe da farmácia. No passado, numa outra vida, ela foi a babá de ambos, antes da guerra e da família ser desmembrada, quando morava vizinha a eles numa casa em Trondheim. Cozinhava para eles, dava-lhes banho, esfregava seus corpos magros com sabão e os consolava quando choravam porque a espuma ardia quando entrava nos olhos. Embrulhava-os em toalhas e os ninava no colo, dizendo, Psssst, menininho, está tudo bem. Agora eles são adultos. Jacob gira o frasco na mão e lê o que está escrito no rótulo. Peróxido de hidrogênio.

— Peró... peró... xido — gagueja Jacob desconfiado, como costuma fazer, e sorri sem graça para Gerson, que pega o frasco e gira o rótulo para si.

Água oxigenada. Gerson já ouvira falar de um alvejante que certas mulheres costumavam usar para clarear os cabelos. Agora eles terão que se disfarçar tingindo os seus.

A babá traz uma bacia de água para mesa e duas toalhas, que estende sobre seus ombros. Depois pede a Gerson que incline o corpo, derrama um pouco do líquido sobre sua cabeça e vai espalhando com os dedos, massageando-lhe o couro cabeludo de um jeito que chega a fazer cócegas. Os cabelos ficam empapados e a substância leitosa escorre pelo rosto. Em seguida, o segura pelo queixo e examina Gerson de perto. Por um instante ele chegou a achar que ela quisesse beijá-lo, que encostaria os lábios nos seus, exatamente como ele sonhava que fizesse quando tinha dez anos de idade, mas em vez disso ela enfia o indicador na boca da garrafa marrom, tira mais um pouco do líquido e espalha sobre suas sobrancelhas. Primeiro de um lado, depois do outro.

— Pronto. Agora é só esperar agir — diz ela, voltando-se agora para Jacob. Enquanto ela repete o procedimento no irmão, Gerson abaixa a cabeça, olha para o tampo da mesa e volta a lembrar-se da mãe. Quantas vezes ela reunia ele, o irmão e o pai na cozinha, exatamente como agora, e cortava os cabelos de todos, um atrás do outro, espalhando os cachos negros em montinhos pelo chão.

Finalmente a senhora Eriksen vem com outra bacia e despeja a água de uma concha sobre sua cabeça. Ele reage ao contato do líquido gelado que escorre pela nuca e pelos ouvidos, mas não reclama. Deixa que ela o enxágue e seque seu cabelo.

Finalmente, ele ergue a cabeça, dá com os olhos no irmão Jacob e desata a rir, um riso que imediatamente se vê forçado a abafar cobrindo a boca com as mãos. O cabelo do irmão não está exatamente louro, mas avermelhado, num tom absolutamente artificial que Gerson jamais viu num ser humano.

A babá tenta em vão se segurar, pois ninguém pode saber que há alguém no sótão, mas não consegue e contamina Jacob com aquele acesso de riso.

Gerson fica diante do espelho apoiado na parede e ri da própria aparência. Não há como reagir diferente. Ele se transformou não num norueguês louro, mas numa cenoura ambulante ou no personagem de uma peça infantil.

— Agora é isso aqui que precisamos esconder — diz ele segurando um tufo do cabelo alaranjado.

Eles tentam enxaguar os cabelos várias vezes, mas é tarde demais, o alvejante já penetrou em todos os fios e descoloriu os pigmentos. Agora o que lhes resta a fazer é dar o fora dali. Para longe de Oslo, dos alemães, da guerra.

Eles esperam no sótão durante semanas a fio, sem nada para fazer. Por diversas vezes a babá sobe ao sótão com a notícia de que serão apanhados e transportados para além da fronteira, mas o plano sempre é abortado no último segundo. Em cada ocasião, alguém do movimento de resistência é descoberto e preso — ou assassinado.

A babá promete tirá-los dali assim que possível. Tentar falar com a mãe é arriscado demais. Eles não podem dar sinais de que estão vivos. Ainda não.

Tudo que podem fazer é pensar naqueles que se foram. A notícia de que o pai foi morto é assunto de todas as conversas, um rumor constante e duradouro cuja intensidade varia e às vezes afasta qualquer outra coisa de vista. A dor do luto não vem em ondas, gradual e previsivelmente. É mais como se dentro do peito houvesse um cálice frio e pesado, e ele a todo instante tivesse que cuidar para que o líquido não transbordasse. Às vezes cai em prantos ao lavar o rosto e ver novamente as madeixas alaranjadas no espelho. Quando menos espera, a imagem do próprio rosto congela e o que enxerga é o pai penteando o cabelo para trás, ou acariciando as costas da mãe ao passar por ela na sala de estar. De repente o que ouve é o pai cantarolando, ou discutindo com a mãe, ou conversando com um amigo da congregação, e esses pensamentos vão crescendo e assumem a forma de lágrimas que escorrem pelo rosto.

Outubro passou e já estamos em novembro. No apartamento do fim do corredor, vive uma mulher que trabalha como secretária da Gestapo. Ela costuma receber visitas de soldados cujos passos dos coturnos subindo as escadas ecoam pelo prédio inteiro. Numa ocasião, alguns deles bateram à porta e quiseram entrar, e Gerson e Jacob precisaram ficar espremidos na parede do sótão esperando que fossem embora, mas não era por eles que os soldados procuravam. Só vieram avisar da luz que a proprietária esquecera acesa atrás das cortinas.

É 15 de novembro. Eles esperam em silêncio, amedrontados e entediados. É 20 de novembro e continuam esperando.

Em 25 de novembro, os irmãos finalmente recebem as instruções de fazer as malas e se preparar, pois um táxi virá buscá-los na manhã seguinte, 26 de novembro.

Os dois fazem as mochilas. Tentam dormir cedo e agradecem à anfitriã que os deixou ficar ali por tanto tempo, mas, mesmo assim, Gerson fica acordado até bem depois da meia-noite. Enquanto os taxistas da cidade se preparam para levar ao cais centenas de pessoas que serão deportadas para a morte certa, Gerson tenta antecipar o que o destino lhes reserva. Finalmente chegou a hora. Amanhã cedo eles partirão.

De que vale a vida quando a carne é cortada até o osso? Quando o apartamento em que viviam é confiscado e a mobília é retirada? Quando pratos, talheres, quadros, tapetes, livros, sapatos, relógios e joias se vão e tudo o que resta é o corpo e umas poucas mudas de roupa? Gerson está sentado ao lado de Jacob na cama pequenina, esperando o táxi que vem apanhá-los. A mochila com um pouco de comida, algo para beber e uma muda de roupa já está pronta. É tudo que resta do trabalho de uma geração, da enorme jornada que você empreendeu, desde uma aldeia no interior da Rússia para a vida nas grandes metrópoles europeias. Agora, tudo se foi.

Eles esperam, esperam e esperam. Escutam um carro chegando e estacionando bem na frente. Serão os soldados?

Passos subindo a escada. Agora é o ruído da chave que gira na fechadura e da porta que se abre. É a senhora Eriksen.

— Venham. Está na hora — sussurra ela. Gerson fica em pé, em seguida Jacob também. Dão adeus ao quarto no sótão e param diante da porta. Gerson olha para o céu ainda escuro. No alto brilha o planeta Vênus, que durante séculos foi conhecido como Estrela da Manhã.

Os degraus rangem a cada passo até chegarem na porta da rua. A senhora Eriksen vai na frente para se certificar de que não cruzarão com nenhum soldado e pede que desçam.

— Já avisei para onde vão, é só entrar no carro — diz ela e se despede de ambos com um abraço.

Gerson caminha encurvado até o táxi, senta-se no banco traseiro e vê o rosto do motorista no retrovisor. Jacob senta-se no lado oposto e ajusta a boina para cobrir o cabelo clareado.

— Para a estação — diz Gerson. O motorista assente em silêncio e gira a chave. Vinte metros adiante um soldado alemão vem caminhando e acompanha o carro com o olhar, mas retoma o passo. Lá vão eles, bem antes do nascer do sol, quando as ruas ainda estão escuras e desertas, exceto por um ou outro corvo brigando pelos restos de comida nas latas de lixo. O carro segue pelo cais ladeando os navios ancorados paralelos à via e se dirige ao terminal ferroviário leste. Lá o motorista estaciona, avisa que a anfitriã já pagou a corrida e os dois vão para a plataforma, caminhando pelas sombras, com as cabeças abaixadas.

A plataforma está iluminada, demais até, pelas lâmpadas que pendem dos postes. Neste instante os dois estão sozinhos, mas o trem só chegará em quinze minutos e as boinas não dão conta de esconder o cabelo alaranjado. De repente, Jacob vai até o poste mais próximo, olha em volta, estica a mão enluvada e dá meia volta na pera, o suficiente para apagar a luz.

Olha para Gerson, dá um sorriso tímido na penumbra e recebe do irmão um tapinha nas costas. Agora só lhes resta esperar, acompanhando de perto qualquer movimento nas plataformas vizinhas. Por fim chega o trem. Os dois se sentam no mesmo assento, são os únicos no vagão, e conseguem sair da cidade. Desembarcam na estação de Strømmen e de lá tomam um ônibus, exatamente como foram instruídos. Passam o tempo inteiro sentados, espremidos, quem dera pudessem ser invisíveis nesta hora. Acima dos assentos só se veem as duas boinas.

Na mesma noite em que centenas de famílias judaicas embarcam no navio que as aguarda no cais, os dois irmãos estão no ônibus. A cada vez que cruzam com um caminhão, viram o rosto de lado. Finalmente, desembarcam numa parada erma no meio da floresta, onde ficam esperando no meio dos pinheiros. Esperando, esperando, esperando.

A certa altura escutam o ronco de um motor na escuridão.

Talvez devêssemos nos esconder na floresta, por precaução?, pensa Gerson, que olha para Jacob e imagina que o irmão está pensando o mesmo. Nenhum deles sabe ao certo, pois e se não forem os soldados, mas o caminhão que os levará? Não podem se dar o luxo de que o motorista siga adiante e os deixe ali, sem comida, sem uma garrafa térmica com bebida quente, no meio da floresta em fins de novembro em pleno inverno nórdico.

Não consegue mais pensar em nada quando é ofuscado pelo brilho dos faróis arredondados que varrem a estrada. O caminhão reduz a velocidade, desvia para o acostamento e desliga o motor. Gerson abaixa a mão do rosto e um homem de expressão gentil abaixa o vidro da janela e pergunta se são Gerson e Jacob. Eles sorriem aliviados, e o caminhão segue adiante.

As árvores passam rapidamente, troncos esgarçados cuja casca alaranjada se desgruda em flocos em meio a tufos de folhas finas como agulhas.

Os dois estão otimistas, mas não se atrevem a comemorar, ainda não.

O motorista pega uma estrada carroçável cujo acostamento é coberto de palha. Ao lado, se vê a cerca em volta de um curral deserto. Gerson espia o rosto do motorista pelo retrovisor, um jovem da sua idade. Por que um estranho correria tamanho risco? O que move todos aqueles que organizam a fuga além da fronteira, a pé, de carro, de barco, o que os faz pôr a própria vida em jogo para ajudar refugiados como eles?

Logo avistam uma fazenda típica: uma casinha branca ao lado de um celeiro pintado de vermelho. Um trator azul. Um garfo de feno enferrujado enfiado chão na beira da estrada com um dente amassado. Ferramentas e máquinas espalhadas, algumas tomadas pela ferrugem e carcomidas, prestes a serem engolidas pela terra.

Um homem forte, barbado e vestindo uma camisa de flanela manchada acena para que venham até o celeiro.

Lá eles devem esperar um novo transporte. Um caminhão de carroceria aberta, estacionado ao lado de uma enorme pilha de feno. Três homens e uma mulher, todos na casa dos vinte anos, também esperam. Todos judeus. Um deles é pianista e se chama Robert Levin.

— Onde vamos nos esconder? — pergunta Jacob.

— Ali — diz o homem apontando para a carroceria com um sorriso irônico.

— Debaixo do feno? — pergunta Gerson, e o homem assente confirmando.

— É bom comerem alguma coisa e irem ao banheiro antes. A próxima parada talvez seja só na Suécia.

Uma hora depois Gerson, Jacob e Robert sobem na carroceria, lado a lado. Gerson cruza as mãos sobre o peito, como um faraó, para poder coçar o rosto ou afastar a palha que faz cócegas no nariz ou na boca. Então chove feno sobre eles. Um capim seco e endurecido, ao mesmo tempo úmido e mucoso nas partes mais compactas, onde as fibras já se dissolvem.

Gerson fecha os olhos e prende a respiração. Sente apenas uma comichão nas bochechas, nos lábios, nos dedos e nas brechas da camisa e da calça. Sepultados sob a palha, eles jazem não num caixão que afundará a sete palmos na terra, mas na carroceria de um caminhão. Deitados ali, só esperam que os alemães não queiram inspecionar a carga pelo caminho.

Para chegar à Suécia é preciso primeiro que o caminhão faça uma travessia a bordo de uma balsa, e o embarque do lado norueguês está sob controle dos alemães.

O feno espeta o rosto, a nuca e as mãos enquanto seu corpo é transportado por caminhos que não consegue ver. Sente apenas o impacto dos solavancos na nuca e nos ombros e a única coisa que ouve é o ruído do motor a diesel bem debaixo deles.

Dos arredores tudo que percebe são as mudanças na inclinação à medida que sobem ou descem uma colina, ou a força centrífuga que às vezes arrasta seu corpo nas curvas.

Gerson mantém os olhos fechados e na sua imaginação os soldados aparecem a cada segundo. Em diversas ocasiões, os alemães levantam o feno, dois ou três soldados, uns brutamontes que o arrancam dali e o jogam no chão, cheio de palha seca presa nas roupas e nos cabelos, como um espantalho humano. Ele se lembra da garota judia que conheceu em Oslo e com quem começou a sair. Onde ela estará agora?

Em vez disso, tenta se concentrar em outra coisa, como na firma que gostaria de erguer do zero, mas o devaneio não dura mais que um breve instante. Basta um mínimo solavanco causado por uma pedra no caminho, um cruzamento onde o caminhão precise reduzir a velocidade, um apito de trem para levá-lo de volta à cena dos nazistas o arrancando da carroceria, repetidamente.

Às vezes ele é executado ali mesmo, ao descer do caminhão, com um tiro de revólver na nuca, ajoelhado no acostamento. Outras vezes é levado de carro para uma prisão ou uma sala de interrogatório. Dali não consegue elucubrar muito mais, pois lhe faltam elementos que sua imaginação não alcança. Bem que ouviu falar de histórias e boatos sobre o transporte de judeus, mas não sabe ao certo em que circunstâncias, a única coisa que lhe ocorre são detalhes como galpões, arame farpado, soldados e lama.

Quanto tempo já se passou? Quinze minutos? Talvez uma hora? Gerson precisa ir ao banheiro, mas terá que esperar. Depois de uma eternidade o caminhão estanca. Já terão chegado? Seus ouvidos sentem o sangue pulsando, seu estômago também, o corpo inteiro ecoa o ritmo incessante da vida que é transmitido de geração em geração sem jamais ser interrompido, uma leve percussão que passa de mãe para filho, contínua e repetidamente, através dos séculos e ao longo de milênios desde que o primeiro coração começou a bater. O pulso incessante da vida.

Então, o motor morre e o caminhão finalmente para de vez. Alguém grita lá fora, um homem, mas não é o motorista, e ele não está falando sueco, ou...? Seria alemão?

Sim.

A porta do carro volta a bater. O capim espeta o rosto, as pálpebras e uma palha acha de se enfiar dentro da sua narina. Alguém começa a conversar próximo da carroceria. Os soldados querem saber aonde o motorista está indo. Em seguida avisam que vão *steuern die Last*.

Inspecionar a carga.

Gerson ouve o ruído das mãos remexendo o feno, aperta instintivamente as pálpebras e imagina que é o fim, aquelas mãos em breve o alcançarão. Alguém diz algo em alemão que Gerson não consegue entender. Será que encontraram Jacob?

Ele tenta se concentrar, mas de repente faz-se silêncio. Os soldados pararam de falar. Ele ouve passos sobre o cascalho bem próximo. Em seguida escuta o barulho seco de algo sendo enfiado no capim seco. *Swish*. Um garfo de feno? A ponta de uma baioneta? O ruído se repete à medida que o objeto é inserido e retirado novamente.

Por que diabos alguém transportaria feno para o outro lado da fronteira?, pensa Gerson enquanto o ruído persiste, arrependido de não ter perguntado antes por que não inventaram um pretexto melhor? Por que diabos alguém exportaria feno? Quem seria tão estúpido a ponto de acreditar que na Suécia não há capim suficiente para os fazendeiros ceifarem?

Swish. Sim, estão falando alemão. A camada de feno imediatamente acima dele se remexe.

Ele tenta se manter imóvel, prende o fôlego, não ousa sequer apertar os olhos com mais força. A qualquer momento irão encontrá-lo. Será que conseguirá ficar quieto quando a baioneta ou a ponta do garfo o atingirem no rosto, no peito, na perna?

Swish.

Swish.

Swish.

Um objeto contundente o atinge nos joelhos, ele sente o capim se movendo acima da rótula. Em seguida o objeto bate no assoalho da carroceria, rente ao seu rosto, produzindo um ruído metálico. Um terceiro golpe o atinge de raspão no alto do ombro. Não é suficiente para cortar a carne, mas dói mesmo assim. Será que o soldado percebeu? Que acertou algo mais resistente?

Passam-se um ou dois segundos, o objeto é torcido e, agora sim, corta sua pele. Em seguida é recolhido e Gerson escuta uma voz dizer que está tudo em ordem, que podem embarcar na balsa.

Gerson sente a vibração do motor que volta a funcionar e o caminhão segue adiante. Tem vontade de gritar de alegria, de chorar de alívio, mas não faz nem uma coisa nem outra. Continua deitado, imóvel, de olhos fechados, com a bexiga dilatada e sentindo a dor do corte no ombro.

A balsa oscila de um lado para outro enquanto navegam, e o tremor do motor reverbera pelo corpo. Em seguida, ouve-se um ruído mais alto, provavelmente o motor revertendo, e um leve solavanco da balsa aportando no destino. Demora uma eternidade. Ouvem-se gritos. As portas de metal são abertas e finalmente o caminhão retoma a viagem por terra. Gerson sente um nó apertar a garganta. Já não deviam ter chegado ao destino? O que está acontecendo, pensa ele, atento aos mínimos movimentos na carroceria. Os solavancos na estrada são tão fortes que quase o arremessam para fora. Por fim, o caminhão para completamente. O motor é desligado. Gerson fica deitado imóvel, quase se esquece de respirar, sem saber se podem estar passando por mais um posto de controle. Então a lona é retirada da carroceria. Gerson finalmente se senta, limpa o feno do rosto e toma um susto ao ver a pistola que o motorista segura na mão. Acha que agora serão extorquidos. Ou talvez tenha caído numa armadilha: quem sabe o motorista seja um dos agentes duplos de quem tanto ouviram falar.

— Podem sair — diz o motorista dando-lhes as costas. Só agora Gerson ousa ficar em pé, olhar em volta e ter certeza de que estão sozinhos. Não há ninguém mais no caminhão nem nas proximidades. Nada de tropas alemãs de prontidão para levá-los a campos de concentração ou simplesmente executá-los ali, no meio do nada.

Tudo que vê é uma estrada carroçável, cercada de pinheiros e abetos, e Jacob segurando a boina nas mãos, absolutamente ridículo com aquele cabelo alaranjado e coberto de feno. Gerson começa a rir. O mesmo faz o pianista.

Gerson se arrasta para fora do caminhão, limpa o capim das calças e sente as pernas dormentes depois de tanto tempo parado.

— Se vocês caminharem mais uns duzentos metros naquela direção — diz o motorista apontando — avistarão uma placa indicando um cruzamento, e já estarão na Suécia.

O pianista e os três outros cumprimentam o motorista, o mesmo fazem Gerson e Jacob, que não param de lhe agradecer. E se vão. Gerson quer sair correndo em disparada, mas se contém. Apenas caminha apressado.

Depois de alguns metros, Gerson se vira e vê o motorista entrar no caminhão e partir. Logo depois da curva eles veem a clareira no meio da floresta, e a placa amarela onde se lê RISKGRÄNS SVERIGE. Fronteira Nacional da Suécia.

Jacob põe o pé além da linha invisível que separa os dois países e sorri incrédulo. Gerson faz o mesmo, tomando o cuidado de atravessar para o outro lado da estrada, para que não haja dúvidas. E então o irmão o abraça forte e Gerson é tomado por um sentimento de alívio. Ainda sem acreditar, ele apenas ri, ri até que seu rosto esteja inundado de lágrimas.

Eles conseguiram. Estão em segurança!

I

I de imundície. Os cristais de gelo grudados às barbas dos prisioneiros no inverno lhes dão um aspecto ainda mais degradante. Fios de saliva ou muco se acumulavam nos pelos ao redor do pescoço e os deixavam com uma aparência selvagem, como se fossem animais.

I da inclemência dos guardas que o obrigavam a fazer flexões no pátio da prisão enquanto o golpeavam com os cassetetes.

I da irritação que você sente com os acessos de tosse, com a fome e com os espancamentos. O que mais é necessário para preservar sua dignidade e sua humanidade, se o sistema em que está inserido foi inteiramente planejado com o único objetivo de arrancá-las de você?

I de Ivar Grande, que chegou ao posto de subcomandante ao ingressar na Gangue do Rinnan, em maio de 1942. Um homem alto e atlético que se divorciou da esposa quando teve um caso com a colega de gangue Kitty Lorange — que adotou o sobrenome Grande quando casaram. Ivar era simpático e persuasivo, e facilmente se infiltrava nos movimentos de resistência. Era bonitão e inspirava confiança, um sujeito que chamava a atenção por onde passava e a quem as pessoas gostavam de ouvir; até mesmo Rinnan percebeu como os membros da gangue prestavam atenção no que Grande dizia, ainda que não fosse o líder de fato. Isso foi um problema até que finalmente deixou de ser. Rinnan transferiu Ivar Grande para um posto em Ålesund, onde terminou sendo morto a tiros. Kitty Grande ficou viúva e se aposentou da gangue.

I de imprensa. Numa entrevista à agência de notícias NTB, um dos três médicos forenses do julgamento de Rinnan afirmou:

Não há dúvida de que Rinnan exerce uma grande influência sobre seus companheiros. Conversei com ele em diversas oportunidades e não tenho vergonha de dizer que eu mesmo fiquei impressionado com seu carisma. Não apenas isso, mas ele é capaz de articular um discurso convincente; no que diz respeito à inteligência, é alguém acima da média. O fato de que mesmo assim tenha se tornado um criminoso provavelmente se deve às atribulações que teve na vida emocional. Porém, não acho que exista algo de doentio no poder que detinha sobre seus companheiros.

J

J de janeiro.

J de justiça.

J de *jøssinger*, apelido dos membros da resistência, em oposição aos *quisling* — em alusão ao sobrenome de Vidkun Quisling, primeiro-ministro da Noruega ocupada, fuzilado em 24 de outubro de 1945 por alta traição. O nome se originou numa derrota alemã no Jøssingfjorden, o fiorde onde um navio de guerra dos nazistas foi abordado em fevereiro de 1940 e trezentos prisioneiros ingleses foram liberados, um episódio que sem dúvida corroborou para a decisão de ocuparem a Noruega em maio do mesmo ano. O termo *jøssing*, no singular, era usado pelos nazistas como insulto, mas foi encampado pelo movimento de resistência e passou a ser sinônimo de patriotismo, sendo adotado como nome de vários panfletos clandestinos pelo país.

J de judeu. A cultura judaica tem uma linguagem própria e um compêndio de narrativas que devem existir na memória de todos os fiéis para ser recontada às gerações futuras. Foi assim que os ancestrais dos meus filhos pelo lado materno emigraram da área em torno de Jerusalém, alguns milênios atrás. Gradativamente, rumo ao noroeste, até chegar à Rússia por volta do ano 700 da nossa era comum. Em dado momento da Idade Média, ali se concentrou o maior contingente de população judaica do mundo. A partir do final do século XVIII, os judeus passaram a ser confinados em áreas específicas, e, por volta de 1880, começaram as perseguições e os pogroms que obrigaram cerca de dois milhões de judeus a fugir da Rússia, com destino aos EUA ou à Escandinávia, num intervalo de poucas décadas. Um deles é você.

Um dos seus descendentes é Rikke.

J de junho e do verão que passa no norte da Noruega como intérprete dos prisioneiros de guerra russos, explicando a eles como assentar os blocos de gelo até determinada altura. Você atua como mediador dos turnos de trabalho e da quantidade das rações de comida, trabalhando sob um céu que nunca escurece, com o sol da meia-noite brilhando sobre as planícies estreitas e escarpas íngremes. Ao observar os russos serrando os blocos de gelo, você percebe naqueles olhos a expressão de um medo que é o mesmo seu: o que farão os alemães quando não mais precisarem de você? Você afugenta o enxame de mosquitos que zumbem ao redor dos seus ouvidos, toma aquela sopa aguada todas as noites e pensa como estará sua família. Depois vem o outono, quando mal espera já é outubro, e de repente você é informado de que será levado de volta a Falstad. Há rumores sobre a adoção da lei marcial, uma represália ao movimento de resistência norueguês, e você aprecia a paisagem setentrional das janelas dos trens e carros em que viaja. Planícies de grama e urze, com bétulas anãs dispersas, até começarem a reaparecer os bosques de pinheiro, primeiro pequenos, depois maiores e cada vez mais densos, à medida que você se aproxima do condado de Trøndelag e do campo de prisioneiros.

J de janeiro de 1950. Ellen Komissar está a caminho do novo apartamento de Marie para uma celebração tardia do Hanucá em família. Gerson e Jannicke seguem em frente, de mãos dadas, com passos leves e saltitantes, enquanto ela, grávida de oito meses e prestes a dar à luz a qualquer momento, se arrasta pela escada acima. As coxas roçam a enorme e pesada barriga a cada degrau, e a todo instante precisa enfiar as mãos sob o fraque para ajustar o cós das meias-calças que desliza da cintura, mas sem largar o corrimão, por via das dúvidas.

Uma onda de calor a invade, o suor lhe empapa as costas e Ellen faz uma pausa para retomar o fôlego. Desabotoa o fraque e faz circular um pouco de ar fresco, não pode aparecer toda suada diante dos convidados, receando tornar as coisas ainda piores. Sentindo-se alheia no próprio corpo, ela não se sente feminina, perdeu toda a autoestima, está inchada, suas mãos e pernas estão tão intumescidas que mais parecem troncos. O que há de beleza nisso?, pensa ela se esfalfando para subir os últimos degraus, enquanto Gerson segura a filha no colo e se vira para ajudá-la.

— Está tudo bem, Ellen? — Ela olha rapidamente para cima e apenas faz que sim com a cabeça. Ele está tão bonito naquele sobretudo, de lenço no pescoço. Ela, por sua vez, em breve estará deitada numa cama, sofrendo com a privação de sono, vestindo uma blusa que recende a leite materno e golfadas da bebê. Nauseada e abatida, ficará deitada ali um bom tempo enquanto Gerson receberá a visita das mulheres mais belas da elite de Trondheim na butique. São elas que têm poder aquisitivo suficiente para ir à Paris-Viena encomendar roupas importadas, ou mandar costurar um chapéu com acessórios personalizados. Não há dúvidas de que ele quer se ver livre de mim, repete ela para si mesma, mirando-se no exemplo do próprio pai. Ele juntou-se com a secretária e se separou da mãe, que há semanas foi internada num hospital psiquiátrico nos arredores de Oslo. Eu tinha de estar lá, pensa Ellen, deveria ter viajado para visitá-la, mas não é possível, justo agora que posso dar à luz a qualquer momento. Por um momento se vê completamente indefesa e sente vontade de sentar ali mesmo, nos degraus da escada, e deixar o choro vir, mas resiste e se obriga a sorrir de volta para Gerson. Obriga-se a dizer que está tudo bem. Preciso ser forte, pensar que sou feliz, feliz, feliz, diz ela sorrindo para Jannicke, que a acompanha através da balaustrada do andar superior. Que menininha adorável, de olhar brilhante e lindos cabelos escuros.

Então, ela retoma a subida e finalmente chega à porta do apartamento. Gerson coloca a mão nas suas costas, um gesto sem dúvida de boa vontade, mas as costas estão molhadas de suor, lembra-se Ellen, e se esquiva, vira de lado, sorri forçadamente e faz menção de segurá-lo pelo antebraço, para deixar claro que não quis ser indelicada como pode parecer, mas agora é ele quem já se fechou em copas. Gerson se agacha para pegar Jannicke no colo e é como se Ellen não existisse mais.

Eles tocam a campainha e Marie abre a porta com uma aparência estressada. Abusando do próprio charme e sorrindo protocolarmente. Falando alto demais, rindo à toa, enquanto eles se despem dos casacos e entram em casa, exatamente como fez da última vez. Ellen se senta com Jannicke ao lado e começa a comer, tentando não se fazer notar. Evitando pensar na irmã de quem tanto sente falta e se lembra várias vezes no dia. Grete, a irmã gêmea, que saberia melhor que ninguém o que ela está passando. Compreenderia como ela se sente infeliz, e mais: nunca a julgaria por se sentir assim, por pensar desta maneira e por nunca parecer genuinamente feliz e grata à vida morando naquela casa. Ellen pega a taça de vinho. Percebe o olhar oblíquo de Gerson, que não aprova aquela conduta, mas uma taça ao menos ela tem direito de beber. Ellen recebe a travessa com batatas, Marie volta a perguntar como está e ela lhe retribui com o semblante mais gentil: — Bem, obrigada. Claro que está tudo bem. Olhe só como tenho sorte na vida — diz ela, sorrindo para Gerson, e por um átimo quase não consegue acreditar que agiu assim.

J do jogo que tem uma nova reviravolta, um novo emprego que salva Rinnan da ruína financeira e o permite se mudar do abrigo dos sem-teto. Ele foi empregado numa agência de transportes por um homem chamado Ernst Parow, e sua função é abastecer os distritos de Levanger com mercadorias, visitando fazenda atrás de fazenda, sem deixar de fora o menor dos vilarejos. O trabalho lhe dá a segurança de retomar o curso da vida, embora as perspectivas agora não sejam tão promissoras. Ele sempre almeja algo maior, embora continue frequentando a lanchonete, não mais para sentar-se junto com outras pessoas e contar histórias, não é mais isso que o atrai. Em vez disso, lê artigos em jornais que leva consigo e desafia os demais clientes com perguntas aleatórias, apenas para que saibam o lugar que lhes é devido.

— Qual a capital da Bolívia, você sabe? Não, você não sabe.

Ou: — Alguém aqui sabe o que significa discrepância? Não? Bem que eu desconfiava! — Só para sentir o gostinho de vê-los inseguros e envergonhados. Quer flagrá-los gaguejando ou piscando os olhos, perceber como suas fraquezas ficam evidentes enquanto tentam responder. Só então ele se sente à vontade para ir embora, depois de confirmar, mais uma vez, sua superioridade diante de todos eles.

Talvez até quisesse se demorar mais ali sentado como fazia antes, mas com que proveito?

Rinnan percorre cada uma das fazendas de região vendendo mercadorias. Entra em contato com os moradores, aprende seus nomes e tenta fazer o melhor trabalho possível, e desta forma adquire outras habilidades. Descobre, por exemplo, a posição política dos fregueses, um segredo valioso do qual ele nem se apercebe naquele instante.

Eclode a Guerra do Inverno, na qual soldados finlandeses enfrentam os comunistas russos, camuflados atrás de rochas e troncos em uniformes brancos como a neve. À noite, ao deitar, ele fecha os olhos e imagina como serão os combates. A gelada e desértica paisagem das estepes russas. A neve fresca marcada pelos rastros das lebres ou pelo pó da casca empretecida dos pinheiros, que o vento ou as patas dos esquilos desprendem do tronco. O silêncio é absoluto. Então ele surge no meio da neve, invisível aos olhos dos combatentes, e começa a atirar.

É grande o número de voluntários para combater na guerra, e um escritório de alistamento é aberto em Levanger. Henry toma seu lugar na fila, diz que quer derrotar o perigo comunista no front leste e não tem medo de nada, pois realmente não tem. Ao contrário, ele anseia por aquilo.

Todos precisam ser pesados e medidos, inclusive Henry, por mais que insista que não é preciso. Não haverá exceções. Claro que a pessoa que está ali para fazer as medições é uma mulher, uma jovem de franja cobrindo a testa, que veste um jaleco branco, tem braços esbeltos e um olhar penetrante. Ela lhe pede para tirar as botas e ficar rente à parede, onde o contrapeso de uma balança pende diante de uma trena amarela. Henry é obrigado a escutar o som degradante do marcador sendo puxado para baixo, bem distante da última medição, seguramente uns vinte centímetros, até finalmente sentir o toque do metal na cabeça, ou melhor, no topete que mantém sempre armado para parecer mais alto, mas claro que aquela enfermeira precisa apertar o marcador com força, para chegar até o couro cabeludo. Henry fica em silêncio com o rosto retesado. Ela toma nota da altura, sem esboçar nenhuma reação exceto um leve murmúrio, quase um suspiro, dizendo um metro e sessenta, bem... num tom quase de lamento. Mas ele percebe muito bem como ela o despreza. E, ao tentar disfarçar, a enfermeira o faz sentir duplamente humilhado. Como se não fosse capaz de ouvi-la dizendo aquilo em voz alta. Como se não fosse lembrado de como é baixinho, a cada instante, todo santo dia.

Henry volta para casa e a expectativa tem início. Dias longos que se arrastam e nunca chega o aviso de que ele deve se preparar para partir, a oportunidade que finalmente terá de deixar tudo para trás. A chance de abandonar para sempre Levanger, aquela cidade vulgar e pequeno-burguesa, e ir para um lugar onde as verdadeiras batalhas são travadas, onde nascem os verdadeiros heróis. Há outros que se voluntariaram, mas são poucos, e Henry percebe o respeito que os outros lhe demonstram quando diz que se alistou, que é só uma questão de tempo para viajar para o front de batalha.

Transcorre uma semana.

Duas.

Finalmente, ele recebe a resposta pelo correio. Rinnan rasga o envelope aflito, com a sensação de que junto está rasgando o tédio e a impotência que o atormentam, e completando a transição para um outro mundo e uma outra vida, mas em vez disso esbarra em mais rejeição. Inapto para o serviço.

Ele se recusa a aceitar, precisa ler a carta várias vezes para ter certeza de que o texto está lá, preto no branco. A carta diz que ele é inapto para o serviço. Sem justificativas.

Merda. Será por causa da estatura?

A Guerra de Inverno virou uma competição de altura? É preciso ter dois metros de comprimento para poder apertar o gatilho de um fuzil, por exemplo? Não, não é! É preciso ter 1,90 metro para poder dirigir um carro? Assaltar uma casa? Alvejar um inimigo?

Não, claro que não. Ele fica furioso. Mesmo assim, não há humilhação que o tenha preparado para ouvir o que certo dia ouviu quando voltava para casa e encontrou um grupo de garotos ansiosos para se exibir para suas companheiras. Assim que cruzam com Henry, um deles diz em voz baixa, mas o suficiente para ser ouvido:
— Ouvi dizer que o Rinnan não vai para a guerra porque não existem tanques de brinquedo para ele pilotar.

Merda.

Fodam-se eles!

Como tem vontade de torcer o pescoço daqueles merdinhas! Se dependesse dele, aquele sorriso idiota nos rostos deles estaria com os dias contados. Todos eles, na comuna, no condado, no país inteiro. Todos aqueles idiotas belos e bem-sucedidos que não fizeram NADA além de nascer com uma estatura normal.

Não perdem por esperar, pensa Henry descendo a rua sem erguer os olhos do caminho. Um belo dia eu irei à forra, quando já não morar mais nesta merda de cidade, quando for alguém, sim, eles vão implorar de joelhos para ter a chance de ter uma conversinha comigo. — PODEM ESPERAR — é um grito que cala fundo dentro do seu peito.

PODEM ESPERAR!

J de Jannicke: — Grete e eu tínhamos um clube que chamávamos de Clube da Velinha, porque havia um corredor secreto no sótão, tão escuro que precisávamos acender uma vela para poder enxergar alguma coisa. Era uma loucura, é claro, podíamos ter ateado fogo na casa inteira. No final do corredor havia um compartimento secreto onde Rinnan provavelmente se escondia. Foi onde encontramos o tal do saquinho...

— Sempre achei que crescer naquela casa não queria dizer nada de mais, mas então aconteceu algo. Foi pouco tempo depois que mudamos de volta para Oslo. Eu já era adulta e trabalhava na banca de jornais da estação de metrô de Majorstua. Havia um bêbado que vivia pelas redondezas, um sujeito esfarrapado e meio agressivo, mas estava sempre por ali e me cumprimentava de vez em quando. Certo dia ele me contou que tinha feito parte da Gangue do Rinnan. Nunca soube quem era, mas só pode ter sido um dos que escaparam da pena de morte e também da prisão. Ele descreveu em detalhes o que faziam por lá, os prisioneiros, as torturas, e comecei a passar mal. Segundo me disse uma colega de trabalho, fiquei pálida e tão aflita que precisei ir me sentar numa cadeira na saleta dos fundos.

K

K de *kalott* ou *kippa*, os termos para solidéu ou quipá, em norueguês. A primeira vez que me lembro de ouvir alguém pronunciá-los em voz alta foi numa piscina, em Bærum, num dia de inverno no final do milênio passado. Logo eu, que naquele tempo tinha vergonha das pernas compridas e nunca usava shorts porque achava que me faziam parecer mais magro do que de fato era. Mesmo assim, lá estava eu, exibindo meu corpo pálido em pleno inverno, participando de um treinamento de resgate que era pré-requisito de um emprego temporário de verão numa colônia de férias infantil na ilha de Kalvøya, nos arredores de Oslo. Assim que entrei no ginásio, dei com os olhos numa jovem sentada próximo à borda da piscina, vestida da cabeça aos pés. Ela era a única que não estava em traje de banho e percebi que aquilo foi mais que um olhar, que havia algo entre nós, mesmo que ela parecesse completamente diferente das pessoas que eu achava que me interessavam. Uma jovem de cabelos curtos e calças escuras, vestindo uma blusa de batique preto-azulada, com olhos castanhos claros. Nós mal nos entreolhamos, talvez até tenhamos nos demorado um pouco mais do que se espera nessas circunstâncias, e ela continuou a conversa com uma amiga, disse que estava bem, que tinha acabado de arrumar um namorado e eu fiquei arrasado. Achei que era o tipo de coisa que só acontecia comigo, que o jeito era esquecê-la. Fui conversar com um conhecido na borda da piscina sobre um assunto qualquer, talvez sobre um filme ou um livro, e de repente me peguei tentando me lembrar do nome daquele chapeuzinho que os homens judeus usam na cabeça. Foi então que a tal garota se voltou para mim e disse *kippa* ou *kallot*.

Ela era diretora da colônia de férias, mas estava de viagem marcada para uma temporada de estudos na Espanha. Tinha um sobrenome incomum, Komissar, e, antes do fim daquele verão, terminou o relacionamento anterior, nós ficamos juntos e ela decidiu ficar na Noruega. Eu me mudei para o apartamento onde ela morava. Nós viajamos, estudamos e casamos. Logo tivemos um filho, depois uma filha, e assim, num piscar de olhos, se passaram vinte anos, enquanto ficávamos cada vez mais envolvidos um com o outro.

K de *kjærlighet*, que em norueguês significa amor.

K de *Kristallnacht*.

Há alguns anos, o artista plástico judeu Victor Lind concebeu uma performance para recriar a noite em que as famílias judaicas foram deportadas, no dia 26 de novembro de 1942. A exemplo do que fez o então chefe de polícia norueguês Knut Rød, ele reservou cem táxis que ficaram enfileirados na Kirkeveien, a rua da igreja, com giroscópios acionados e sirenes ligadas em sincronia, alternando-se com o tique-taque do relógio da torre, enquanto um navio invisível zarpava do cais em frente e desaparecia pelo fiorde de Oslo.

K de *Krig*, o termo alemão para guerra, a grande guerra que se alastra cada vez mais. Parece que alguém acendeu um fósforo embaixo de um mapa e aproximou a chama da Alemanha, que de repente se incendiou e o fogo foi consumindo cidade após cidade, país atrás de país, arrasando tudo por onde passava.

Para Rinnan, a guerra primeiro se anuncia como um grito bem abaixo da janela do quarto de dormir. Ele abre os olhos e fica de pé. Klara está nua ao lado da janela, escondendo-se atrás da cortina, e Henry vem ver o que está acontecendo, com o pênis ereto e oblíquo, como costuma acontecer quando acorda. Então ele apura os ouvidos e escuta o que estão gritando. Que a Noruega está sob ataque. Que a guerra chegou.

Finalmente, pensa Henry enquanto se veste e sai apressado sem nem tomar o café da manhã. Finalmente! Desta vez não haverá ninguém para reclamar se ele é alto ou baixo. Agora eles o receberão de braços abertos. Se fizerem perguntas, ele lhes mostrará que tem experiência como motorista. Quem mais naquela cidadezinha pode dirigir rápido como ele, e com segurança? Quem mais naquela parte da Noruega conhece cada lombada e cada curva das estradas como Henry Oliver Rinnan, que começou levando e trazendo seus amigos para os bailes e depois passou a transportar mercadorias por todo o condado de Trøndelag?

Ninguém!

Ninguém, ninguém, ninguém é a resposta, Rinnan é a única resposta possível, eles sabem muito bem, todos eles, não importa o que venham a alegar desta vez.

Henry recebe seu uniforme. Os conscritos são instruídos a usar os uniformes antigos, mas ele se recusa. Não quando há tantos uniformes novos à disposição, bem na sua frente. Henry encontra um que lhe serve. Na verdade, sobram uniformes de tamanho pequeno. Então, começa a se transformar, percebe a metamorfose que acontece quando enverga um uniforme — a roupa realmente faz o homem. Veste as calças diante do espelho, abotoa o casaco de botões dourados, amarra o cadarço das botas e assim que vê o reflexo do rosto sabe que é capaz de qualquer coisa, de ousar fazer o que ninguém faz.

Ele é incorporado à divisão norueguesa em Sandnesmoen, um grupo secreto que fica escondido numa fazenda. Primeiro, ajuda a carregar as caixas de munição num caminhão do qual, em seguida, assume o volante e dirige para o aeroporto. Sente a rigidez do plástico branco em contato com as luvas, sente o perigo de transportar tamanha quantidade de pólvora empilhada bem atrás de si. Explosivos aguardando serem detonados, projéteis que esperam ser disparados para transpassar corpos de soldados alemães e matá-los.

Como ele adora essa vida. Dormir ao lado de outros colegas como um igual. Contar histórias aos outros soldados, ouvir o rádio, debater os últimos acontecimentos do front.

Passa-se uma semana. Duas.

Chega a notícia de que a Noruega capitulou. Os covardes lá no Sul depuseram as armas, tudo acabou, eles foram ordenados a se render. Receberam ORDENS para isso. Henry tenta convencer os colegas a lutar, diz que podem formar uma divisão secreta. Em vão, pois os soldados alemães chegam de repente com seus casacos preto-azulados e olhos azuis brilhantes.

A rendição tira o ânimo de todos os seus amigos. Eles se sentem inúteis, inertes, apáticos. A companhia inteira é dissolvida de um dia para o outro e todos os soldados são transportados para um campo de prisioneiros alemão em Snåsa.

Sob um nevoeiro denso e permanente, Henry debruça-se sobre a cerca, sente o frio do metal penetrando as mãos e a testa, imundo, entediado, e apenas vê o tempo passar. Nos dormitórios coletivos, dias e noites se arrastam numa lentidão sem fim. Sua imaginação corre solta novamente e ele recria os acontecimentos de um outro jeito.

Com a ajuda de um colega, Henry põe um dos guardas fora de combate ao atingi-lo com uma pedrada na cabeça. Em seguida, os dois rastejam por baixo da cerca e se esgueiram na escuridão até a pilha de troncos onde estão estacionados os caminhões alemães carregados de armas. É perfeito. Ninguém os vê subir na carroceria de um dos caminhões, cada um pegar sua metralhadora e se agachar, tremendo de excitação, durante todo o trajeto até Trondheim. No primeiro cruzamento onde o caminhão é obrigado a reduzir a velocidade, os dois descem da carroceria. O motorista os vê pelo retrovisor e saca uma pistola, mas Henry aponta a metralhadora para ele e dispara. O alemão salta no chão, sai correndo e desaparece no meio da floresta.

— Ei, você aí!

Henry desperta do devaneio. O grito põe fim àquela fuga imaginária e o transporta novamente para o campo.

— Afaste-se já da cerca — grita o soldado em alemão. Henry vai para onde estão os outros prisioneiros, rememorando a fuga na mente para não deixar nenhum detalhe fora do lugar.

Duas semanas inteiras de medo sobre o que virá a seguir. Duas semanas de tédio e espera até finalmente receber a ordem de arrumar as roupas na mochila e se perfilar do lado de fora do dormitório, onde dois caminhões de pneus enormes, cobertos por uma lona verde, aguardam os prisioneiros. Henry se junta ao grupo e é transportado de volta à cidade.

Para ele, a guerra poderia ter terminado ali.

Henry volta ao trabalho, retoma a vida de antes, e embora Klara não pareça exatamente feliz ao revê-lo, o chefe da transportadora fica grato por tê-lo de volta. Finalmente alguém vinha em seu socorro. Se não fosse por Henry, quem mais o ajudaria? Henry transporta mercadorias pelo distrito durante o final da primavera e ao longo de todo o verão. Retoma o contato com as famílias nas fazendas de antes, mas agora a guerra introduz um novo mote nas conversas, e vai percebendo aqueles que têm ou não simpatia pelos alemães. Enquanto isso, as vendas vão bem, o dinheiro vai entrando no caixa e seu comportamento só é motivo de elogios. De fato, o chefe está tão feliz que até convida Henry para um jantar que oferece aos alemães. Uma recepção de verdade, apenas para oficiais e comandantes.

Ele! Convidado! Para a mesa dos oficiais!

Henry toma um banho, penteia os cabelos, prova várias camisas diferentes até escolher uma. Klara não entende por que tanta agitação, mas Henry procura não discutir, apenas tenta ignorá-la quando lhe pergunta por que um simples convite para um jantar é tão importante. — Não diga nada a ninguém — ele avisa. — Nem UMA palavra.

Henry termina de abotoar a camisa, puxa as mangas para que os punhos fiquem visíveis no terno que o avô costurou, e empurra a porta entreaberta com o bico do sapato. Escuta a recém-nascida chorando na cozinha, um choro de frustração porque não tem o que quer. Klara que cuide disso, ele não tem tempo a perder, e sai pela porta. Henry já sente o reconhecimento das pessoas que encontra pela rua. Aqueles que não repararam nele ainda não perdem por esperar.

    A alegria e o orgulho que sente ao tocar a campainha se transformam em humilhação diante da maneira como é tratado pelos oficiais alemães. Eles o cumprimentam e depois o ignoram completamente e seguem falando alemão, um idioma que Henry não domina. Vestidos em seus uniformes impecáveis, eles conversam animadamente, enquanto Henry fica isolado e em silêncio.

    Apenas o terceiro homem que o cumprimenta demonstra algum sinal de interesse. Gerhard Stübs. Felizmente, ele aprendeu norueguês e pergunta, só por educação, o que Henry faz. Henry dá um sorriso forçado e inseguro e lhe conta das viagens com o caminhão. Menciona que há um bom tempo vem transportando mercadorias de fazenda em fazenda, por todo o distrito.

    — Você deve conhecer muito bem as pessoas, não? — pergunta o homem, que de súbito passa a prestar mais atenção na conversa, ignorando até seus colegas alemães quando lhe dirigem a palavra. Ele agora é todo ouvidos para o que Henry diz.

    — Sim, claro que conheço — responde ele. — Conheço cada fazenda, cada construção... Ninguém conhece melhor as pessoas de Trøndelag como eu — responde ele, tomando mais um gole da taça. O alemão do outro lado da mesa mantém o olhar fixo no prato por um instante, limpa a boca com o guardanapo branco e levanta o rosto.

    — Então talvez você saiba quem gosta e quem não gosta de nós, não é?

— Sim, sim — assente Henry. — Claro que sei. Faz dez anos que percorro todos os recantos do distrito, inclusive nos últimos meses. Sei muito bem quem é a favor e contra a ocupação. Sei quem esconde armas, em quais fazendas, quem esconde rádios no sótão, se vocês se interessarem...

Agora ele é o centro da atenção de todos os oficiais, que o fitam com uma expressão que beira o espanto. O oficial alemão se inclina sobre a mesa, estende um estojo de cigarros para Henry enquanto um outro, solícito, lhe traz um isqueiro. Agora tudo de repente passa a girar em torno dele, exatamente como acontecia nas tardes na lanchonete. Mas é ainda melhor, agora o assunto é muito mais grave, mais importante, e ele está ali disposto a lhes contar. O homem à sua frente murmura algo em alemão para os demais, decerto um resumo do que os dois conversaram, e depois volta a dirigir a atenção para Henry.

— Escute aqui, Rinnan — diz o alemão. — Estamos travando uma guerra, uma guerra que pretendemos vencer, em nome dos nossos filhos, dos nossos netos e do nosso futuro comum.

Henry dá mais um trago no cigarro. Percebe como é observado pelos outros, o silêncio na sala, sente uma alegria brotando no seu corpo e tenta afetar indiferença soprando a fumaça do cigarro pelo canto da boca e demonstrando interesse pelo assunto.

— E nesta guerra a informação é muito importante. Sobretudo informações específicas, do tipo que você tem. Poderia nos contar mais?

Gerhard Stübs quer detalhes de cada fazenda em cada vilarejo, e Henry lhe faz uma descrição minuciosa, como se descrevesse o interior da casa onde mora. Eles bebem, comem e Henry conta das caixas de armas e dos membros da resistência. Diz quem tem um rádio escondido no sótão e quem conhece alguém que transporta pessoas além da fronteira. No fim da noite, Gerhard agradece pela conversa agradável e diz que gostaria de manter contato, que Henry pode ser um recurso valioso para eles.

Não há nenhum sinal de comiseração na maneira como fala. Seu olhar não tem o mínimo traço de zombaria ou desprezo. Henry sente-se reconhecido e mal contém o sorriso.

Alguns dias depois, um mensageiro bate à porta, em casa. Henry apenas escuta as batidas e em seguida Klara surge trazendo um envelope nas mãos. Um envelope pequeno, de papel pardo, com o nome Henry Oliver Rinnan escrito em tinta preta, numa caligrafia rebuscada. Henry levanta-se, sabe imediatamente de quem é a carta que lê com o coração acelerado. O *Reichskomissar* Gerhard Stübs envia seus protestos de consideração e estima e pede que o encontre no Hotel Phoenix de Trondheim no dia seguinte, no quarto 320, para discutir "uma possível cooperação".

Uma possível cooperação!

Com ele!

Henry lê a carta várias vezes. Sublinha as palavras com os dedos.

Uma possível cooperação... Quarto 320... companhia muito agradável... amanhã, no quarto 320... Cordiais saudações, Gerhard Stübs.

O dia seguinte é 27 de junho de 1940. Henry dirigiu desde Levanger até Trondheim, oitenta quilômetros, e agora está chegando ao hotel Phoenix, ansioso para encontrar Gerhard Stübs. Ele confere o relógio mais uma vez, já deu uma volta no quarteirão porque chegou cedo demais, mas agora faltam apenas dez minutos para a hora aprazada e é de bom tom se fazer anunciar, pensa Henry. Causará uma boa impressão, perceberão que ele é pontual e leva os compromissos a sério. Diante da entrada há uma escultura que lhe dá a impressão de não passar de um simples obstáculo na calçada. Um pássaro alçando voo, de bronze coberto com uma pátina esverdeada, que é obrigado a contornar antes de entrar no saguão, onde o eco dos seus passos reverberando pelas paredes o deixa ainda mais nervoso. Atrás do balcão da recepção, um homem interrompe a leitura do jornal e lhe pergunta como pode ser útil.

— Eu ehh... tenho uma reunião com Gerhard Stübs — diz Henry. — Quarto 320?

— O elevador é logo ali — responde o recepcionista apontando displicentemente para o fim do corredor.

Diante do elevador revestido de espelhos com acabamento dourado ele aperta o botão luminoso de número 3. A porta pantográfica desliza de lado. Um corredor. E lá está ele. Bate à porta e entra.

É o próprio homem quem o recebe, desta vez vestido num alinhado uniforme alemão. Ele aperta a mão de Henry.

Os outros dois também estão lá e Henry os cumprimenta. Tenta fingir indiferença, mas está nervoso demais. Prestando atenção demais no próprio gestual, pensando duas vezes antes de dizer cada palavra, hesitando ao caminhar até a cadeira onde se senta. Como eles conseguem?, pensa Henry empurrando a cadeira para mais perto da mesa e estudando onde colocar as mãos. Como conseguem ser tão naturais, como se não pensassem em como agir, no que fazer ou dizer. Em vez disso, apenas são e apenas fazem. Se sentirem o queixo coçar, simplesmente coçam o queixo, o mesmo fazem se a coceira for na cabeça, não perdem tempo pensando nessas bobagens e continuam a conversa com absoluta tranquilidade, exatamente como faz agora o comissário do serviço secreto alemão, coçando o queixo e pedindo que Henry lhe conte das armas escondidas nos celeiros. E quanto ao movimento de resistência?

Por fim, Henry consegue reprimir o nervosismo e começa a falar. Incentivado pelo comissário, relaxa os ombros e se concentra na narrativa, exatamente como fazia na lanchonete, captura a atenção de todos, dá a eles um pouco do que sabe, mas não tudo, como se os atraísse para uma armadilha jogando migalha atrás de migalha. Percebe pela maneira como acompanham a narrativa o quanto estão interessados, e vão se aproximando, chegando mais perto, para o centro da arapuca.

Eles estão satisfeitos, impressionados, ele pode perceber pela maneira como sorriem, e Gerhard Stübs, ah, este está radiante como um pai orgulhoso do filho. Quando termina de falar, Henry recebe uma oferta maior do que ele jamais ousara sonhar.

A polícia secreta alemã quer contratá-lo.

Querem que Henry reporte tudo que parecer suspeito, qualquer um que dê a impressão de estar fazendo algo que não deveria. Quem tem rádios proibidos, por exemplo, e quem está do lado errado da guerra. Querem que ele seja seus olhos e ouvidos, nas palavras de Gerhard Stübs, e tome nota de tudo que observar.

— Como um espião? — pergunta Henry.

— Como um espião — assente Gerhard Stübs sorrindo gentilmente. Além disso, querem que ele se infiltre na resistência norueguesa. Descubra onde estão, onde escondem suas armas, tudo deve ser relatado a Gerhard Stübs em pessoa.

Seu nome código será Lola.

O salário é de cem coroas por semana, mais do que jamais ganhou na loja de esportes. E como bônus terá acesso livre a cigarros, alimentos racionados e bebidas.

Gerhard apaga o cigarro no cinzeiro pressionando-o com o polegar.

— E então, Rinnan? Que tal uns dias para pensar na oferta? — pergunta.

Henry simplesmente abana a cabeça e diz que não é preciso. Eles discutem as formalidades, despedem-se num comprimento de mãos e Stübs o acompanha pessoalmente até a porta do elevador.

Assim que a porta se fecha, Henry tem vontade de gritar de alegria. Não consegue parar de se admirar no espelho enquanto o elevador desce. Seu olhar adquiriu um brilho triunfal. O recepcionista atrás do balcão não se dá o trabalho de levantar a vista para vê-lo sair, mas quem é aquela pobre alma? Um infeliz, quem sabe um estudante trabalhando em troca de uns trocados, um simplório, talvez um bebum? O porteiro diz algo quando Henry passa, mas ele ignora e segue reto, a passos largos, com a sensação de que lhe arrancaram um véu que encobria os olhos, de que seu campo de visão foi ampliado. Ele abre a porta, é uma noite amena de verão e o ar está carregado de aromas, de jasmim, de grama, de cigarros e de perfume. Somente agora descobre o que a escultura representa. Ora, mas é a porra de uma fênix, constata ele, contornando-a mais uma vez e dando um tapinha na cabeça da ave.

Henry não conta a Klara os detalhes do que foi contratado para fazer, pois será que ela o compreenderia? Em vez disso, lhe diz que estão salvos, que conseguiu um emprego importante como assessor de um comandante alemão em Trøndelag, mas pede que guarde segredo por ora. Depois lhe conta quanto ganhará de agora em diante e vê a expressão de preocupação desaparecer do seu rosto e dar lugar a um sorriso confiante. Eles têm uma filha recém-nascida e um filho. Klara terá que se filiar à NS, *Nasjonal Samling* [Assembleia Nacional], mas ela não vê problema nisso, todo mundo terá que se filiar ao partido nazista norueguês sob o novo regime, afinal.

Ela o abraça, Henry sente-se confortado e fecha os olhos. Pode finalmente respirar aliviado.

Assim que desperta na manhã seguinte, Henry sabe o que irá fazer. Toma o café e sai para comprar uma roupa para usar naquela noite: um terno marrom-escuro que lembra o uniforme de Gerhard Stübs. Em seguida, pega o carro e vai pelas estradas sinuosas até a fazenda onde, meses antes, foi rendido e preso pelos soldados alemães. É como se tudo fizesse parte de um plano maior. Tudo que aconteceu com Henry o trouxe até aqui.

Que golpe de sorte ele ter sido feito prisioneiro pelos alemães! Que sorte ter trabalhado como motorista e acompanhado de perto as ações da resistência antes de o cerco se fechar, pois aquelas informações agora valem ouro.

Henry estaciona o carro no pátio entre a casa e o celeiro e de relance observa uma garotinha diante da janela da cozinha, mas rapidamente a mãe surge e a afasta dali. Em seguida a porta se abre e surge um homem calçando botas de borracha e vestindo um sobretudo sobre roupas de trabalho puídas. O homem demora alguns segundos para reconhecê-lo.

— Mas olhe só... Você foi solto? — pergunta o fazendeiro, e Henry faz que sim com a cabeça, franzindo o cenho.

— Sim, passamos duas semanas no campo de prisioneiros e eles nos libertaram — diz Henry apertando entusiasmado a mão do homem.

— Se descobrissem o que nós aprontamos — continua ele agora, abafando a voz e exibindo um sorriso cúmplice. Os dois agora ficam sérios.

— As armas ainda estão em segurança?

Com um brilho nos olhos, o fazendeiro assente que sim.

— Pode me mostrar onde estão?

O fazendeiro pede que o acompanhe, contorna o celeiro e para diante de uma mata de urtigas e framboeseiras. Só quem olhasse com muita atenção perceberia que alguns caules das urtigas estão partidos, deixando à mostra a parte inferior das folhas, de um verde mais claro, cobertas por uma penugem branca.

— Dois metros atrás dos arbustos — diz ele.

— Excelente! Estão seguras — responde Henry dando um tapinha no ombro do homem. — É fundamental para a resistência que essas armas continuem aí. Entendido?

— Sim.

— Só tenho a lhe agradecer pela sua coragem.

— Não há de quê — responde, em voz baixa, mas Henry percebe a ponta de orgulho se insinuando num sorriso que o fazendeiro tenta disfarçar.

— Mas claro que sim, pois é a coragem de gente como você que vai nos permitir derrotar os alemães e expulsá-los do país!

O fazendeiro responde com um meneio de cabeça. Henry lhe dá mais um tapinha nas costas, como se fossem grandes amigos, e volta para o carro.

— Só mais uma coisinha — diz ele ao abrir a porta.

— Pois não?

— Pode ser que um pessoal da NS apareça por aqui para bisbilhotar a fazenda. Pode haver até noruegueses que mudaram de lado... É muito importante que você não mencione essas armas para ninguém. Espero que compreenda.

— Compreendo, claro! — responde o homem. — Não vou abrir o bico!

Henry Oliver Rinnan senta-se no banco do carro e calça as luvas. Gira a chave da ignição e imagina a satisfação do chefe quando lhe contar de um lote de armas escondidas logo no primeiro dia de trabalho. Vislumbra o sorriso no rosto do comandante da Gestapo reclinado na cadeira. Conseguiu encontrar um verdadeiro arsenal, mas quer ir muito além. Já até comprou um caderno para tomar nota de tudo que lhe pareça suspeito. Começa a pensar nas lojas e cafés que deve começar a frequentar, em quais delas os comunistas e membros da resistência costumam se reunir. Agora eles terão o troco. Agora todos saberão quem é o melhor espião que existe.

K de Kaffistova, o café de Trondheim localizado no andar superior de uma relojoaria de propriedade de um amigo judeu que você gostava de frequentar, apenas para admirar os detalhes dos novos modelos, e depois subir as escadas e tomar um café.

Imagino você passeando pelas docas de Trondheim, ao lado dos grandes armazéns de concreto que parecem caixotes, à margem da orla do mar escuro, protegidas por pneus de trator que balançam ao sabor das ondas. Imagino-o caminhando pela manhã de um dia ensolarado, as sombras oblíquas dos guindastes que se debruçam sobre o molhe como pássaros de enormes bicos de aço. Os ruídos das engrenagens. Os gritos dos estivadores. Um homem que assobia. Imagino você se aproximando para um dedo de prosa com os capitães prestes a embarcar nos navios. Imagino um navio lentamente deslizando pela boca do fiorde. Há algo quase meditativo nisso de admirar a paisagem, quase como se admirasse as labaredas da lareira na sala de casa. Embora o cenário do fiorde não mude e o barco se aproxime muito lentamente, você fica entretido, apenas observando. O casco laranja rasgando a superfície da água. A visão de um bando de gaivotas voando em círculos sobre o barco até perceberem que se trata de um cargueiro e não há comida para elas ali. A visão dos homenzinhos se movimentando pelo convés e olhando para a terra firme. Tudo isso é o bastante para que você fique ali apenas observando o navio finalmente atracar no cais, pressionar a borracha dos pneus de trator contra as docas e em seguida ser amarrado com cordas tão grossas que parecem ter sido tecidas pelas mãos de gigantes. Cordas tão fortes que precisam ser arrastadas com a ajuda de outras cordas menores antes de serem presas aos navios.

Imagino você nesses passeios pela orla, aproveitando a oportunidade para praticar alguns dos idiomas que domina. Imagino-o conversando em alemão com os estivadores, francês com um atacadista e russo com um capitão, para depois receber as caixas com fitas de seda, penas e botões e levá-las para a butique. Sei também que essas suas idas ao cais contribuíram para as suspeitas de que tudo não passava de uma cortina de fumaça. Que a butique, a família e toda a sua vida tinha outro propósito, que você era na verdade um agente russo, britânico ou ambos.

K de Karl Erik Taxi, o nome da cooperativa que me leva até a rua Jonsvannsveien. É uma noite de outubro. Finalmente, estou de volta à casa que reúne todas essas histórias juntas, desta vez tendo agendado a visita por e-mail com vários meses de antecedência. Confiro as horas no celular enquanto o motorista imprime o recibo. São cinco para as seis, estou um pouco adiantado. É uma rua tranquila, aonde ninguém vai só de passagem, e o frio que faz agora obriga as crianças a ficar confinadas dentro de casa longe das camas elásticas e bicicletas, deixando a vizinhança especialmente silenciosa neste dia. Ouve-se somente o ruído de uma motocicleta passando a alguns quarteirões.

— Boa sorte — me deseja o motorista. Ele também conhecia a história da casa e, quando criança, chegou a ir até lá apenas para vê-la de perto. Agradeço, fecho a porta e me viro para observar a residência. Atravesso a serventia coberta de cascalho e toco a campainha.

Um homem alto e magro abre a porta e eu o reconheço das reportagens que li a respeito. Apertamos as mãos, ele me pergunta como foi a viagem e pede que entre.

O interior da casa é surpreendentemente normal, em nada parece o museu que esperava encontrar. Passo pelo corredor lateral com várias portas, que conheço de estudar a planta da casa e dos desenhos que Grete rabiscou.

— Era ali onde ficava o berçário? — pergunto eu e o proprietário abre a porta e exibe um quarto transformado numa biblioteca de revistas em quadrinhos, organizadas por ano, com edições completas do Pato Donald de várias décadas passadas, além de caixas empilhadas contendo LPs. Ele é um colecionador, assim como Tambs Lyche. Olho para o canto onde Grete desenhou a própria cama e a de Jannicke.

Era ali que dormia a filha de oito anos de um dos membros da gangue. Uma garota que adormecia com o burburinho de vozes e despertava com os gritos que vinham do porão.

Depois ele me conduz à sala de estar contígua à cozinha. Sobre a lareira há uma fileira de pequenos projéteis, estranhamente polidos e deformados depois do impacto nas paredes, projéteis que o proprietário encontrou ao arrancar o revestimento no porão. Ele me mostra a cozinha e a porta que dá para o jardim e subimos as escadas para o andar superior. Lá há uma porta para uma espécie de depósito cheio de bugigangas e eu vislumbro uma pequena abertura no teto, onde Jannicke e Grete entraram e descobriram um compartimento secreto. Ao nosso lado está a porta do quarto com a janela abobadada onde Rinnan mantinha sua central de comunicação, com uma linha direta para o Misjonshotellet e um telégrafo. O proprietário afastou alguns papéis da mesa e eu me viro e deparo com a cama embutida na parede. Ali, Ellen se deitava quando era acometida das crises de enxaqueca, bem ali, mas eu não digo nada ao homem que mora na residência. Apenas lhe pergunto se posso fazer algumas fotos com o celular e depois descemos.

— Acredito que você queira ver o porão — diz ele puxando a porta de madeira escura. Eu faço que sim com a cabeça, sorrio de volta e o acompanho pelas escadas, sendo imediatamente tomado pelo cheiro acre do mofo. As paredes são de tijolos nus. A porta para o porão já estava aberta, talvez ele tenha feito uma faxina por lá antes de eu chegar.

No passado, aquela porta era coberta por um papel no qual os membros da Gangue do Rinnan desenharam com tinta preta uma porta medieval, com tábuas oblíquas, enormes dobradiças e cravos, fazendo um rasgo por onde passava a maçaneta. Encimando a porta em forma de arco lia-se "Mosteiro da Gangue" e uma frase que jamais consegui decifrar: "Se estiver cansado, lembre-se de que uma dose é [...]".

Dou meia-volta assim que passo pela porta, esperando encontrar o outro desenho que sei que havia no lado oposto da porta, um esqueleto segurando uma foice encimado pela frase "Bem-vindo à festa".

O pé-direito é baixo, e imagino os diversos objetos que sei que existiam ali. Um bar improvisado à esquerda, transformado em palco para Grete e Jannicke. Os dois tonéis que costumavam ficar ali, e muitas outras coisas que vi expostas no Museu da Justiça em Trondheim naquela mesma manhã.

O proprietário me mostra mais projéteis que encontrou nas paredes quando reformou a casa. Depois me aponta onde ficavam as celas. As duas clausuras ainda visíveis nas paredes na forma de buracos de parafusos, ocos e empoeirados, e faixas de cor mais clara onde ficavam as barras de metal.

K de Komissar, o sobrenome que você herdou do seu pai, Israel Komissar, um sobrenome que se confunde com o título do algoz que o manda prender e torturar, o *Reichskomissar*, Comissário do Reich, provavelmente porque as palavras têm a mesma origem. Até onde sei, seu pai adotou o sobrenome porque trabalhava como guarda florestal do czar russo. *Komissarov*, aquele que serve ao czar.

O sobrenome foi transmitido de geração em geração e chegou a Ellen, que está sozinha na casa do número 46 da Jonsvannsveien quando sente a lufada de ar gelado ao descer para o porão. A empregada saiu com Grete, e a blusa que quer vestir está secando lá embaixo. Gerson está no trabalho; Jannicke, na escola. Por um instante, ela pensa em vestir outra roupa, ou talvez mudar de ideia e ir para o quarto no andar de cima e tirar uma soneca, mas que coisa mais tola, não é?

Às vezes, Ellen gostaria de desaparecer pura e simplesmente; ou melhor, de fugir para longe de tudo isso, deixar tudo para trás como faz Nora, a personagem de *Uma casa de bonecas*, de Henrik Ibsen, que abandona o marido Helmer e o lar. Voltar a tocar piano, se apresentar em público, numa casa de espetáculos lotada, todos aplaudindo de pé, maravilhados. Ela se imagina arrumando as malas e indo embora, de um casamento em ruínas, das imagens grotescas que se intrometem na sua mente sem pedir licença, da sensação de que tudo que faz está fadado ao fracasso, mas para onde poderia ir? Como poderia sobreviver? Não daria certo. Ela não faz nada certo. Ela não passa da neta da abastada família judaica dos fabricantes de cigarros Moritz Glott e da sua esposa, Rosa Olivia. Cresceu numa mansão suntuosa, servida por cozinheiros, costureiras e criadas, um ambiente de luxo que a guerra arrancou da família. Ainda que o avô tenha conseguido salvar a fortuna transferindo todas as ações para seus filhos e para sua esposa norueguesa, as autoridades decidiram confiscar suas propriedades. A fábrica de cigarros de Oslo foi expropriada, o mesmo aconteceu com a mansão do avô em Nordstrand, a casa de veraneio em Konglunden e outra propriedade que pertencia ao seu pai, em Heggeli, transformada em cassino pelos nazistas. Como se não bastasse, eles foram forçados a emigrar.

De nada adiantava a mãe ter nascido no norte da Noruega. Qualquer mestiçagem judaica era o bastante para serem capturados. A família não fazia ideia da extensão do perigo que corria até o dia em que os soldados alemães bateram à porta da mansão em Nordstrand com ordens de prender o avô Moritz, um judeu. Porém, o improvável aconteceu e ele teve um ataque cardíaco enquanto conversava com a esposa e perguntava aos soldados por que estava sendo preso, o que tinha feito de errado. O infarto, ironicamente, os salvou a todos, pois os soldados simplesmente deram meia-volta e se foram, não sem antes adverti-lo de que deveria se apresentar às autoridades, caso sobrevivesse. Os alemães foram embora deixando Moritz no chão, se contorcendo de dor enquanto esperava a ambulância. Ele foi transportado para o hospital e a família teve o tempo que precisava para planejar a fuga. Os avós se esconderam numa cabana no vale de Gudbrandsdalen, onde permaneceram durante toda a guerra, mas e quanto a Ellen e os outros? Fugiram para a Suécia graças à Carl Fredriksens Transport. Foram levados para a loja de jardinagem, de onde embarcaram junto com um grupo de estranhos na carroceria de um caminhão. Apavorada, numa escuridão completa, Ellen não desgrudou da irmã gêmea e dos pais, na expectativa de que fossem interceptados a qualquer momento.

Cruzaram vivos a fronteira e foram para o campo de refugiados, mas nunca readquiriram a sensação de segurança. As meninas abandonaram a ambição de tocar em concertos ou de se tornar artistas. Foi no campo que ela conheceu Gerson. Os anos se passaram, a guerra terminou, mas o tormento nunca chega ao fim. O passado a persegue, queira ela ou não, exatamente como aconteceu naquela manhã em que se viu parada em pé no vão da porta do porão.

A porta se fecha bem na sua frente sem que ela esboce reação. Simplesmente, abana a cabeça, segura a maçaneta e volta a abri-la. As dobradiças rangem quando empurra a porta, mas isso sempre acontece. Não há motivos para ter tanto medo, pensa ela, enfiando a cabeça no vão, sentindo o cheiro de mofo se entranhar pelas narinas. O local inteiro cheira a mofo e umidade. Ela finalmente desce, sem largar o corrimão de madeira, mas de repente lhe ocorre que as mãos de Rinnan devem ter tocado aquele mesmo local e recolhe a mão num relance, como se a tivesse queimado, sentindo um calafrio subir a espinha, e só com muito esforço termina a descida, degrau por degrau. Lá embaixo, olha para o alto da escada e vasculha o ambiente de um lado a outro.

— Olá? — diz ela, do nada, apenas para se certificar de que está mesmo sozinha. Ninguém responde. Ellen continua, pé ante pé, sobre as tábuas de madeira que tantas vezes antes já pisou. Não deveria haver motivos para tanta angústia, mas nunca esteve ali sozinha, e onde se está sozinho a imaginação modifica aquilo que se vê, preenche os espaços com memórias, projeções, e é justo o que ocorre agora quando Ellen passa pelo balcão do bar onde a Gangue do Rinnan costumava encher a cara antes de continuar os interrogatórios. De relance, acha que vê um prisioneiro acorrentado a uma cadeira. Chega a escutar seus gritos sendo torturado, e vai reconstituindo na mente os detalhes que tantas vezes ouviu as pessoas comentando, com um sorriso macabro no rosto, sem perceber o mal que aquilo lhe causava.

Ellen pisca os olhos, tenta se desvencilhar das imagens e sai correndo pelo porão, vê os buracos de balas nas paredes, mas consegue chegar à lavanderia. Lá, se depara com a blusa de seda pendurada no varal, ao lado de uma toalha de mesa, roupas íntimas e um lençol. É tolice pensar que haveria alguém ali, pondera, fantasmas não existem. Mesmo assim, suas mãos estão trêmulas, ela mal consegue tirar os prendedores da roupa, deixa a blusa cair no chão. Nervosa, afasta a toalha para o lado e se agacha, apanha a peça de roupa do chão e grita de pavor ao ver o que estava por baixo. É apenas o ralo, um ralo circular como qualquer outro, mas Ellen fantasia o fluxo de sangue escorrendo por ele e ecoam em sua mente as palavras que lhe disse uma amiga: Sabia que eles esquartejaram três pessoas naquele porão?

K de Karl Dolmen, como se chamava o jovem loiro de apenas 21 anos que se alistou para servir na gangue em maio de 1942, rapidamente ascendeu na hierarquia e tornou-se a pessoa de confiança de Rinnan.

Em fins de abril de 1945, era Karl quem estava no porão segurando um machado coberto de sangue, respirando ofegante, com uma expressão angustiada no rosto.

L

L de Lisboa, onde ocorreu o massacre de judeus no ano 1506. Uma multidão de cristãos desesperados após um período prolongado de estiagem e uma sequência de colheitas magras investiu contra os habitantes judeus da cidade, que foram perseguidos, presos, mortos e queimados. Quase todos os quinhentos judeus de Lisboa morreram num curto intervalo de dias, no mês de abril.

L da luz que banha o jardim da rua Jonsvannsveien.

L das lembranças do primeiro verão que passaram ali. Ellen lembra de olhar para o alto e ver Gerson apanhando Jannicke nos braços, ajudando-a a subir as escadas enquanto a menininha exultava dando gritinhos de alegria. Ela está no andar superior, no quarto com a janela em forma de arco, e se recorda do tempo que viveu no campo de refugiados na Suécia. A luz que brilha nos olhos de Gerson quando ele se vira na sua direção. A delicadeza com que sempre agia. Numa ocasião, ele se levantou da plateia e os músicos da banda de jazz o deixaram tocar bateria. Vestindo calças apertadas que deixavam seu traseiro saliente, ele sorriu para ela, somente para ela, sentou-se no banquinho, apanhou as baquetas e foi marcando o compasso da melodia. A felicidade que sentia quando acordava a seu lado e passava a mão nas suas coxas. L de lábios, de libido e das longas e preguiçosas manhãs que passavam na cama, apenas os dois, ouvindo em silêncio os ruídos da rua, passos de transeuntes caminhando na calçada.

Agora, tudo isso faz parte de um passado demasiado distante. Ellen está sozinha, deitada no sótão, com a enxaqueca a lhe martelar a cabeça. A felicidade está longe dali, e a claridade que se insinua pelas cortinas só piora a situação.

L de Landstadsvei 1, a rua onde um garotinho espia pela janela do sobrado, numa tarde do final da guerra. É Roar Rinnan, filho de Henry, quem está ali, apoiando a testa no vidro frio da janela e percebendo como a paisagem vai colorindo num tom dourado as copas das árvores e as estradas lá fora. Ele acompanha o voo de um pássaro, ouve o chacoalhar das panelas na cozinha, e finalmente vê o pai se aproximando a passos rápidos. O garoto acena para cumprimentá-lo, mas o pai não o vê. Ele tem o olhar fixo no caminho e se detém ao lado de uma árvore para acender um cigarro. O que estará esperando?, imagina o garoto. Então surge um outro homem caminhando, apressado, nervoso. O pai desliza em volta do tronco da árvore para se esconder. O outro homem se aproxima e de repente o pai surge detrás da árvore, agarra-o pelo colarinho da camisa e o outro se curva amedrontado. Ele vê o pai gesticular ameaçadoramente com a mão livre — a outra mão empunha uma arma —, mas não consegue entender o que grita. O que o outro homem teria feito?, Roar acha que a mãe precisa ver aquilo. Para evitar ser visto, o pai vai empurrando o homem diante de si até o alto da colina onde costumam deslizar de trenó no inverno, e em seguida lhe dá um pontapé. O homem cai no chão e desce rolando pelo gramado. O menino ainda vê o pai enfiar a pistola sob o casaco e passar a mão no cabelo para ajustar o topete, dar meia-volta e seguir colina acima. Seu coração dispara, sua mente é tomada por uma torrente de pensamentos. De repente o pai olha na direção da casa e Roar se atira no chão para que o pai não saiba o que acabou de testemunhar.

    L de *Last Train*, o bar favorito de Rikke durante muito tempo, um local estreito, imitando um vagão de trem, com cabinas com assentos de couro preto. No final da década de 1990, a fumaça dos cigarros ainda empesteava o ambiente e as pessoas precisavam se inclinar sobre as mesas e gritar para poder vencer a música que trovejava dos alto-falantes. Certa noite ela estava conversando com alguém, um sujeito de coturnos e calças pretas, que tinha um olhar gentil. Eles se esbarraram e acabaram engatando uma conversa no balcão, e de alguma forma veio à tona que ele não pertencia ao movimento antirracista, como Rikke chegou a pensar de início. Nada mais longe disso. Era um neonazista.

    — Então acho que não temos mais o que conversar — Rikke disse — pois venho de uma família judaica.

    Ele pareceu surpreso e envergonhado, como se aquele encontro nunca pudesse ter ocorrido. Perguntou qual era o sobrenome de Rikke e ela respondeu, Komissar. O jovem balançou a cabeça algumas vezes, como se estivesse processando aquela informação e disse: — Komissar, não é? Você está na nossa lista, então.

    — Qual lista? — perguntou Rikke.

    — Nossa lista de assassinatos. Tem Komissar lá. — repetiu ele e ficou mudo, como se quisesse esconder algo.

Sem tirar os olhos dele, Rikke franziu o cenho e abanou a cabeça. Não disse mais nada, afastou-se do balcão e veio se sentar com as amigas, tomada por um misto de medo e mal-estar.

L da leveza da brisa que sopra nas celas de Falstad, ainda que carregada do odor acre de corpos suados. L da leveza também das piadas que os presos contam para manter o moral elevado, algo que se repete com mais frequência do que você achou inicialmente, como se o humor fosse a primeira baixa de uma guerra; ao contrário, é uma das últimas. O riso alivia a desconfiança do olhar dos demais presos durante alguns segundos, distensiona os músculos da face, por um breve instante lhes recorda de que existem sentimentos como graça e misericórdia.

L de Lillemor, "Mãezinha", ou Esther Meyer Komissar, seu verdadeiro nome, a única que permaneceu na Suécia depois da primeira fuga da família Komissar quando eclodiu a guerra em 1940. Talvez Lillemor seja a única a sobreviver a isso, às vezes você pensa quando as circunstâncias lhe dão um pouco de paz e sua mente vagueia pelo passado, por exemplo, quando está na pedreira e os alemães se distraem conversando entre si. Você nunca soube ao certo, mas Lillemor sobreviveu à guerra, sobreviveu a tudo, e estava prestes a completar 99 anos quando Rikke e eu a visitamos em Estocolmo, no outono de 2016.

Era um domingo, começo de setembro, e tínhamos combinado de encontrá-la na casa onde morava, num apartamento de arquitetura funcionalista não muito distante do centro da cidade. Eu já havia encontrado Lillemor duas outras vezes, a derradeira no enterro de Gerson, e me lembrava dela como uma mulher exuberante e cheia de vida, com óculos de sol enormes, calças vermelhas e um pendor para a arte, mas já se passavam alguns anos e não fazia ideia de como ela estaria agora. O tempo pode rapidamente transformar os mais idosos, exatamente como faz com crianças pequenas, que num intervalo de poucos anos deixam de ser bebês engatinhando e se transformam em adolescentes carregando mochilas para a escola com os cabelos presos num rabo de cavalo.

Nos mais velhos, cinco ou seis anos podem fazer toda diferença na locomoção e na cognição, mas este não foi o caso de sua irmã. Lillemor nos recebeu com um sorriso no rosto, empurrando um andador onde equilibrava uma bandeja com seu café da manhã. Ela vestia um cardigã vermelho berrante e calças brancas, brincos combinando com o conjunto e cabelos grisalhos presos com uma fivela. Deixamos os sapatos no vestíbulo, lhe entregamos a garrafa de vinho do porto e a cesta de morangos e começamos a falar amenidades da família, dizendo que era um prazer imenso estar ali. Logo depois, quando passamos à cozinha para ajudá-la a servir o lanche, ela apontou seu dedo indicador quase centenário na direção de um pratinho de sobremesa verde-claro que eu tinha em mãos e disse: — Este pratinho está conosco desde que eu era uma menininha. Papai e mamãe o compraram nos Estados Unidos.

Por um instante, a imaginei com cinco ou seis anos, os dedinhos pequenos de pele macia se fundindo à mão enrugada e às unhas quase roxas. Um simples pratinho que tinha em si uma aura grandiosa.

Seguimos.

Conversávamos na sala de estar, abarrotada de pinturas e móveis antigos que um dia estiveram no seu apartamento. O pequeno sofá vermelho de dois lugares em que Marie costumava sentar, conforme Lillemor disse, revestido com brocados, também sobreviveu. Tomamos café, ela contou em sueco como foi crescer ali, numa conversa que girava em torno da mesma coisa, repetindo algo que ela mencionara minutos antes, e a cada vez era acrescentado de novos detalhes, novas descrições, tiradas surpreendentes e sábias, como a resposta que deu quando Rikke lhe perguntou sobre como Gerson e Ellen conseguiram comprar a casa de Rinnan depois da guerra.

Lillemor olhou para as próprias mãos por um momento, esfregou os dedos e fez um movimento como se segurasse a ponta de um véu imaginário: — As pessoas se despem dos sentimentos que têm — disse ela em sueco. — É necessário.

É necessário despir-se dos próprios sentimentos.

Eu me inclinei no sofá, lembrando do que já tinha ouvido falar sobre Ellen, sobre como caiu doente e teve a saúde afetada morando ali, enquanto Gerson não parecia se deixar abalar. — Mas... tenho a impressão de que havia uma diferença entre Gerson e Ellen, na maneira como a casa os afetava, ou não? — perguntei.

O velho braço se esticou e colocou a xícara de café sobre a bandeja, ainda equilibrada no alto do andador.

— Sim, havia algo em relação a Gerson — disse ela. — Ele fingia, não deixava ninguém saber como se sentia de verdade. Mas Ellen era diferente. Ela era totalmente... aberta, — disse Lillemor num movimento afastando a mão do peito — indefesa, como se...

As palavras ficaram no ar por alguns segundos e a conversa prosseguiu como um cão solto correndo num parque e que vai de lugar em lugar, farejando um banco aqui, uma árvore ali, descrevendo círculos em disparada, cada vez mais largos, e depois voltando para perto do dono. Do mesmo modo, a prosa percorreu direções diferentes, mas sempre retornou àquilo que é o centro de uma vida, ou seja, a infância. Sem fazer reserva, a mulher quase centenária nos contou que dançava balé desde os quatro anos no Teatro Trøndelag.

— Por isso que mantenho a minha saúde — disse ela fazendo um gesto gracioso com os braços enquanto se empertigava na cadeira. Um *grand plié*, sentada.

Quando executou o movimento, a imaginei, pequenina, de sapatilhas amarradas no tornozelo, com um collant rosa claro e uma saia de tutu, exatamente como a minha filha, e a conversa tomou outro rumo. Ela contou da ocupação, mencionou de passagem a fuga para a Suécia e contou por que preferiu permanecer ali depois da guerra enquanto os demais quiseram voltar para Trondheim.

Ao mencionar sua cidade natal, voltamos ao ponto de partida, o Teatro Trøndelag, onde ela dançava balé quando criança.

— Foi por isso que mantive a boa saúde todos esses anos — repetiu ela esticando os braços novamente, num movimento elegante e diáfano, mas desta vez acertando o dorso da mão na xícara sobre o andador e fazendo o líquido amarronzado manchar a calça branca e escorrer sobre o assoalho de tacos. Instantaneamente, o peso da idade retornou aos seus movimentos e o encanto se quebrou.

Fui à cozinha pegar o rolo de papel toalha para absorver a poça de café no chão, ao redor do andador e da cadeira onde estava sentada.

Ela comentou da babá que contrataram para cuidar das crianças e falou com muito carinho da mãe, Marie, de como era inteligente e sagaz, escrevia crônicas e falava em público com desenvoltura. Além disso, tocava piano e cantava com uma voz lindíssima, foi a primeira mulher a ingressar na faculdade de Direito, pouco antes de ficar grávida de Lillemor.

Também se lembrou da butique em Trondheim, a Paris-Viena, e de como a mãe pedira a Gerson para voltar para Trondheim e ajudá-la a tocar o negócio, enquanto ela mesma cuidava de arranjar uma casa onde pudessem morar.

— O tempo cura todas as feridas — afirmou, fazendo uma pausa para depois emendar: — Não, não todas, mas cura.

L de letargia. Ellen está deitada no sótão, de olhos fechados, ansiando por uma outra vida. Mesmo depois de anos desde que deu à luz pela última vez, ainda se sente paralisada. Não quer a companhia de ninguém e é incapaz de ser a mãe que sempre desejou, pois a promessa de vida que sonhou para si não se cumpriu. Ela, que tinha um lindo e glorioso futuro pela frente, que poderia ser o que quisesse. Que fazia solos no auditório da universidade e praticava piano desde pequena. Uma jovem apaixonada que foi colhida pela guerra e perdeu tudo que tinha. Os concertos, o namorado, as casas em Heggeli e Nordstrand, as costureiras, a guarita onde ficava o porteiro, o motorista e a fábrica. E agora?

Agora passa os dias e as noites no interior de uma câmara de tortura e divide a cama com um homem que quase nunca está em casa. Aquela vida a está enlouquecendo, a obriga a sair de casa sempre que possível, a passar o máximo de tempo longe das crianças, por mais que resista, ainda que não seja esta a imagem que tem de si mesma, simplesmente não consegue fazer diferente. Ela ouve as risadas vindo do andar de baixo.

Que espécie de pessoa sou eu?, pensa ela virando a cabeça para a parede. Ouve a empregada dinamarquesa brincando com as crianças, tão afetuosa, demonstrando um carinho que ela mesma não consegue demonstrar. A empregada dinamarquesa olha as crianças nos olhos e ri, um sorriso autêntico e radiante. Por que não consegue fazer o mesmo? Por que essa vontade de fazer nada, exceto manter-se ao largo? Somente quando as crianças estão longe, quando Jannicke está na escola ou brincando lá fora com a irmãzinha, é que fica imaginando o que poderiam fazer juntas. Poderia ensiná-las a costurar, talvez, ou levá-las ao teatro ou para passear na cidade. Só então se põe a imaginar as três caminhando juntas, só elas três, as duas meninas olhando para ela e rindo, enquanto seguem conversando animadamente sobre o que lhes der na telha, ela imagina, sem nunca transformar esses devaneios em realidade. Cada vez que as meninas entram pela porta, perguntando sobre tudo, fazendo barulho e exigindo toda a atenção possível, esses sonhos e desejos simplesmente desvanecem, são encobertos por uma névoa que invade sua mente. Logo, tudo que lhe resta é se recolher, tudo o que quer é ficar trancada no quarto, deitada, deixando que a vida corra seu curso sem a presença dela.

Talvez eu esteja doente, pensa ela, voltando a fechar os olhos. Ou pior: talvez exista algo errado comigo, talvez eu tenha nascido com algum problema. As outras pessoas também são assim? Vizinhos, famílias, amigos de Gerson. Como conseguem? Como conseguem sorrir tanto, ser tão leves, conversar sem constrangimentos?

Acaso serão estúpidos? Ignoram o que aconteceu, ou serão apenas insensíveis? Por que somente eu não consigo manter estes pensamentos afastados?, ela se pergunta caminhando para a sala de estar, cruzando com a empregada dinamarquesa, que cantarola enquanto passa. Tão jovem, tão esbelta, com vestidos que ressaltam seus seios e quadris pela simples forma como são modelados, sem nenhum truque, sem que sejam indecorosos ou curtos demais, pois não são, não há *nada* na maneira como ela se veste que mereça uma reprimenda, mas mesmo assim! Mesmo assim sua presença tem algo de ameaçador, e não é sem razão que ela já flagrou Gerson a admirando com o canto do olho. Casualmente, enquanto está lendo o jornal e ela passa carregando uma pilha de toalhas ou a comida das crianças. Ele levanta a vista só para olhar o traseiro dela.

Deus do céu! Tome tento, Ellen!, pensa ela, procurando afastar os pensamentos paranoicos que voltam a assombrá-la em seguida. Certa tarde, não muito tempo atrás, flagrou Gerson e a empregada conversando sozinhos na cozinha. Estavam apenas conversando, havia uma boa distância entre eles, não era como se ela os tivesse surpreendido no quarto, ela repuxando o lençol para cobrir as coxas. Mas havia algo no ar, ou mais precisamente: uma mudança perceptível ocorreu assim que Ellen entrou na cozinha. Não estavam mais rindo, aquela alegria de repente deixou de existir como uma virada brusca no tempo que costuma ocorrer no final do verão. Ela sorriu um sorriso forçado e bem que tentou, num tom leve e animado, perguntar do que estavam falando, mas eles ficaram vexados pela maneira como ela reagiu, talvez afetando uma simpatia que não era comum. E, se já não estivessem suficientemente envergonhados, a presença dela no ambiente já não teria servido para lembrar aos dois de que estavam fazendo algo proibido?

Ou será que ela está exagerando? É tudo produto da sua imaginação. A empregada dinamarquesa é muito simpática, encantadora, e que mal há em Gerson conversar com ela?

Meu Deus, pensa Ellen de olhos fechados, escutando a vida passar no andar de baixo. Quem pode culpá-lo por olhar para outras pessoas quando eu sou assim, pensa ela, sentindo-se impotente. Seus pensamentos a confinaram num beco sem saída, num pântano do qual não consegue sequer mover os pés. Quanto mais se mexe, mais afunda.

Ela ouve Gerson entrando pela porta. Ouve risos e conversas lá embaixo, como se os dois fossem um casal, e então decide intervir. Decide agir de forma drástica.

L de Levanger.

L de limbo, de local e de lesão.

L de Lille-London, Pequena Londres, como a cidade de Ålesund era conhecida, onde aportavam os navios contrabandeando armas desde a Inglaterra, e de onde zarpavam os barcos de menor porte transportando refugiados.

L de leoa. É assim que Grete refere-se a si mesma quando reconta os anos depois que os pais se separaram e se mudaram para Oslo, cada um em seu apartamento. Gerson com uma namorada um pouco mais velha, Ellen para um apartamento no centro, comprado por Gerson. Grete contou que a mãe se matriculou na escola de artes, que mal ganhava algum dinheiro, mas sobrevivia com a pensão paga pelo ex-marido. Que Jannicke precisava se haver com os poucos ingredientes disponíveis na geladeira para preparar um jantar frugal. Que o proprietário da mercearia do outro lado da rua costumava lhes dar maçãs, de graça. Passaram-se alguns anos, o pai arrumou outra namorada e se mudou para o exterior.

    L de Lex Rinnan, a Lei de Rinnan, um documento que os agentes que sobreviveram à gangue revelaram terem sido obrigados a assinar. Seus artigos rezavam que era proibido dizer não a Rinnan. Era proibido duvidar das decisões que ele tomava. Por último, mas não menos importante, era proibido desertar da Gangue do Rinnan. As penalidades por violar as regras eram muito claras: opor-se ao líder era uma conduta punida com a morte.

M

M de maldade, de mágoa e de mal-estar. M de monotonia, de moléstias e de maus-tratos.

M da maldita solitária em Falstad. Você tentava, com as poucas forças que lhe restavam, evitar ser conduzido àquele local escuro que não era nada além de um cubículo sem janelas. Além disso, os guardas costumavam despejar baldes de água no chão para evitar que os prisioneiros se sentassem. Numa cinzenta manhã de março, você viu um homem sendo empurrado porta adentro. De olhos fixos nos pés encharcados, sem dizer palavra, ele entrou na cela que logo foi aferrolhada. Mais tarde, você o viu ser arrastado dali e espancado até perder os sentidos, e depois jogado de volta na cela. Jamais você soube o porquê e, quando o prisioneiro urrava de dor, a única coisa que sentia era um alívio por não estar no lugar dele. Cada vez que os guardas o encaravam e lhe perguntavam o que estava olhando, você imediatamente desviava o rosto e seguia em frente, apressando o passo, para não lhes dar nenhum pretexto de prendê-lo.

M de música e de Marie, que costumava sentar-se ao piano à tardinha, na rua Klostergata, para tocar sonatas de Chopin ou peças mais simples de Mozart. Melodias compostas há séculos ecoavam pelo apartamento e criavam uma atmosfera que às vezes era interrompida pelas crianças se aproximando do instrumento e martelando nas teclas com mãozinhas tão pequenas e olhos tão grandes e inocentes que era impossível repreendê-las, por mais que você tivesse vontade. As crianças cresceram e as interrupções deixaram de acontecer. Mesmo assim, ela passou a tocar em intervalos cada vez mais longos, e durante pouquíssimo tempo. Depois daquele breve instante, ela se levantava de repente e seu rosto era ensombrecido por uma expressão de tristeza.

M do monstro que está latente em cada um de nós.

M da memória de uma frase que me disse Lillemor, em Estocolmo, e não consegui esquecer: — Os humanos são os mais cruéis de todos os animais. As pessoas podem ser tão terríveis... e tão boas. Podem ser as duas coisas — disse ela, girando a mão num gesto brusco. Estas duas coisas eram como a própria mão. O punho cerrado serve para esmurrar enquanto a palma pode acariciar um rosto gentilmente, acalentar, segurar a cabeça de um recém-nascido, dar forma a uma peça de cerâmica à medida que o disco do molde vai girando.

M do movimento norueguês de resistência.

— Cabe a você a tarefa de descobrir e desbaratar essa rede... — anuncia Gerhard Stübs numa tarde no quartel-general do Misjonshotellet. — Você deve estar atento a tudo, o tempo inteiro. Tome nota e se reporte a mim com qualquer informação que achar suspeita. Está entendido? — perguntou ele. Rinnan agradece mais uma vez pela confiança e sai. Passa por uma multidão de soldados, funcionários, papéis e caixas, e convencido de que precisa dar o melhor de si.

Ele ainda está se concentrando em coisas pequenas. Entretanto, já lhe disseram que nenhuma ocorrência é pequena ou insignificante demais, ele sabe, e vai preenchendo seus cadernos com todas as informações que julga importantes, quer mostrar que é competente, que eles fizeram um bom trabalho ao contratá-lo, que é o homem certo para a função. Percorre as fazendas em que já esteve, mapeando onde estão as armas e quem tem simpatia por quem. Compara as respostas que lhe dão, os procedimentos adotados e, gradualmente, vai expandindo sua área de atuação. No inverno de 1940, viaja para Romsdal, onde conhece um homem tagarela numa banca de jornal, e, enquanto discutem a sina da Noruega ocupada, o homem lhe conta, horrorizado, de duas mulheres que recentemente manifestaram apoio aos nazistas.

— Não é uma coisa horrorosa? — diz ele mordiscando um bloco de rapé. Rinnan sorri e se debruça sobre o balcão.

— Sabe do que mais? — diz ele.

— Não...

— Eu que enviei aquelas duas mulheres para cá...

— Como assim? — pergunta o homem confuso, afastando-se do balcão e olhando para a porta, como se estivesse a ponto de fugir dali.

— Queria testar você, saber qual seria sua reação — responde Rinnan em voz baixa, quase sussurrando, enquanto bate a ponta do cigarro no balcão. — Hoje em dia, nunca se sabe ao certo. Há noruegueses que até apoiam os alemães. Como disse, queria testar você, por isso enviei as duas aqui antes. Agora tenho certeza de que você está do lado certo — conclui ele.

— Mas... por quê? — pergunta o dono da banca de jornais, ainda confuso.

— Estou em missão de reconhecimento para encontrar colaboradores que vão receber armas, criar grupos e ajudar no trabalho da resistência. Conhece alguém com quem eu possa falar?

O homem sorri aliviado e fornece a Rinnan um endereço, um lugar onde ele pode bater à porta e ser recebido de braços abertos. À noite, anota tudo no caderno, novos nomes que entregará pessoalmente a Stübs assim que regressar a Trondheim. Ele continua percorrendo sozinho os distritos, de trem, ônibus ou carro, e ainda tem tempo de voltar e pernoitar em casa, embora cada vez menos frequentemente. Abraça as crianças, traz para casa comida e presentes, que distribui e vê seus rostinhos se iluminando de felicidade. Ele é um pai e tanto, desses que chega em casa com bombons e pães doces, que traz casacos e suéteres de lã, até mesmo cortes de carne e sobremesas para o almoço, além de bebidas e cigarros. E quanto às demais famílias? Vivem de comida racionada, não têm acesso a bens de consumo, como se fossem mendigos, apenas porque não são pragmáticos o bastante para perceber os erros que estão cometendo. É só olhar ao redor para saber quem vencerá a guerra. Basta uma lida nos jornais para saber para onde a balança está pendendo, pensa Rinnan. Em todos os lugares os alemães estão vencendo, cada dia num front novo. Estão invadindo país atrás de país.

Mais tarde, chega a notícia de que Adolf Hitler quer investir pesadamente em Trøndelag, planeja construir uma metrópole ariana no condado, e falam até em estabelecer uma base de submarinos em Trondheim para quebrar a cadeia de abastecimento de armas e suprimentos dos soldados ingleses. Novos navios não param de chegar para abastecer a resistência, que a cada vez consegue se organizar e realizar ações de sabotagem, fuzilando soldados, destruindo ferrovias e pontes cruciais para os alemães. Rinnan percebe a gravidade do momento, acha que tem a possibilidade de fazer algo de grande impacto. E se conseguisse se infiltrar no movimento de resistência do condado vizinho de Møre og Romsdal? Imagine se descobrisse o local onde esses navios desembarcam e os nomes dos responsáveis por recebê-los! Imagine o que isso significaria! Ele seria reconhecido não apenas aqui em Trøndelag, nem na pequena Noruega, mas também na Inglaterra, na Alemanha, quem sabe até pelo próprio Hitler.

  Ele atravessa as portas do Misjonshotellet e cumprimenta os soldados que já o reconhecem, cruza o saguão de entrada com passos lépidos, acena para as secretárias que olham para ele e sorriem.

  Muitos já o conhecem pelo nome e a maioria sabe quem ele é.

  Rinnan é o nome que passou a adotar, pois é assim que Gerhard Stübs o chama. O prenome Henry é como uma casca que ele deixa para trás, exatamente como a pele ressequida que às vezes encontrava pelo chão da floresta, o único sinal visível de que aquela cobra havia crescido. Não existe mais Henry Oliver. O assédio, as ameaças e o ridículo são coisas do passado. Não é mais preciso andar cabisbaixo pelas sarjetas de Levanger, tentando evitar os olhares alheios. Ele agora é apenas *Rinnan*, o *agente Lola*. Em Trondheim ele é outra pessoa, um espião, com salário fixo e acesso livre a cigarros e bebidas. Anda pelas ruas com seu terno marrom escuro, carregando sacolas cheias de compras, assim como deve ser, urdindo planos para quebrar o movimento de resistência e ser escalado para executar o trabalho.

É tão simples, quase simples demais, pensa Rinnan a caminho do centro. Alguém que conhece tão bem Trondheim como ele sabe os locais frequentados por pessoas de diferentes classes sociais, não tem dúvidas de onde ir caso queira se infiltrar na resistência. Por isso que o contrataram e mais ninguém, pensa satisfeito enquanto atravessa a calçada de paralelepípedos, com passos determinados a caminho do seu objetivo: identificar os comunistas e opositores da ocupação alemã no café da Folkets Hus, a Casa do Povo.

Ele contorna a última esquina e chega ao muro de alvenaria. O local está lotado. As pessoas estão sentadas lendo jornais, trocando informações e planos. Rinnan percebe a maneira como o encaram, mas calmamente sobe as escadas e vai até o balcão. Pede um café e, enquanto o homem atrás do balcão derrama o líquido fumegante na xícara, vasculha o salão com uma rápida passada de olhos, fingindo procurar uma mesa disponível quando na verdade está identificando possíveis suspeitos. Quem está ali apenas vendo o tempo passar ou quem foi ao café fazer uma reunião secreta ou recrutar novos membros para a resistência.

Há um homem de cabelos escuros curtos que lê o jornal e lhe dirige um olhar mais demorado. Embora não dure mais que uma fração de segundo, Rinnan percebe que sua presença ali é novidade.

O burburinho das conversas é alto agora que o café está apinhado de gente, e Rinnan equilibra a xícara enquanto procura um assento no balcão. Então um homem se levanta e deixa um assento vago, bem próximo do suspeito que ele gostaria de conhecer melhor. Rinnan arrasta a cadeira para perto.

— Desculpe? Tem alguém aqui? — pergunta desinteressadamente com um meneio com a cabeça na direção da mesa. O homem diz que não e pede que tome assento.

— Muito obrigado — diz ele, e se senta. Toma um gole de café e alcança no bolso o estojo de cigarros. Dá uma sacudidela e ouve o ruído de um único cigarro solto lá dentro. Abre o estojo e suspira em voz baixa, como se perguntasse a si mesmo se não seria melhor guardar o cigarro para mais tarde, já que é o último, para depois mudar de ideia e prendê-lo entre os lábios. Depois, bate com a mão no bolso do paletó, fingindo procurar um isqueiro ou uma caixa de fósforos que não estão ali. Enfia nos bolsos das calças a mão que volta vazia, e novamente suspira antes de se virar para o sujeito ao lado. Ele obviamente acompanhou a cena, pois já tem em mãos um isqueiro.

— Precisa de fogo? — pergunta o estranho no dialeto de Trondheim.

— Sim, obrigado — responde Rinnan acendendo o cigarro e soprando a fumaça com o canto da boca para depois depositar o isqueiro sobre a mesa diante do homem.

— Gentileza sua — diz ele. — Esqueci que estava sem fluido para o isqueiro. E sem cigarros também — acrescenta ele, sorrindo ironicamente e chacoalhando a cigarreira. — Graças aos alemães não é mais possível conseguir mais nada neste lugar.... — murmura, quase para si mesmo, e dá uma nova tragada esperando o homem morder a isca.

— Verdade — responde o outro, que agora acende o próprio cigarro. É agora ou nunca, pensa Rinnan virando-se para encará-lo, fitando o homem bem nos olhos.

— Antes eu sempre encontrava trabalho, — diz, inclinando-se sobre a mesa e baixando o tom de voz, criando um clima de conspiração, uma certa intimidade entre os dois — pelo menos até essa invasão estúpida acontecer.

— É mesmo? — diz o outro, ainda reclinado no espaldar da cadeira, ainda sinalizando uma distância com a linguagem corporal. — O que você faz?

Henry prende o cigarro com o canto da boca e estende a mão direita para cumprimentá-lo, piscando o olho diante do qual a coluna de fumaça se ergue na direção do teto.

— Meu nome é Ole Fiskvik. Sou marinheiro — diz ele recolhendo a mão. — Quer dizer, era, até o dia 9 de abril... E você?

Rinnan percebe o impacto da frase no homem, as palavras são como pequenas faíscas que atearam fogo à mente do sujeito e fizeram seus olhos brilhar.

— Fiskvik? Você não é parente do Arne-Johan Fiskvik, o político? — pergunta ele em voz baixa, chegando-se para mais perto.

Rinnan se recosta um pouco, sorri satisfeito e responde: — Mais que parente. Ele é meu irmão.

— Verdade? Ele fez tanto por este país — diz o outro e olha em volta, obviamente tentando conter o entusiasmo, pois agora pisca os olhos algumas vezes e relaxa o torso no espaldar da cadeira, mas isso não quer dizer nada, pensa Rinnan, pois este está no papo. Já mordeu a isca, agora é só içar a linha.

— Sim, ele ajudou bastante os comunistas, meu irmão — responde Rinnan, dando mais um trago no cigarro e soprando a fumaça, pensativo.

— Ele, sim, deu o melhor de si, pôs a mão na massa, em vez de apenas ficar por aí de braços abanando, sem fazer nada... — suspira ele batendo a cinza do cigarro. — Até consegui economizar algum, mas de que adianta ter dinheiro quando não se pode comprar nada e ficar dependendo do racionamento?

Rinnan ergue os olhos e vê que o outro está pensativo, que seu cérebro está em plena atividade, que o homem está avaliando os riscos e as possibilidades.

— Pode ser que tenhamos uma chance de fazer algo — diz o outro em voz baixa.

— É mesmo? — Rinnan responde, primeiramente como se fosse uma reação automática, como se não percebesse que ali está implícito um convite, e depois fita o interlocutor nos olhos e pergunta como.

— Se quiser, talvez eu conheça alguém com quem possa lhe pôr em contato — diz o outro.

— Perfeito. Quando?

— Depende do seu tempo disponível.

— Estou com tempo de sobra desde o dia 9 de abril, infelizmente. Pode ser a qualquer momento — responde Rinnan, esperando o homem afastar a cadeira para dar passagem a um outro, que se espreme entre a parede e o espaldar da cadeira.

— Muito bem. Que tal agora, por exemplo? — pergunta o homem deixando entrever um discreto sorriso.

— Agora mesmo? Não poderia haver um momento mais adequado, por que não? — retruca Rinnan.

Eles se entreolham por alguns segundos e o homem da resistência começa a rir.

— Neste caso, é só terminar seu café e vir comigo — diz ele e se levanta. — Aliás, pode me chamar de Knut. Venha!

Rinnan dá o último gole na xícara de café e se levanta. Os dois saem pela porta.

— Pronto. Aqui há menos ouvidos — diz Knut abotoando o casaco.

— É preciso tomar muito cuidado hoje em dia — diz Rinnan olhando sério para o homem a seu lado.

— Verdade, todo cuidado é pouco — responde Knut e atravessa a rua. Rinnan segue atrás. — Ao mesmo tempo, precisamos de toda a ajuda que pudermos conseguir.

— Foi um golpe de sorte ter esbarrado em você hoje — diz Rinnan. — Vou colaborar com o que puder — acrescenta, cuidando de enfatizar as palavras para demonstrar que está comprometido.

— Sabe, Fiskvik... Você tem acesso a um carro?

— Sim. O carro que eu usava antes da guerra está na garagem.

— Estou ajudando a criar um jornal... Precisamos de ajuda para distribuir o que escrevemos.

— Quer dizer... material da resistência? — sussurra Rinnan.

Uma mulher surge na calçada empurrando um carrinho de bebê e Knut espera que se afastem para responder.

— Sim, se você estiver com medo...

— Claro que não — responde Rinnan abanando a cabeça. — Ao contrário!

— Ok, Ole. Vou ser honesto com você — diz Knut parando num cruzamento próximo do rio. Uma gaivota fisga um pássaro morto na superfície da água, inclina a cabeça para o alto e engole a presa para depois olhar em volta com olhos atentos. — O que fazemos é arriscado. Além disso, ninguém recebe nada pelo trabalho. Compreende?

— Compreendo, claro. Preciso pensar um pouco... Vejamos aqui... Pronto. Já pensei. Vamos em frente? — pergunta Rinnan sorrindo para Knut, que começa a rir.

— Perfeito. Estava esperando que você respondesse assim. Junte-se a nós, Fiskvik.

— Aonde vamos? — pergunta Rinnan em voz baixa.

— Para o QG — responde Knut.

Rapidamente, os dois se esgueiram pelas ruas, entram num beco e atravessam a porta que dá para uma quitinete em pleno centro da cidade. O lugar é parcamente mobiliado e as janelas são protegidas por cortinas grossas. O local, antes uma república estudantil, foi transformado numa tipografia secreta, com caixas e rolos de papel empilhados pelas paredes, tudo improvisado e nada profissional, é claro. Dois homens olham para ele e o cumprimentam, e Rinnan se apresenta como Ole Fiskvik. Pega um jornal e o folheia rapidamente, sente a excitação tomando conta de si. Imagine só o que Gerhard Stübs dirá quando souber disso! Artigos incitando à resistência, convocando as pessoas a lutar, uma lista de operações de sabotagem bem-sucedidas e notícias das poucas vitórias aliadas na frente de batalha.

— O equipamento é antiquado, infelizmente. Mas é o que temos — diz o homem.

— Não, não, isso é ótimo! — diz Rinnan. — Esses folhetos podem atrair mais gente para o nosso lado. É assim que se ganha uma guerra. Se precisarem, vou ajudar na distribuição, com muito prazer!

— Precisamos de ajuda — diz o outro homem com uma expressão resignada no rosto. Rinnan repara que ele olha de esguelha para os dois outros, como se quisesse perguntar o que acham, se aquele novato é de confiança; como os dois apenas dão de ombros, o homem pergunta quando ele pode começar.

— Posso começar amanhã mesmo — responde Rinnan. — Quanto antes, melhor.

— Muito obrigado, Fiskvik — diz o outro, com um sorriso no rosto, sugerindo um horário para se encontrarem no dia seguinte.

Rinnan agradece várias vezes pela oportunidade que lhe deram. Depois, espia pela porta se é seguro sair dali. Rapidamente, embrenha-se pelos becos e vai memorizando o caminho, fazendo um percurso mais longo, certificando-se de que ninguém o está seguindo, até chegar ao Misjonshotellet. A vontade que tem é de sair correndo pelo saguão e bater na porta do gabinete de Gerhard Stübs para lhe contar a novidade. Havia meses que os alemães vinham tentando descobrir essa rede clandestina, mas as investigações não avançavam um milímetro sequer. Pois Henry descobriu tudo numa única manhã!

Os dois se cumprimentam e Henry imediatamente estende as folhas de papel jornal sobre a mesa. Gerhard se debruça sobre o material de propaganda e murmura algo para si mesmo. Depois, encara Rinnan nos olhos e pergunta onde ele conseguiu aqueles panfletos. Rinnan lhe conta como esbarrou com a pessoa certa num café e ganhou sua confiança fingindo ser o irmão de um famoso político comunista da região. Menciona o pequeno apartamento onde se reúnem, a tipografia improvisada e a rede de pessoas que distribuem os panfletos em várias cidades. Diz que, embora os equipamentos sejam antiquados, é o bastante para causar um grande estrago. Gerhard Stübs coloca os óculos em cima da mesa, dá um tapinha nos ombros de Rinnan e o elogia pelo trabalho. Diz que o material que obteve é importantíssimo. Que Rinnan fez um esforço notável. Que tinha *certeza* disso quando o contratou, enquanto Rinnan fica ali parado e mal disfarça o sorriso de orelha a orelha. Gerhard quer saber como chegar lá e Henry lhe explica, repetindo o mesmo caminho que memorizou.

Gerhard fica em silêncio, como se estivesse amadurecendo uma ideia, então dá um tapa com a mão espalmada sobre a mesa e pergunta se Rinnan pode esperar um pouco. Diz que gostaria muito de apresentá-lo a alguém.

Henry faz que sim com a cabeça. Quem poderia ser?

Gerhard volta acompanhado de dois homens. Um deles veste uniforme, tem a calva aparente e olhos de um azul profundo.

— Rinnan, este aqui é o comandante-em-chefe Gerhard Flesch — diz Gerhard Stübs. O oficial lhe estende a mão para cumprimentá-lo à medida que Stübs se dirige a ele em alemão e faz as apresentações.

— E este outro cavalheiro aqui é o intérprete. Flesch não fala norueguês, embora compreenda um pouco do idioma porque estava estacionado em Bergen desde a invasão.

Flesch assente que sim. Depois diz algo em alemão, que o intérprete traduz. Segue-se um momento estranho, um tanto embaraçoso, enquanto ambos esperam que Rinnan compreenda o significado do que lhe foi dito.

— Soube que você revelou o esconderijo de alguns dos nossos piores inimigos? — diz o intérprete.

Rinnan assente que sim. Conta sobre a tipografia secreta. Sobre os panfletos da resistência. Sobre como a propaganda é distribuída pelo distrito inteiro. O intérprete traduz e Flesch assente, satisfeito.

— E você tem o endereço? — pergunta ele, e Henry compreende o bastante para balançar a cabeça afirmativamente antes que o intérprete conclua a frase.

— Claro... Eles certamente ainda estão lá — completa Rinnan, ansioso. — Você deveria mandar prendê-los... rápido — diz ele, mas Flesch responde que tem uma ideia melhor.

— Esses homens... eles acham que você está do lado deles — continua Flesch sorrindo enigmaticamente. — E, além disso, pretendem espalhar material de propaganda da resistência por todo o condado de Trøndelag. Certo?

Rinnan espera a tradução.

— Eh... Sim.

— Então vamos ajudá-los, Rinnan. A distribuir o material, quem sabe você não consegue sair por aí com uma pilha de panfletos e ajudá-los na distribuição?

Henry compreende uma palavra aqui e outra ali, como *helfen*, "ajudar", e *verteilen*, "distribuir", mas espera o intérprete completar a tradução pois o sentido não ficou claro. Ajudá-los?

— Mas... Por quê? — pergunta Henry.

— Desta forma teremos uma visão completa da rede e poderemos desbaratá-la facilmente — diz Gerhard em norueguês, fechando o punho como se estivesse esmagando um inimigo imaginário.

— Vou ser um agente duplo? — quer saber Rinnan.

Flesch assente que sim.

— Chamamos a isso jogar no setor negativo. Infiltrar-se e mapear o inimigo, fazendo-o trabalhar para nós enquanto imagina trabalhar para si mesmo. E então conseguiremos encontrar outros que os apoiam também... Descobrir onde se encontram pelo condado. Talvez possamos até descobrir o paradeiro dos líderes em outras cidades, como Oslo e Bergen...

Rinnan sorri e se lembra dos filmes que assistiu. É exatamente como no cinema, só que o protagonista agora se chama Henry Oliver Rinnan, e a história saiu das telas e ganhou vida própria.

— Por isso mesmo, Rinnan, gostaria que você não comentasse sobre isso com mais ninguém — continua Flesch. — Você disse que os equipamentos deles são obsoletos?

Rinnan espera a tradução e confirma com um meneio de cabeça.

— Para nós é melhor que eles imprimam mais panfletos. Quanto mais imprimirem e distribuírem, mais inimigos descobriremos. Tenho uma ideia de como podemos ajudá-los a ser mais eficazes... — diz Flesch, apoiando sobre a mesa para revelar seu plano.

O dia chega ao fim e Henry está de volta em casa com a família. Brinca com o filho, põe o garotinho sentado sobre seus joelhos e finge que está dirigindo um caminhão por uma estrada esburacada, cada vez mais rápido, enquanto o filho se esbalda de rir esperando o momento que ambos sabem que chegará, quando o caminhão sai da estrada desgovernado. Abre os joelhos, o menino desliza entre suas pernas e ele o segura antes que caia no chão. Vira o garoto e lhe dá um abraço apertado, tão forte que o menino quase fica sem fôlego. Da porta da cozinha, Klara assiste a tudo com um sorriso no rosto enquanto dá o peito para a filha mamar. Contudo, há algo de estranho naquele sorriso, há nele uma tristeza implícita, mas é assim que tem que ser. O problema é dela, pensa ele, segurando pelo gargalo a garrafa de bebida assim que as crianças vão para a cama. Rapidamente, bebe alguns copos pensando nos planos ambiciosos que tem para amanhã, pois amanhã pode ser um grande dia. Um dia esplendoroso, pensa ele satisfeito enquanto entorna o derradeiro copo. Em seguida vai para o quarto sem esperar por Klara.

Cai a noite.

Amanhece. A luz atravessa as cortinas e deixa entrever o corpo de Klara, deitada de costas para ele. Estará acordada? Talvez. Henry salta da cama, veste-se a tempo de tomar o café com o filho e sai de casa direto para a quitinete secreta do movimento de resistência. É a coisa mais segura a fazer, caso esteja sendo seguido. Flesch tratará de tomar as outras providências.

Bate na porta, deixam-no entrar e ele conta que conseguiu uma impressora mais moderna de um amigo que trabalha numa tipografia que faliu. Menciona a marca do equipamento e até a quantidade de panfletos que consegue imprimir por hora.

— Como vamos trazê-la para cá? — quer saber um sujeito que estava mudo até então.

— Ela está esperando por nós na estação de trem, foi despachada hoje de manhã. É só ir apanhá-la e tomar o cuidado para não estarmos sendo seguidos.

— Muito bem, e quanto à reunião de hoje mais tarde? — pergunta outro. Os homens se entreolham. De que reunião ele está falando?

— Estaremos de volta a tempo — diz Ole Fiskvik. — Vamos lá!

Eles saem juntos, em duplas, fingindo não se conhecer, enquanto alguém os espera no estacionamento diante da estação, dando-lhes cobertura. Dois outros vão até a caixa, a carregam para o carro e se separam.

O carro é estacionado num esconderijo, onde fica até que não haja mais alemães por perto e consigam levar a máquina de impressão para a quitinete sem serem percebidos.

A caixa é aberta, o equipamento retirado e um dos homens começa a rir enquanto os demais se amontoam para ver. Uma prensa moderna de aço e vidro, com botões e lâmpadas.

Henry explica como é rápida. Quantas folhas podem ser impressas por minuto, já na ordem correta.

— Meu Deus, Fiskvik! Tudo isso de graça?

— Não é nossa, mas podemos pegar emprestado até a guerra terminar. O proprietário não tem o que fazer com ela até os alemães irem embora, e eu disse que se nos emprestasse a máquina eles iriam embora mais rápido. Foi tudo que precisei falar.

— Fantástico — diz um outro abanando a cabeça, incrédulo. — Como é que podemos agradecer a você por isso?

— Expulsando os alemães da Noruega — responde Henry. — Se quiserem, com minha ajuda.

— Mas claro! Como mencionei ontem, precisamos de alguém para distribuir os panfletos nos distritos... É arriscado, mas se você...

— Distribuo com prazer. É uma honra poder colaborar com meus compatriotas! — responde Rinnan, com um sorriso calculado, saboreando a facilidade com que enganou todos eles e percebendo atrás de cada um daqueles sorrisos um sentimento de exaustão, um indício do desgaste mental que é viver do modo como vivem, arriscando não só a própria vida, mas também a de suas famílias. Eles estão tão agradecidos e aliviados por dividir o fardo com outra pessoa que nem se atrevem a lhe dirigir mais perguntas.

Henry recebe uma lista manuscrita dos lugares aonde precisa ir, e os nomes das pessoas que receberão os panfletos para distribuí-los em seguida. Pega uma pilha da edição anterior, agradece mais uma vez e faz menção de ir embora, ansioso para contar tudo a Flesch, mas então a porta se abre e dois estranhos entram. Dois homens que fazem o clima do ambiente se transformar.

— Vocês vieram! — diz o homem que Henry conheceu no café. — Cumprimentem o nosso mais novo membro — diz ele enquanto empurra Henry para frente. — Este aqui é Ole Fiskvik, irmão do... sim, dele mesmo! — diz ele e começa a rir. Os dois homens permanecem de cara fechada, desconfiados. — O Fiskvik conseguiu uma impressora moderna para nós e vai nos ajudar a distribuir os panfletos. Estes aqui são dois dos nossos homens mais importantes. O líder do Grupo de Oslo... e o líder do Grupo de Bergen, as duas maiores cidades da Noruega.

    Henry os cumprimenta educadamente, como se fosse um subordinado, diz que é uma honra conhecê-los, reitera que está à disposição, e toma o cuidado de lhes dar um aperto de mão bem firme, pois é assim que essas pessoas gostam de ser cumprimentadas. O líder do Grupo de Oslo menciona uma greve geral que paralisará toda a Noruega ocupada, e Rinnan acompanha com atenção. O outro relata o planejamento para sabotar um cargueiro num porto. Henry tenta absorver todos os detalhes. Nervoso, procura um lugar para enfiar as mãos, as enfia nos bolsos e tira a cigarreira. Acende um cigarro e ouve atentamente. Põe a cigarreira de volta no bolso do sobretudo, mas se dá conta de que deveria ter sido mais cortês e oferecido um cigarro, apenas para se aproximar mais dos homens, então volta a enfiar a mão no bolso do sobretudo, saca a cigarreira e descobre, tarde demais, que fisgou do bolso um outro estojo, de uma marca diferente. Os outros interrompem a conversa.

    — Opa? Você fuma duas marcas diferentes? Impressionante... — diz o homem do Grupo de Oslo num tom de sarcasmo. Felizmente, os demais não percebem o que aconteceu e voltam a se debruçar sobre a mesa para discutir os planos.

    — Sim, viu só? — responde Henry com um sorriso tímido. — Fiquei semanas sem cigarros e agora que consegui comprar, aproveitei a oportunidade. Mas não é todo dia que saio por aí distribuindo, não. Aceita um? — pergunta ele lhe estendendo o estojo. Neste instante, o homem de Bergen se volta para eles e retoma a conversa de onde tinha parado.

— Ok, todos vocês. Precisamos resolver uma série de detalhes aqui — diz ele consultando o relógio. O tempo é pouco e, se tiver sorte, pensa Henry, todos estarão concentrados nas tarefas que terão pela frente e lhe sobrará pouca coisa para fazer. Ele espera, fica em segundo plano e repete mentalmente os detalhes. Finalmente, os líderes dos grupos de Oslo e Bergen vão embora, separados por um intervalo de alguns minutos, por questões de segurança, e Henry aproveita a ocasião.

— Que bela iniciativa — diz ele. — É dessa coragem que precisamos para pôr os alemães de joelhos.

— Cada um contribui como pode, Fiskvik — responde um deles apoiando a palma da mão sobre a impressora. Os demais assentem e um deles empurra a pilha de folhas para Henry, que recebe o material, respira fundo e sorri, meio sério, meio agradecido, antes de colocar a pilha inteira dentro de um envelope. Em seguida, lhe dão acesso a novos contatos em novos locais.

— E todos esses aqui são *jøssinger* confiáveis? — pergunta Henry. — São companheiros que vocês conhecem bem, certo?

Henry recebe um tapinha nas costas e um agradecimento por ser tão cuidadoso, e se esgueira pela porta, eufórico, com ganas de sair dançando pelo calçamento, mas agora não, é preciso ter cuidado. Sabe que deve voltar imediatamente para casa, pois pode estar sendo seguido, mas mal pode esperar para contar o que ouviu. Precisa repassar a informação o quanto antes. Caminha alguns quarteirões na direção oposta, dobra a esquina com o coração palpitando, aguarda alguns segundos e olha em volta, mas ninguém o segue, pode continuar na direção do centro, para o Misjonshotellet, enquanto vai repetindo na mente os nomes e as datas que os líderes mencionaram. Só quando atravessa a porta do hotel é que se sente à vontade para anotar no caderninho todos os detalhes de que consegue lembrar. Os nomes dos líderes do grupo de Oslo e de Bergen, as datas dos ataques e os endereços dos esconderijos que usam. É bom demais para ser verdade, pensa ele, fechando o caderno e comparando o ruído surdo das páginas sendo fechadas a uma salva de palmas pelo excelente trabalho que acaba de fazer. *É bom demais para ser verdade*, pensa. Então sobe apressado para o escritório de Gerhard Flesch.

Flesch está debruçado sobre a mesa dividida entre pilhas de documentos e um prato com uma fatia de torta mil-folhas. Enquanto degusta mais um pedaço das camadas de massa entremeadas pelo creme amarelado, percebe que deve haver algo importante, pois Rinnan está radiante ao lhe entregar o envelope cheio de panfletos da resistência. Não é só. Também lhe trouxe os nomes dos responsáveis por imprimi-los e de vários contatos em diferentes localidades, a rede inteira de distribuição. Ao mesmo tempo, como se fosse um bônus, encontrou pessoalmente os líderes de duas outras células da resistência e ouviu falar de uma iminente sabotagem a uma ferrovia. Flesch pede que lhe traduzam tudo e balança a cabeça, mas não em tom de reprovação. Não, nada disso: balança a cabeça para demonstrar que Henry fez algo absolutamente fora do comum, um feito extraordinário, como faz questão de ressaltar, agradecendo-lhe pelo esforço e acrescentando um elogio que cala profundamente no íntimo de Henry: eu sabia que podia apostar em você!

Henry agora é incluído no planejamento. Passa a dar conselhos sobre como agir, de que maneira as ações podem ser mais eficazes. Tudo isso por causa do trabalho que fez, gaba-se ele à medida que o planejamento avança, tudo por causa do seu excelente desempenho como espião. O mérito é todo dele.

Então os nazistas dão o bote. Cinquenta e três pessoas são presas, várias são mortas. Henry não acompanha as operações pessoalmente, fica sabendo dos bons resultados através de outras pessoas. A greve e a sabotagem da ferrovia foram evitadas.

Quando a ação chega ao fim, Flesch o convida para o escritório para comemorar. Sobre a mesa há uma garrafa de conhaque fino e copos de cristal bisotado. Eles brindam à vitória e Henry fica sabendo que será promovido. Receberá um aumento e novas atribuições, ainda mais importantes.

— *Für agent Lola!* — diz Flesch propondo um brinde, e ambos erguem as taças e sorriem.

Alguns dias depois, Flesch pergunta se ele foi treinado em *Abfragetechnik*. Uma secretária do escritório traduz para ele: técnicas de interrogatório.

Henry abana a cabeça e responde: — *Nein*.

Flesch pede que ele o acompanhe ao porão abaixo do Misjonshotellet. Embora Rinnan soubesse que havia celas nos andares abaixo dos escritórios, não as tinha visto com os próprios olhos. Flesch manda buscar o intérprete e eles descem as escadas a caminho das celas que recendem a uma mistura de ferro, cigarro, suor e medo. Sempre se ouvem os gritos de pessoas lá embaixo. Flesch para diante de uma cela e se refere casualmente ao prisioneiro lá dentro, suspeito de saber algo sobre o transporte secreto de membros da resistência, que homens como ele são uma ameaça ao Terceiro Reich.

— É assim que você deve considerá-los. Antes de mais nada como uma ameaça.

O intérprete traduz.

— Além disso, deve saber que eles têm uma chave escondida. Uma solução. Só que a força de vontade deles não nos deixa pôr as mãos nesta chave, mas podemos resolver essa questão usando uma outra ferramenta: a dor.

Flesch faz um sinal com o rosto para o soldado que os escolta e abre a porta. Simples assim. Tudo à mercê dele. Com um simples meneio de cabeça. Portas são abertas. Comida e bebida são servidas. Basta um gesto e pessoas são presas, fuziladas ou libertadas.

Lá dentro está um homem. Sentado numa cadeira, com os braços amarrados atrás das costas. Numa mesa ao lado estão vários objetos. Um chicote. Uma pua. Uma faca.

O prisioneiro levanta os olhos na direção deles. Seu cabelo está emplastrado e seu olhar é um misto de raiva e pavor.

— Está vendo? — diz Flesch em alemão enquanto veste uma luva marrom clara. — Eles precisam ser domados... São como animais selvagens que precisam aprender quem é o mestre... Precisamos quebrá-los para que falem o que sabem... E nos ajudar a terminar esta guerra, para que todos nós possamos sair dessa bagunça.

Após calçar as luvas em ambas as mãos, dirige-se ao prisioneiro: — Não é verdade?

O soco desferido por Flesch pega Henry desprevenido. Numa fração de segundo o punho cerrado acerta em cheio o rosto do prisioneiro. Um gemido. Um fio de sangue misturado com saliva escorre pela boca.

— Um simples soco é um bom começo. Um aquecimento.

O intérprete traduz, sem esconder o mal-estar com a situação. Flesch esmurra o prisioneiro mais uma vez. O coração de Henry acelera, ele pressente o ódio no ar. O intérprete pergunta algo a Flesch em alemão, provavelmente se sua presença ainda é necessária ali ou se pode ir embora.

Flesch dá mais um soco, desta vez com a esquerda, e abana a cabeça. Imagine só alguém com tamanho poder?

Rinnan sorri para si mesmo, lembra-se de quando golpeou a cabeça de um peixe diante de Klara, que virou o rosto de nojo enquanto ele abria a barriga do animal e arrancava as entranhas que deslizavam pelos seus dedos, um amontoado viscoso de uma coloração roxo-acinzentada. O prisioneiro sentado diante deles franze os olhos. De seu nariz começa a escorrer sangue e muco. Flesch volta a retirar as luvas, as dobra delicadamente e coloca nos bolsos do sobretudo, vira-se para Henry e diz algo que o intérprete traduz:

— Agora é a sua vez.

Não é uma sugestão, é uma ordem. Henry aquiesce com a cabeça. Olha para o prisioneiro diante de si, sabe que Flesch e o intérprete o observam. É um teste, ele pensa, e cerra o punho direito com tal força que as unhas ferem sua palma. É um teste e tudo que tenho que fazer é provar que sou capaz, pensa ele. Então dá um soco e atinge algo surpreendentemente duro. O osso nasal, talvez, ou o zigoma. O golpe é tão forte que o prisioneiro se inclina para trás, por um instante tenta se equilibrar nas duas pernas da cadeira, mas desaba de costas no chão.

Flesch começa a rir. — Que pancada! — diz em alemão, inclinando-se sobre o homem estatelado na sua frente.

— E agora...? Pronto para começar a falar? Quem é seu colaborador? Quem é seu contato?

O intérprete traduz. O homem limita-se a retesar os lábios. Nega-se a dizer algo, e Flesch endireita-se novamente com uma expressão de reprovação no rosto.

— Muito bem. Às vezes é preciso usar outras ferramentas para chegar aonde se quer — diz ele pisando com a bota no rosto do homem enquanto o intérprete traduz para Henry. O rosto do prisioneiro com a boca espremida pelo solado faz Rinnan se recordar as caretas que fazia quando era criança diante do espelho. Um som gorgolejante escapa da laringe do prisioneiro assim que Flesch gira a bota e firma todo o peso do corpo sobre um dos pés, como se estivesse caminhando pela floresta e precisasse saltar sobre um tronco caído, para sem seguida ir até a mesa onde estão diversos instrumentos. Um grampo de metal, do tamanho exato para abarcar um tornozelo ou braço. Um chicote cheio de pregos. Uma série de porretes e objetos perfurantes dispostos um ao lado do outro.

— É importante descobrir os pontos certos — diz ele empunhando uma pua que estava sobre uma mesa rente à parede. Em seguida, agarra o pé do homem deitado no chão e lhe arranca o sapato.

— As solas dos pés são um bom lugar.

Flesch tira a meia e passa o indicador na sola do pé, desde os dedos até o tornozelo. — Especialmente aqui — diz ele apontando para a cava onde o pé jamais toca o solo, no ponto em que a pele é mais fina.

— Pode fazer a gentileza de segurar o outro pé para mim?

Rinnan se aproxima e agarra o homem pelo tornozelo. O prisioneiro ensaia um grito, mas logo se cala. Somente o arfar de sua respiração ressoa pela sala. Em seguida vem o grito. Flesch encostou a ponta da pua na sola do pé do prisioneiro e lentamente vai lhe perfurando a carne.

— Já está disposto a contar?

— Sim!!!!

Outro grito. Sangue, saliva e lágrimas escorrem do seu rosto. Flesch olha para Rinnan e retira a pua. O sangue escorre sobre a pele branca pela lateral do calcanhar e pinga no chão.

— Eu... conto...

— O que foi que eu lhe disse? — diz Flesch satisfeito, colocando a pua sobre a mesa, endireitando-a para que fique alinhada com o chicote. Em seguida se agacha, tira do bolso um caderno de anotações e pede ao prisioneiro que comece a falar. Depois de alguns minutos aos prantos, com a voz rouca de tanto gritar, o prisioneiro entrega os nomes para Flesch, que os anota no caderno e se levanta.

— Qualquer resistência pode ser quebrada — afirma ele. — É só uma questão de tempo. Eu dependo de que meus homens cumpram as ordens que lhes dou — diz ele e espera pela tradução. — E espero que você não se incomode se lhe pedir para conduzir um interrogatório, pois não?

— Não, claro que não — responde Henry.

— Muito bem. Esta foi a primeira lição, Rinnan. Haverá outras.

M da muamba das fazendas da vizinhança, um suprimento extra de comida que é contrabandeado para Falstad e alivia a dura vida dos prisioneiros.

M de manhã e do ritual da "ginástica matinal", um exercício punitivo que consiste em correr, pular e fazer polichinelo até cair no chão, com um gosto de sangue na boca e uma sensação de falta de ar que arde no peito e na garganta, completamente exaurido, pensando na morte como única saída para se livrar daquele tormento.

M de morbidez, o sentimento que sobrevém a Ellen durante as crises de enxaqueca.

M dos meses que passam com novas responsabilidades pesando sobre os ombros de Rinnan. É no verão de 1941 que Henry percebe, durante as reuniões no Misjonshotellet, como os alemães dependem dele, e se dá conta de como confiam nos relatórios que produz. Chega dezembro e ele ainda está trabalhando sozinho, tomando nota de tudo um pouco, trabalhando sem parar.

M do mistério de quem seria o informante, cuja identidade de repente me ocorreu numa manhã enquanto pesquisava a sua história. Quem teria escutado a conversa no Kaffistova e depois o ouviu compartilhar as mesmas informações? Deve ter sido alguém fluente em norueguês, pensei eu, que pudesse passar incógnito na multidão. Alguém que frequentasse o café sem chamar atenção. De repente me dei conta de que um único homem se encaixava melhor que ninguém nessa descrição. Um homem que eu sabia tinha percorrido vários locais de Trondheim durante o outono e o inverno de 1941-42 anotando qualquer coisa que lhe parecesse suspeita.

Rinnan.

É bem possível, até provável, acho eu, e imagino Henry dirigindo pelas ruas de Trondheim, em janeiro de 1942. Estacionando o carro defronte ao Kaffistova. Desligando o motor e mordiscando as pontas das luvas para tirá-las das mãos. Enfiando o jornal debaixo do braço e tirando um cigarro do estojo. Passando diante da loja de relógios do proprietário judeu, subindo as escadas, pedindo à garçonete um café e sentando-se numa das mesas disponíveis. Observando um grupo de homens de cabelos e olhos escuros, provavelmente judeus, pensa ele fingindo interesse no jornal que estende sobre a mesa, enquanto o que realmente faz é prestar atenção na conversa daqueles quatro homens. Imediatamente, percebe que estão comentando o noticiário da BBC. O assunto é o front russo. Falam sem reservas, como se não soubessem que era proibido ouvir notícias do exterior. Quanto atrevimento, pensa ele, sentados aqui discutindo abertamente a propaganda hostil ao governo alemão. Ainda que os outros possam ouvi-los, mesmo quando a garçonete se aproxima da mesa para servir mais uma xícara de café, a conversa não para. Julgam-se acima da lei, pura e simplesmente. Acham que estão seguros, pensa Henry virando a página das palavras cruzadas e preenchendo nas lacunas os nomes à medida que vão sendo pronunciados. Anotando todas as informações que pode até o instante em que um deles faz menção de se levantar. O mais magro, cujo nome é David. Só de olhar para ele já se percebe que é um judeu, com nítidas inclinações comunistas, como tantas vezes ficou evidente na conversa. Henry sorri para a garçonete, dá o último gole no café e sai atrás de David. A noite cai mais cedo nesta época do ano. Ele decide deixar o carro onde está e segui-lo a pé, a uma distância segura, mas nunca longe demais a ponto de perdê-lo de vista. Observa David tamborilar os dedos nas abas do sobretudo, marcando o ritmo de uma estranha melodia judaica que assobia enquanto caminha.

Agora vamos ver aonde você vai, seu comunistinha de merda, pensa Henry perseguindo sua vítima esquina após esquina. David entra numa butique chamada Paris-Viena e troca breves palavras com um homem um pouco mais velho, de óculos redondos, que Henry decide investigar depois, pois David logo sai pela porta. Henry atravessa para o outro lado da rua, na direção do prédio onde David entra. Ele espera e anota o nome na caixa de correio: David Wolfsohn. Depois, toma nota do nome da loja, Paris-Viena, e escreve um lembrete para descobrir o nome dos proprietários. Em seguida, volta ao Kaffistova, diz à garçonete que conhecia os amigos de David, mas não consegue lembrar-se de seus nomes.

— Que coisa mais embaraçosa, não é? — pergunta ele e obtém os nomes.

Talvez tenha sido assim que as coisas aconteceram. A resposta provavelmente está escondida atrás das grossas paredes de concreto do Arquivo Nacional, em Trondheim. Se foi realmente assim, a história das nossas famílias está ainda mais intimamente relacionada do que pensei de início. Ao mesmo tempo, tudo isso torna a história da família ainda mais trágica e sinistra.

Mencionei essa possibilidade a Rikke.

— Existe alguma maneira de descobrir a verdade? — perguntou ela. Mencionei a hipótese do Arquivo Nacional e o caderno de anotações de Rinnan, do qual li trechos em várias biografias. Talvez a verdadeira história estivesse lá, registrada na própria caligrafia de Rinnan, num caderno esquecido no fundo de um cofre de concreto.

No dia seguinte, emiti as passagens de Oslo para Trondheim.

M de Majavatn, uma operação que matou dois soldados alemães.

Em 5 de maio de 1942, membros da resistência dinamitaram a ferrovia por onde o cobre das minas de Løkken era transportado para abastecer a indústria bélica alemã. Em 20 de setembro, explodiram uma usina de energia em Glomfjord. Em 5 de outubro, realizaram uma nova operação de sabotagem numa mina. Além disso, mais dois soldados alemães foram mortos por um refugiado. Foi a gota d'água. A Noruega inteira pagará o preço. Em 6 de outubro de 1942, o *Reichskomissar* Josef Terboven faz um pronunciamento em praça aberta em Trondheim e anuncia que o país está sob lei marcial. Está proibido sair às ruas das oito da noite às cinco da manhã. Os cinemas são fechados. Todos os demais locais públicos devem cerrar as portas às sete da noite. A venda de tabaco é proibida, numa espécie de castigo generalizado. A polícia norueguesa é fundida com o exército alemão, resultando em mais de dois mil homens armados pelas ruas, revistando casas, interrogando famílias e prendendo suspeitos.

E, acima de tudo: dez homens são condenados à morte para expiar a culpa dos responsáveis, desconhecidos, por trás das ações da resistência. Um deles é você.

M de Marie Komissar e do modo como se porta, elegante e vaidosa, carregando bandejas e as colocando sobre a mesa da sala de jantar do apartamento, auxiliada pela empregada, para preparar a recepção. M das memórias que registrou e da maneira como se mantém ocupada, sempre fazendo planos, sempre em movimento, para evitar a melancolia que de repente pode se apossar dela, deprimi-la e levá-la ao desespero.

Para se manter ocupada é que ela decide reunir a família inteira para uma celebração tardia do Hanucá, pouco antes do Natal de 1950.

Marie consulta o relógio na parede, vê que falta menos de uma hora para os convidados chegarem, e pede à empregada que acenda as oito velas do castiçal, relembrando os oito dias que Deus intercedeu para que as lâmpadas de óleo quase vazias ardessem no templo de Jerusalém, novamente em poder dos judeus. Que história mais estranha, um milagre tão fajuto, tantas vezes ela pensou.

A mesa fica cheia. Mesmo assim, ela sabe que as ausências serão notadas. David não estará lá. Você sempre se sentava ao lado dela quando festejavam o Hanucá. Agora é Gerson quem ocupará seu lugar, e a seu lado estará Ellen, grávida de nove meses, prestes a dar à luz. E, depois, Jacob e Vera. Ao lado deles sentará a mulher com quem o irmão David era casado, e seus filhos, órfãos de pai. Ela admira a mesa posta com taças de cristal, talheres folheados a ouro e guardanapos de linho branco. Mesmo assim, a vontade que tem é de afundar no chão, se afogar na bebida, mandar a empregada embora e se entregar às lembranças.

M dos membros da Gangue do Rinnan. Há várias fotografias desses jovens homens e mulheres feitas durante o julgamento após a guerra. Estão sentados um ao lado do outro, sorrindo, conversando, ou para ser mais exato: há as fotos dos que sobreviveram. Cerca de setenta pessoas fizeram parte da *Sonderabteilung* [Divisão Especial] *Lola* em algum momento, mas a gangue nunca teve mais de trinta pessoas atuando ao mesmo tempo. Alguns foram mortos, outros se afastaram, mas a organização foi se tornando cada vez mais eficiente. A criação da Gangue do Rinnan começa com uma viagem para Steinkjer, em janeiro de 1942, logo após o sucesso do desmonte da resistência em Trondheim. Agora, Flesch quer que Rinnan recrute assistentes que possam fazer o mesmo no condado vizinho de Møre og Romsdal. O objetivo é acabar com o tráfego ilegal de navios para a Inglaterra, que não para de fornecer soldados, armas e tecnologia ao inimigo.

Rinnan despede-se da família, faz as malas e avisa que estará ausente durante um bom tempo. Pega o filho no colo e o abraça, faz o mesmo com a pequena, que mal começou a correr pela casa. Despede-se de Klara com apenas um beijo no rosto, mais para dar satisfação ao filho, e percebe como a mulher se mantém imóvel, sem esboçar reação, sem querer aproximar os lábios dos seus, como costumava fazer de início. Limita-se a permitir ser beijada e lhe vira as costas imediatamente. Será ele tão pouco atraente assim? Será que ela não se orgulha das responsabilidades que conquistou? E quanto aos bens materiais que seu trabalho permite comprar? E o dinheiro que ganha para sustentar a família? Que se foda, então, pensa ele segurando a mala, percebendo que está apertando a alça forte demais, ao mesmo tempo que retesa os músculos do maxilar, mas não consegue fazer diferente. Então, olha para a filha no chão, entretida com uma caixa de papelão, sem lhe dar a mínima. Faz menção de dizer algo, atrair novamente a atenção da pequena, já que estará longe por muito tempo, mas para quê, afinal?

— Muito bem. Tchau para vocês — diz ele, em parte porque está mesmo se despedindo, em parte para Klara não o maldizer assim que sair pela porta, alegando que o marido é ausente e frio, pois ele não é nada disso, apenas está com a cabeça ocupada demais. Tem muitas responsabilidades, portanto é natural às vezes que acabe ficando um *pouquinho* nervoso. É justo que passe mais tempo ausente e sintam sua falta, seja na sala de estar, seja no quarto, mas não é isso que acontece. Desde que a filha nasceu, não há o menor sinal de que o querem por perto, ao contrário, pensa ele voltando o olhar para Klara, que lhe dá um sorriso falso e pede que dirija com cuidado. Como se ela desse a mínima. Melhor seria para ela que eu morresse num acidente, pensa ele enquanto se senta ao volante, desdenhando em voz alta das palavras com que a mulher se despediu. Dirija com cuidado, não é?

Sua ridícula! Por acaso está sugerindo que não sou um bom motorista? Ele é provavelmente o melhor motorista do condado inteiro, o que melhor conhece as estradas e, além disso, pensa ele enquanto gira a chave e pisa no acelerador, além disso ela não está sendo sincera ao dizer aquilo. São palavras da boca para fora, nada mais. Não seria melhor se o carro derrapasse na estrada e colidisse com uma árvore, ele fosse arremessado pela janela e morresse? Ela receberia uma pensão pelo resto da guerra, talvez pelo resto da vida, caso os alemães triunfem, pensa ele aumentando a velocidade dos limpadores do para-brisa.

É fevereiro e as estradas estão cobertas de branco, com montinhos de gelo sobressaindo do manto de neve dos quais precisa desviar, mas quase não há outros carros transitando, então ele novamente relaxa e começa a aproveitar o passeio. Embora o trajeto esteja, sim, escorregadio e as condições de tráfego sejam péssimas, é melhor assim, com um desafio a mais, um teste que será preciso superar. Depois de algumas horas, chega a Steinkjer e estaciona diante do hotel.

Ele tira a bagagem do porta-malas e sente o calor que emana do saguão do hotel, se regozija com a atitude servil do recepcionista que lhe sorri de boas-vindas. Tudo ao redor é projetado para agradá-lo, para tornar sua estadia a mais aprazível possível. Quem mais pode se hospedar num local assim? Claro, apenas pessoas importantes, o alto escalão de uma empresa, viajantes que chegam do exterior ou oficiais aliados aos nazistas. Nenhum dos outros hóspedes está em posição tão especial quanto eu, pensa Rinnan sorrindo ao receber a chave do quarto.

Toma um cálice de porto para se aquecer, faz uma refeição frugal e descansa, preparando-se para inaugurar um novo capítulo na sua vida de espião. Recrutar membros, expandir sua atuação. Imagine, então, aonde ele chegará se tiver mais olhos, mais ouvidos, atuando simultaneamente em locais diferentes, observando o que acontece, e mais mãos para anotar tudo e lhe entregar em seguida? Ele chegará aonde quiser. Mostrará a Flesch do que é capaz mesmo, pensa Rinnan, e pede mais uma taça de vinho no restaurante do hotel, sorrindo para a jovem que o serviu. Quando lhe pergunta se gostou da comida, ele responde: — Não poderia estar melhor. — Ela sorri de volta e ele diz, com uma piscadela de olho: — Aliás, estou pensando em algo que gostaria de fazer... Ela foi extremamente gentil, não foi? Como se estivesse flertando ou se sentisse atraída por ele. A jovem garçonete cora de vergonha. Percebe como a blusa branca está apertada e deixa à mostra sua silhueta quando se inclina sobre a mesa para recolher o prato, e como a saia preta está justa. Mas ela gostou, pensa ele, fazendo questão de lhe dar uma gorjeta generosa, sem tirar o sorriso do rosto. Há algo estranho no modo como ela lhe sorriu de volta. Provavelmente é apenas timidez, ele pensa, talvez tenha estranhado uma abordagem tão direta. No fundo, o que espera é que ela lhe pergunte discretamente em qual quarto está hospedado, sussurre que irá até lá assim que terminar seu turno, mas não é o que ela faz. Apenas aceita o dinheiro e agradece, hesitante e educadamente. Talvez tenha um namorado que a esteja esperando, talvez ele até trabalhe no hotel, pensa Rinnan enquanto espera o elevador. No quarto, toma mais um drinque admirando a paisagem da janela e imaginando o que lhe reserva o dia seguinte. Um sorriso involuntário se desenha no seu rosto. Ele recrutará ajudantes, ascenderá na hierarquia, começará a contratar pessoas. É difícil de acreditar, mas é verdade, pensa ele, erguendo o copo para tomar um último gole. Seu cérebro começa a ficar anestesiado, o álcool elimina qualquer vestígio de agitação e raiva, e tudo agora é um sentimento de tranquilidade misturado a uma leve excitação. Põe o copo sobre a mesa, vai ao banheiro mijar, mas topa no pé da cama e sente uma dor aguda na canela, dá alguns passos em falso para recuperar o equilíbrio e segue na direção do banheiro. No mesmo instante escuta os passos de alguém que se aproxima pelo corredor e acha que é a jovem garçonete. Que ela está vindo assim que terminou o turno, que baterá na porta, entrará no quarto e desabotoará a blusa ali mesmo, diante dele, na penumbra da luz que vem da rua. Rinnan sente um frêmito na virilha, encosta o ouvido na porta, ouve os passos à distância, o rangido das tábuas do assoalho. Corre para abrir a porta e espiar, mas é apenas um senhor careca, de seus cinquenta anos, a caminho do quarto.

É a vida, pensa Henry fechando a porta e retornando ao banheiro. Ele agora está excitado e precisando mijar, então abaixa o assento e se senta, aperta o pênis ereto com uma mão e inclina o torso e a cabeça para frente para se aliviar. Olha para o chão do banheiro, sente as paredes do banheiro oscilando levemente e por fim escuta o jato de urina espirrando na porcelana do vaso. Depois, retorna trôpego para a cama, se enrodilha sob o edredom, sente as paredes girarem lentamente, como se houvesse um ralo no centro do quarto que sugasse tudo para lá, inclusive seus pensamentos, e finalmente cai no sono.

Acorda na manhã seguinte com uma dor de cabeça latejante e a língua seca como uma lixa. Levanta-se, olha no espelho e enxágua o rosto várias vezes, mas a dor continua. Parece que o cérebro inchou e pressiona o crânio, decerto porque bebeu além da conta na noite anterior, mas que mal há em se divertir um pouco, considerando o quanto trabalha e a distância que dirigiu para chegar até aqui, Rinnan pensa, e então se lembra do tubo de comprimidos que Flesch lhe deu antes da viagem. Depois que passou noites em claro no Misjonshotellet, ouviu Flesch comentar que ele parecia exausto.

— Experimente isso aqui, você vai se sentir novo em folha — disse Flesch sorrindo.

— Que pílulas são essas? — Rinnan quis saber rolando o frasco entre os dedos.

— Pervitin — respondeu Flesch. Rinnan desenroscou a tampa, despejou os comprimidos brancos na palma da mão e colocou um deles na boca. O efeito foi imediato. É disso que ele precisa agora.

Vasculha a mala, encontra o tubinho, pega uma pílula branca coloca-a sob a língua, sente na boca o gosto artificial e vai à torneira tomar um gole de água para ajudar a engolir. Depois do banho e do café da manhã, a dor de cabeça começa a ir embora e ele se sente revigorado, sua energia parece inesgotável, ou melhor, foi restabelecida graças ao frasco de pílulas milagrosas que enfia no bolso da calça enquanto dá os retoques finais no penteado. Pega um pouco mais de brilhantina e arremata o topete conferindo ambos os lados do rosto no espelho. Só então está pronto para ir ao café frequentado por simpatizantes da Assembleia Nacional para tentar recrutar ajudantes. Já memorizou o endereço. Como tem tempo de sobra, prefere ir a pé, caminhando pelas ruínas dos bombardeios e pelos barracos improvisados que servem de moradia. A cidade abrigava belas construções de pedra, com torreões e janelas panorâmicas, que ainda guarda na memória das viagens anteriores que fez a Steinkjer, mas tudo o que restou foram umas poucas casas. É uma pena que tudo aquilo tenha sido destruído, ele pensa, imaginando que fim levaria sua cidade natal se fosse bombardeada da mesma maneira. Se Levanger fosse reduzida a uma pilha de escombros fumegantes, assim como foi Steinkjer, ninguém ficaria feliz, nem ele, mas era o preço a pagar. Vira a esquina de um prédio em construção e avista o café que fica numa casa improvisada, onde também funciona uma barbearia. Não precisa usar uma identidade falsa porque ali só estão simpatizantes do novo regime, pensa Rinnan ao empurrar a porta e entrar no salão amplo onde há mesas com homens sentados bebendo café, fumando e lendo jornais. Vários viram o rosto e ele os cumprimenta com um sorriso. Pede algo para beber, abanca-se numa mesa e olha em volta. Acompanha as conversas. Faz algumas abordagens, porém ninguém está disponível ou lhe parece adequado para o trabalho, mas fica sabendo que naquela mesma noite será realizada uma festa de Natal à qual devem comparecer todos os moradores da região. É perfeito.

À noite, volta ao local que está abarrotado de homens e mulheres em trajes de festa, fumando, bebendo, sorrindo e conversando, e começa a selecionar aqueles que podem se adequar ao perfil que procura. Não demora para encontrar um interessado. Um sujeito de cabelos claros, sorriso tímido, olhos azuis e aparência um tanto desleixada, que presta bastante atenção ao que Rinnan tem a lhe dizer. Seu nome é Ingvar Aalberg e ele torce para a Alemanha como se estivessem falando de seleções de futebol. De pé, ao lado de Ingvar, há um outro com cara de poucos amigos que flerta com uma mulher no bar. Ele se chama Bjarne. Ambos estão desempregados. Ambos se interessam, especialmente depois que Rinnan menciona o valor do pagamento e explica o que terão de fazer: fingir que são refugiados, que precisam atravessar o Mar do Norte desde Ålesund até as ilhas Shetland, encontrar alguém disposto a transportá-los e expor a rede de contrabandistas e da resistência. Rinnan paga uma rodada de bebida, eles brindam e passam a conversar cada vez mais alto. Risadas repentinas envoltas em nuvens de fumaça. Alguém de repente tropeça e é amparado pelas pessoas em volta.

— Só mais uma coisa. Precisamos também — diz Rinnan inclinando-se sobre a mesa — de um mensageiro. Alguém que possa vir pessoalmente até mim e relatar o que está acontecendo. Conhecem alguém? De preferência uma mulher — diz ele apertando o copo e fitando os dois. Bjarne é o mais durão, o mais esperto e também o mais reservado. Ingvar é um tipo disposto a fazer qualquer coisa. Respondeu com um seco não quando Rinnan lhe perguntou se tinha família, mas parece agradecido por ter conseguido um bico. É Bjarne quem diz que conhece uma mulher que talvez possa fazer esse papel, e atravessa o salão para falar com ela. Não demora muito e retorna de braços dados com uma mulher um tanto vulgar, de traços angulares e braços e pernas fortes.

Rinnan se levanta, estende a mão e se apresenta.

— Meu nome é Rinnan — ele diz.

— Olá, sou Ragnhild Strøm — diz ela sorrindo. Rinnan pede que se sente. É uma pena, só agora ele repara, que ela não seja mais atraente. Ragnhild Strøm não é exatamente alguém que desperte sua atenção. Mas é filiada à Assembleia Nacional e diz que está disposta a servir de ponte entre ele e os dois homens. Eles bebem além da conta e combinam de se encontrar na casa dela no dia seguinte.

Lá, dividem uma garrafa de destilado que Rinnan leva consigo e recebem as instruções de como deverão agir. Ele os ajuda a obter identidades falsas e ensaia a história que terão de contar: precisam escapar da Noruega antes que os nazistas os prendam.

Uma breve encenação tem lugar na sala de estar de Ragnhild antes de se despedirem. Dias depois, Ingvar e Bjarne viajam para a costa, onde se infiltrarão na rede da resistência, e Rinnnan volta para casa. Ragnhild, com quem conversa pelo telefone todos os dias, vai lhe deixando atualizado, e em pouco tempo ele descobre os nomes dos barcos que são utilizados, seus proprietários, os portos de onde zarpam e as datas das viagens.

Ingvar e Bjarne são instruídos a continuar a encenação, Rinnan diz que não têm nada a temer, pois a operação de resgate de ambos já está em marcha, ele garante, enquanto finaliza um relatório detalhado e o remete para Flesch. Ele está radiante e diz a Rinnan que "vai começar a Operação Seelhund II". Um pelotão é mobilizado para prender todos os envolvidos.

Rinnan segue junto num dos caminhões e de repente se vê no comando da mobilização que envolve cinquenta soldados. Acho que posso me orgulhar agora, pensa ele enquanto vê as árvores passando na estrada e observa os soldados agarrados aos assentos, balançando ao sabor das curvas.

Então acontece um incidente. Um dos caminhões é obrigado a interromper a viagem devido a um pneu furado. Rinnan desce da boleia furioso e praguejando, explica aos soldados que eles não têm muito tempo, mas de nada adianta.

Quando finalmente chegam à costa, um dia depois, o barco de refugiados já partiu, e Ingvar e Bjarne foram obrigados a embarcar. Provavelmente estão apavorados, temendo serem descobertos, pensa Rinnan, enquanto as ondas escuras do fiorde arrebentam nos rochedos e a espuma branca se espalha como névoa pelo ar.

No alto-mar a previsão é de tempo ruim, e uma tormenta é a última chance que lhes resta. Ele telefona para Ragnhild, recebe as notícias mais recentes sobre os falsos refugiados e a lista com os nomes dos envolvidos. Em seguida, despacha os soldados para prender os membros da resistência. Dá ordens para arrestar vários outros navios e procurar o barco que transporta os refugiados. Enquanto isso, assiste à tarde cair e ao último raio de sol ser engolido pelo mar.

Anoitece, amanhece, torna a anoitecer e ele finalmente é informado de que o barco com os refugiados foi obrigado a retornar por causa do mau tempo. Todos a bordo são presos. Só então os dois agentes infiltrados se identificam e são libertados pelos alemães. Rinnan os recebe com tapinhas nas costas e os felicita pelo excelente trabalho. Apesar de todas as intercorrências, a operação foi bem sucedida. Cinquenta e duas pessoas são detidas, 22 das quais morrem na prisão. É janeiro de 1942.

Em março, a *Sonderabteilung Lola* é formalmente instaurada e Rinnan recebe ordens de intensificar o trabalho de recrutamento. Eles ganham uma sede no centro, um apartamento que está desocupado, cujo proprietário foi fuzilado em Falstad. Seu nome era David Wolfsohn, irmão de Marie.

M de Marie Arentz. Henry a conhece na casa de Ragnhild Strøm depois que a pediu para recrutar alguém que pudesse acompanhá-la numa viagem de barco até Bodø. As duas fingiriam fazer parte da resistência para cooptar novos membros. Rinnan simpatiza com Marie à primeira vista. Gosta do modo como ela lhe sorri e de como a conversa flui bem entre eles. Ele enche as taças, brindam, ele a faz rir. Os dois bebem, ele lhe dá dinheiro e cigarros, menciona o bom pagamento que receberão, o equivalente a um mês de salário por uns poucos dias de trabalho. Diz a Marie que ganhará um pouco a mais para poder comprar roupas finas. — Não que você precise — acrescenta, piscando o olho e recebendo um sorriso malicioso como resposta. Por um instante a imagem de Klara lhe vem à mente, mas ele de pronto afasta aquele pensamento, afinal por que sentir a consciência pesada se ela lhe é tão fria e indiferente? Já que Klara não demonstra o mínimo sinal de desejo e não quer fazer sexo com ele por vontade própria, apenas quando ele demonstra interesse, então que arque com as consequências. Sendo assim, ela lhe dá o direito de ter prazer com outras pessoas. Rinnan diz que pode levar Marie para casa. Os dois estão embriagados. Ele a envolve pela cintura e, quando passam por uma esquina escura, a abraça e lhe dá um beijo. Percebe o desejo no seu olhar e vai com ela à quitinete onde mora. Sobe as escadas abafando os risos, já é noite e eles precisam fazer silêncio, e entra no dormitório assim que ela gira a chave e empurra a porta. Então a empurra contra a parede e novamente a beija. Desliza a mão por baixo do suéter, acaricia as costas nuas, enquanto ela se desvencilha e o empurra apenas para poder tirar o suéter, que joga pelo avesso no chão. Henry tira os sapatos. Começa a desabotoar a camisa e sente as mãos dela agarrando seu cinto. Ela puxa a fivela do cinto, ofegante, enquanto ele desce as mãos entre as suas coxas, puxa a saia e a acompanha até a cama. Observa o sorriso dela, a pele macia, tão excitante quanto só um primeiro encontro pode ser.

 Agora tudo é possível, pensa ele, arrancando a calcinha dela, curvando-se e beijando sua barriga, descendo abaixo do umbigo, sentindo o cheiro do seu sexo e enfiando o rosto nele.

 De manhã, senta-se na cama com um travesseiro apoiando as costas e Marie se aninha em seus braços. Tira o cigarro dos seus dedos e dá um trago profundo. O sol brilha pela fresta entre as cortinas e ilumina os cabelos emaranhados em seus braços. Eles não param de falar, a conversa flui tão bem com ela. Os assuntos vão surgindo, um atrás do outro, sem cobranças.

 Meses depois, Marie desertará da Gangue do Rinnan e se alistará para servir no exterior. Três anos depois, os dois voltarão a se encontrar, e Marie deitará nua novamente em seus braços, sem vida, no porão do Mosteiro da Gangue, com uma corda em volta do pescoço, enforcada pelo próprio Rinnan.

M de Molde, cidade da Noruega meridional, de máscaras e do mérito de homens como Bjarne Asp. Bjarne Asp é um feroz adversário dos nazistas. Homem destemido e inteligente, que rapidamente se introduz nas conversas certas, nos locais certos. Começa a se relacionar com uma mulher chamada Solveig, que atua na resistência norueguesa e tem dois irmãos gêmeos idênticos. Bjarne Asp a ajuda, compila listas de nomes, participa de reuniões, faz sexo com ela e conta a Solveig histórias que a fazem crer que estão do mesmo lado. Os dois começam a namorar, planejam um futuro juntos, quando a Noruega ganhar a guerra, dormindo, comendo e viajando juntos.

Depois de seis meses, Bjarne Asp revela que seu nome verdadeiro é Henry Oliver Rinnan. Diz que lidera uma organização secreta em nome dos alemães e, se quiser ficar em segurança, ela deve ajudá-lo. Diz a Solveig que tem como impedir que sua família seja presa, desde que ela colabore. Que os alemães ganharão a guerra, mas ela pode ajudar a minimizar as baixas norueguesas evitando uma invasão inglesa, e promete fazer de tudo para manter sua família em segurança. Solveig cede e concorda. Chega o verão, depois o outono de 1943. A *Sonderabteilung Lola* está crescendo e Rinnan ganha uma nova sede não muito longe do centro da cidade. Uma casa na rua Jonsvannsveien, 46, para onde se mudam levando todos os seus pertences. Rinnan manda construir celas no porão. Solveig se muda para a casa em setembro de 1943, junto com sua filha de oito anos. Passa a trabalhar como secretária de Rinnan durante o resto da guerra. Cuida dos ferimentos dos torturados, prepara-lhes comida e permite à filha dormir na casa, apesar dos gritos que vêm do porão.

M do musical organizado por Jannicke no porão do Mosteiro da Gangue. É uma noite de sábado de 1956, Grete está no porão na companhia de Jannicke e de duas amigas que moram na vizinhança. Durante várias semanas, depois da escola, elas desciam ali para ensaiar. Largavam as mochilas pelo corredor, diziam um oi para a mãe ou para a empregada e se abalavam pela escada abaixo, sem se importar com o frio ou o cheiro de mofo. Lá embaixo podiam ficar em paz. Ninguém reclamava se faziam muito barulho, não davam trabalho à mãe.

Transformaram em palco o local onde antes havia a bancada de um bar, ensaiaram um número de canto e outro de dança, enquanto Grete, de apenas cinco anos, assistia atenta. Quando quis saber da irmã mais velha como poderia participar, Grete foi incumbida de vender os ingressos. Claro que era preciso alguém para vender ingressos, pensou Grete. Sem mais demora, ela subiu as escadas para buscar papel e lápis de cera.

Depois voltou, deitou-se de bruços no chão de tacos e rabiscou à mão os ingressos.

Elas contaram aos pais da apresentação e Grete percebeu algo estranho na maneira como a mãe reagiu. Um sorriso constrangido, a mesma pergunta que ela havia feito antes: elas precisavam mesmo passar tanto tempo naquele porão? Um lugar tão frio e inóspito. A cada vez Jannicke insistia que não haveria problemas, que elas estavam bem abrigadas com casacos. Grete limitava-se a repetir o que a irmã dizia e deixou a mãe sem argumentos.

Certa noite, Grete escutou os pais discutindo na cozinha enquanto já estava deitada na cama, percebeu que a conversa era sobre o musical que ensaiavam e ouviu a mãe levantar a voz e dizer: — Mas no porão, Gerson! No porão!

— Psssst, Ellen!

— As meninas não sabem de nada — respondeu a mãe, e então, Grete escutou os passos se afastando do quarto onde dormia. Levantou a cabeça e viu a silhueta de Jannicke, que acordou e estava sentada na cama ao lado. As duas ficaram quietas, em silêncio absoluto, na escuridão. O que a mãe quis dizer? Que elas não sabiam de nada sobre o quê? A discussão na sala logo se abrandou. Grete escutou a mãe ou o pai indo ao banheiro, o barulho da água escorrendo nos canos, e em seguida deve ter adormecido.

Alguns dias se passaram e finalmente chegou a noite da estreia.

As meninas percorreram o bairro inteiro vendendo os ingressos. Levaram cadeiras para o porão e as colocaram em fileiras, decoraram o ambiente e acenderam velas. Tudo pronto.

— Grete, pode deixar o público entrar.

Jannicke sorri para a irmã com os lábios vermelhos de batom. O rosto está coberto do pó de arroz que pegou emprestado da empregada, e os cílios foram realçados com rímel. Ela usa um vestido de festa e calça sapatos de salto alto, e Grete assente energicamente antes de dar meia-volta e subir as escadas. Degrau por degrau, ela enfim chega ao alto e escuta o ruído das vozes atrás da porta. A maioria são crianças. Pela fresta da porta entreaberta, espia o que se passa. Dá de cara com as crianças que moram na casa ao lado, acompanhadas dos pais. A sala está transbordando de gente.

— Estão prontas? — pergunta Gerson fazendo um carinho no braço de Grete.

— Vocês trouxeram os ingressos? — retruca ela. Gerson vira-se de lado e diz algo para o vizinho que ela não consegue entender, mas que resulta em risos ecoando pela sala. Em seguida, o pai lhe entrega dois ingressos feitos à mão.

— Obrigada — diz Grete, concentrada e diligentemente, como se fosse uma profissional trabalhando na bilheteria do Teatro Trøndelag. — Por favor, dirijam-se aos seus lugares.

— Os assentos são numerados? — pergunta o pai com um sorriso esperto, lhe dando um tapinha nas costas. Grete abana a cabeça e percebe a expressão tensa no rosto da mãe. O porão fica lotado de vizinhos. Grete percebe alguns deles olhando em volta, examinando as paredes, como se seus narizes reagissem a um fedor pestilento.

M de mistério pelas suspeitas que montam contra Henry Oliver Rinnan, pelo perigo que representa e pelo mal que pode infligir. A resistência decide agir. Rinnan deve ser neutralizado, mas não deve morrer, precisa ser capturado vivo.

É uma noite do outono de 1943. Rinnan está a caminho de casa, na Landstadsvei, 1. Desce do carro, exausto após o dia de trabalho, a mente em turbilhão, cheia de planos e de novas operações para executar, mas mesmo assim percebe algo errado. Há um carro estranho estacionado na saída da garagem, um carro com o motor desligado e as luzes apagadas. Ele tem a impressão de que conseguiu divisar a silhueta do motorista através do para-brisa. Ou seriam dois homens?

De repente, fica em alerta, verifica se o coldre está preso ao cinto, saca a pistola e só então percebe um terceiro homem, armado, saindo de trás dos arbustos.

— Sai daí, Rinnan — grita Karl Dolmen, apontando a metralhadora para os homens e apertando o gatilho.

Rinnan esgueira-se pelo portão sob a troca de tiros e consegue chegar à porta. Empunha a pistola na altura do peito com ambas as mãos e espreita pela esquina da casa. Ouve um grito. O motor de um carro sendo acionado e os pneus arrastando no chão. O carro desaparece sem deixar vestígios, e Rinnan sai em disparada para o meio da rua. Karl vem ao seu encontro com uma mão na barriga. Foi atingido. Rinnan passa o braço sobre seu ombro e o leva para o carro. Enquanto isso, olha para o alto e avista Klara na janela, parcialmente escondida atrás das cortinas.

Karl precisa ser levado ao hospital imediatamente. Mais tarde lidará com o estorvo que será explicar aquilo à esposa. Ajuda Karl a entrar no carro e pede ao motorista que pise fundo e o leve para o hospital. Rinnan o observa ser colocado sobre uma maca e receber uma injeção no braço, e precisa esperar no corredor. Furioso, indignado, finalmente recebe a notícia de que o ferimento não é grave. A bala não atingiu nenhum órgão vital e Karl ficará bem. Só então entra no carro e volta para casa, mas esta noite dormirá no quarto de hóspedes.

Henry fica a noite inteira em claro pensando na ousadia dos inimigos. Virem atacá-lo na sua própria casa! E se tivessem atirado na direção da casa?, pensa ele trincando os dentes no escuro. E se um dos filhos acordasse com o barulho e viesse até a janela ver o que estava acontecendo, fosse alvejado por uma bala perdida e morresse? Eles estão em guerra, sim, é claro, mas isso?! Isso é o fim, isso significa que não há mais regras a serem quebradas. Agora vou fazer o que achar que devo, pensa ele, e ordena a dois membros que saiam às ruas e deem uma surra no primeiro que avistarem, como vingança.

É assim que um cidadão comum é espancado até a morte ao retornar para casa, naquela mesma noite. Se tivesse saído mais cedo ou tomado outro caminho, a vítima seria outra pessoa.

M de matemática, um universo inteiro do qual Gerson sente saudades ao ir para o trabalho numa certa manhã. Embora tenha se entregado aos negócios de corpo e alma, retornado a Trondheim para ajudar a mãe, casado com uma mulher judia, de uma família importante até, nada o consola. Não se sente realizado. Afinal, de que vale investir todo aquele tempo em chapéus e vestidos? De que vale ajudar os clientes endinheirados que chegam à Paris-Viena com um olhar suplicante, tão carentes de ajuda e de elogios que seriam capazes de comprar qualquer coisa que lhes fosse oferecida. Ele dobra a esquina da Nordregate e sorri para um conhecido do outro lado da rua. É necessário, pois é importante cativar os clientes, fazê-los preferir a Paris-Viena e não os concorrentes. É um trabalho que sei fazer muito bem, pensa ele girando mais uma vez a chave da porta da butique. Não se trata de não dominar essa arte. A questão é que não se sente feliz assim. Nos poucos intervalos de que dispõe no trabalho, sente saudades da academia, das conversas sobre matemática, jazz, literatura e filosofia. Sente falta do desafio de ser posto diante de problemas matemáticos complicados, e da tremenda clareza que sua mente alcança quando finalmente resolve uma equação. É quase como se escalasse uma montanha íngreme e pudesse admirar a paisagem lá do topo.

Este mundo particular agora só existe em sua mente, enquanto ajuda os clientes segurando um espelho, encontrando o tamanho certo, explicando as diferenças no corte, na qualidade do tecido, nas estampas e cores. De repente toca o telefone, é um velho conhecido que quer falar. O homem que conseguiu lhe arrumar um emprego durante a guerra, amigo da família, ele também um matemático. Ligou para oferecer a Gerson um emprego. Não um emprego qualquer, mas uma possibilidade de integrar a equipe que vai desenvolver o programa do Instituto de Economia e Negócios da Universidade de Oslo. Gerson fica exultante num primeiro momento, agradece, mas precisa abafar a voz porque um cliente entra pela porta. Diz que vai pensar no assunto, mas já sabe que não será possível. Que será forçado a recusar a oferta. Chega a hora de fechar a loja. Acompanha o último cliente até a porta e depois sai. Cada passo que dá pelas calçadas é sofrido, como se seus pés estivessem acorrentados. Sabe o que o espera em casa e decide tomar um outro caminho. Sabe que Ellen provavelmente está exausta, ensimesmada como de costume, ou talvez esteja acometida de mais uma crise de enxaqueca e tenha se recolhido, sozinha, no quarto no andar de cima. Bem que tentou ajudá-la, de verdade, pelo bem das meninas, mas não conseguiu. Ela não se permite ajudar! Não toma iniciativa alguma, é totalmente apática em relação à vida, ele pensa, e relembra a ocasião em que chegou na cozinha de volta de uma pescaria que fizera com um amigo da universidade trazendo nas mãos um bacalhau enorme, de mais de um quilo. Entregou-o para Ellen, imaginando que ela fosse preparar alguma coisa, mas a esposa ficou aflita, torceu o nariz enojada ao ver o bacalhau pendendo das mãos com o sangue escorrendo pelas guelras. Ele tentou ser gentil, acreditou que fosse até receber um elogio, que ela fosse preparar um bacalhau ao forno, talvez uma sopa de peixe, dois pratos que ela tanto gostava, mas Ellen ficou angustiada, reprimiu o choro e disse que não sabia o que fazer. Que não sabia limpar nem preparar um peixe. Era verdade, ela não sabia, pensa Gerson. Era a pura verdade. Seus pais falharam. Simplesmente a mimaram demais, e a riqueza em que tanto se fiavam já não existia, desapareceu. A fábrica se foi, a casa se foi, os motoristas, costureiras e empregadas domésticas se foram e tudo que restou foi um cruel e implacável desamparo. Gerson sugeriu que ela fosse se deitar e descansar um pouco. Depois, limparia o peixe e a empregada dinamarquesa o ajudaria a preparar o jantar.

Ele continua a caminho de casa, retardando a chegada o quanto pode, enquanto ainda escuta na cabeça o eco do telefonema inesperado. Uma oferta de trabalho em Oslo. Economia e negócios. A possibilidade de ascender na carreira, trabalhar com aquilo que mais sabe e gosta.

Ele decide fazer as contas: sua vida, menos a Paris-Viena, menos os clientes que reclamam que a cintura está mais larga ou mais apertada, menos a casa na Jonsvannsveien e tudo que contém, mais a matemática, mais os alunos, mais Oslo.

E neste instante lhe ocorre outro elemento da equação: menos Ellen.

N

N de Niceia, a cidade célebre pelo concílio ecumênico que sediou, no ano 325 d.C., no qual os cristãos foram proibidos de emprestar dinheiro a juros. Com isso, o empréstimo de dinheiro, a não ser talvez para parentes ou amigos, perdeu a razão de ser. Quem não era cristão naturalmente estava excluído do veto do concílio, e assim nascia o mito do judeu usurário e avarento.

N da narcose que deixa as extremidades dos seus dedos dormentes de tanto carregar pedras, ininterruptamente, das sete da manhã ao meio-dia, e depois do almoço até às oito da noite, quando os enxames de insetos ainda rodopiam em torno dos troncos sob o sol do alto verão, e a natureza ainda está no seu auge, resplandecente. No inverno, a jornada de trabalho é mais curta, não em consideração a vocês, prisioneiros, mas para que ninguém aproveite a escuridão para tentar uma fuga.

N de Nordstern, a nova capital nórdica que Adolf Hitler planejou erguer na periferia de onde hoje é Trondheim, e comissionou o arquiteto Albert Speer para projetar. A ideia teria ocorrido num passeio que Hitler fez pelos Alpes suíços, a caminho do Mooslander Kopf, onde fez construir uma pequena casa de chá com bancos de madeira para poder sentar-se e relaxar enquanto vislumbrava um futuro de glória para o Reich que deveria durar mil anos. Dali do cume, a vista das montanhas íngremes e cinzentas brotando da superfície de um lago deixavam evidente a insignificância humana. Decerto, Hitler também tinha em mente as lendas associadas àquela paisagem. Segundo a mitologia alemã, um gigante enterrado sob aquelas montanhas emergirá para defender a Alemanha na sua hora decisiva.

Num desses passeios, na companhia de seu pastor-alemão, Hitler deve ter refletido sobre a questão das rotas marítimas cruciais para manter a Inglaterra abastecida com suprimentos do exterior. Deve ter estudado algum modo de rompê-las, imaginando uma base num local estratégico, e a Noruega, com sua imensa costa para o Atlântico, certamente surgiu como opção preferencial. O país já estava ocupado e lhe dava a oportunidade de controlar todo o tráfego de navios no Mar do Norte. Dali, os cruzadores alemães poderiam zarpar para deter os ingleses e afundar seus navios e submarinos, isolando a Grã-Bretanha do resto do mundo e a impedindo de continuar abastecendo a resistência nos diversos países da Europa continental.

Hitler deve ter corrido o indicador pelo mapa, primeiro sobre o Skagerrak, depois por Oslo, acompanhando a linha costeira ao sul, passando por Kristiansand, depois Bergen e, finalmente, detendo-se em Trondheim. Depois, olhou na direção da Rússia, contornou com o dedo a fronteira da Noruega com a Suécia, passou por Östersund e voltou ao ponto onde havia parado.

Trondheim.

Do ponto de vista estratégico, a cidade era perfeita para sediar uma frota de submarinos. Aqui, suprimentos e material bélico destinado ao front oriental poderiam ser facilmente transportados por cargueiros desde a Alemanha. Nesta região, o mapa da Noruega é tão estreito que dá a impressão de que o país foi estrangulado pelos dedos de uma mão gigantesca. Hitler mandou buscar Albert Speer para discutirem os planos, e pediu aos assistentes que lhes trouxessem todos os mapas de Trondheim que encontrassem, de preferência os mais detalhados. Fotografias também.

Os dois redesenharam o mundo, ele e Speer.

Depois de dias de trabalho intenso, os primeiros esboços ficaram prontos. Um túnel seria aberto com explosivos diretamente nas escarpas das montanhas costeiras de Trondheim, e lá ficariam estacionados os submarinos e navios. A construção da nova cidade viria em seguida. Uma capital nórdica para o Terceiro Reich: Nordstern, a "Estrela do Norte", com duzentos e cinquenta mil habitantes emigrados desde a Alemanha e uma arquitetura capaz de ofuscar a grandeza de qualquer outra grande cidade. Uma *Autobahn* de quatro faixas ligaria a nova cidade diretamente a Berlim. Dali, a frota bélica alemã controlaria todo o Atlântico Norte.

O que restou das docas para os submarinos hoje é a sede do Arquivo Nacional da Noruega. Lá dentro podem estar as anotações que Rinnan fez, se é que existiram. Todos os registros que tomou de atividades suspeitas em Trondheim, todas as rotas que percorria e locais que frequentava. Em alguma pasta ali dentro talvez esteja a prova de que foi ele quem mandou prender você e o irmão de Marie. A caminho de Trøndelag num carro alugado, telefono para o Arquivo Nacional para agendar minha visita com antecedência, a tempo de que possam retirar as caixas dos cofres. O homem do outro lado da linha responde que, se os cadernos de Rinnan foram realmente preservados para a posteridade, não estão no Arquivo Nacional em Trondheim, mas em Oslo. Embora o julgamento da Gangue do Rinnan tenha ocorrido em Trondheim, todos os documentos relativos ao processo foram transferidos para Oslo alguns anos depois do fim da guerra, e devem estar arquivados sob as montanhas da capital, não muito distante do local onde eu moro.

N de novembro.

N de novos membros, novos poderes e um novo quartel-general, num novo endereço, na rua Jonsvannsveien, 46.

É setembro de 1943. Rinnan entra na sala pela primeira vez, sem tirar as botas dos pés. Olha em volta, sorri satisfeito e acha que aquela será uma excelente casa para trabalhar. Próxima ao centro, mas mesmo assim isolada. Bastante ampla e com uma boa vista dos arredores, caso alguém ousasse tentar algo, e a pouca distância de carro da casa onde morava com a família.

Aproxima-se da janela e admira as árvores no jardim, as folhas já amarelando, sopra a fumaça do cigarro no ar e vira-se para os outros, Ivar Grande, Kitty, Inga, Karl Dolmen, Solveig Kleve e sua filha de oito anos, que também ficará abrigada na casa. Todos são jovens, assim como ele. Todos estão animados, assim como ele. Mostra onde devem colocar as caixas que carregam e em seguida abre uma delas e pega uma garrafa de conhaque, que providenciou especialmente para a ocasião. Os outros moradores da cidade não têm sequer cigarros, não têm acesso a bebidas destiladas, nem mesmo carro ou emprego com que possam pagar a gasolina. Ele tem tudo.

— Ivar? Pode providenciar uns copos para nós? — pede Rinnan. O subcomandante Ivar Grande teria hesitado por um instante ou foi só impressão? Como se não estivesse à altura de executar tarefas assim? De todo modo, faz como Rinnan lhe ordena. Inga o acompanha pela porta. Em seguida, todos se reúnem num semicírculo, como ele e os irmãos faziam nas caminhadas pela floresta, ou no quarto onde dormiam. Rinnan vai de copo em copo e serve a bebida, sente o aroma do conhaque emanando da garrafa, tão pungente que chega a lhe revirar os olhos. Depois de servir a todos, ele ergue o próprio copo e propõe um brinde.

— Muito bem, caros membros da gangue. Bem-vindos ao nosso novo quartel-general — diz ele, trazendo o copo aos lábios, sentindo o líquido queimar a mucosa da boca, percebendo como o álcool dissolve seus pensamentos quase instantaneamente. — Aqui teremos a tranquilidade necessária para planejar nossas ações. Daqui coordenaremos nossos ataques. Planejaremos como nos infiltraremos na resistência e os esmagaremos de dentro para fora.

Ele observa como suas palavras despertam o entusiasmo em cada um deles, percebe como seus rostos se iluminam.

— Juntos, meus companheiros, juntos somos a principal arma dos alemães na Noruega! Ouviram Goebbels dizer isso no discurso que fez?! Os agentes a quem ele se referiu? Somos nós! Fizemos um trabalho tão bom que nossa fama chegou ao coração da Alemanha! E vamos fazer mais! Este é o nosso novo QG. Aqui vamos planejar nossas ações... e festejar, é claro!

Alguns agora estão mais relaxados e erguem seus copos. Rinnan se levanta e caminha até a lareira. Para e vira-se para seus companheiros. Depois, toma o resto do conhaque num só gole.

— Temos poder para fazer o que quisermos. Podemos prender, interrogar e executar nossos inimigos, se necessário. Todos os meios são permitidos. Lembrem-se de que eles tentaram me matar diante da minha própria casa! Bem diante dos meus filhos! É uma guerra, mas esta guerra nós venceremos. Daqui esmagaremos a resistência. Aqui, nesta casa, meus amigos, a história será escrita! — exclama Rinnan, erguendo o copo vazio diante do rosto, encarando os outros por um momento antes de arremessar o copo que se parte em cacos ao atingir as achas de lenha e levanta uma nuvem de fagulhas dentro da lareira.

Alguns estremecem de susto. Outros começam a rir, mas não o enganam. Ele sabe que é temido, que seus subordinados não fazem ideia de qual será o próximo passo, e é assim que tem que ser, pois desta maneira ele mantém o controle sobre todos e sabe exatamente do que cada um é capaz. Rinnan acende mais um cigarro e olha em volta como se nada tivesse acontecido.

Em seguida, desce as escadas para inspecionar o porão.

N de nome.

N de nervos.

N da noite e do terror noturno que assombra Ellen Komissar quando ela se recolhe insone no quarto escuro da rua Jonsvannsveien, 46. Tenta adivinhar, pela maneira como Gerson respira, se ele está adormecido ou não e timidamente tenta chamar sua atenção sussurrando seu nome.

— Gerson?

Nem o papel de parede, nem as mesas de cabeceira, nem as cortinas estão visíveis naquela escuridão. Os olhos de Gerson, abertos, fitando o nada do lado oposto da cama, de costas para ela, tampouco se veem.

Ele responde com um Sim? inaudível. Ambos se calam e alguns segundos depois Ellen volta a falar algo.

— Não sei se consigo continuar morando aqui.

— Sim, mas Ellen...?! Achei que já tínhamos superado isso.

— Eu...

— Você sabe que não posso deixar Jacob sozinho em Trondheim com mamãe. Alguém precisa tomar conta da loja...

— Sim, mas por que precisamos morar logo aqui... nesta casa?

— Você não pode se esforçar um pouco mais? Vai passar.

— Você disse isso quando mudamos, mas não passou. Só piorou. Todas as pessoas que encontro me perguntam como é viver aqui, se tenho medo, se não tenho...

— Silêncio, Ellen! Você vai acordar a Jannicke.

— Mas você sabe o que eles faziam lá embaixo, Gerson? Sabe?!

— Claro que sei, Ellen, mas faz muito tempo.

— Muito tempo?! Hoje Jannicke trouxe outra bala do porão e perguntou o que era. Achei que você tinha removido todas elas.

— Vou dar mais uma olhada. Vou limpar tudo mais uma vez. Ok?

Durante mais alguns instantes os dois nada dizem. Seus pensamentos apenas vagueiam na escuridão, são como duas pessoas fugindo através de uma densa floresta na calada da noite, apavoradas, afastando galho atrás de galho à procura de um lugar por onde escapar e chegar a uma clareira.

— Você por acaso reclamou dos fuzilamentos no forte de Akershus quando estivemos lá? Nem das guerras que ocorreram no exterior. É tudo parte do passado! Precisamos olhar para frente!

— Eu...

— Você não pode ao menos tentar, Ellen?

— Sim...

— Ótimo. Preciso dormir. Boa noite, Ellen.

— Boa noite.

N de novidade. É uma tarde em meados da década de 1950. As duas irmãs sobem as escadas em direção aos quartos no sótão. Atrás da porta fechada diante delas está o quarto com a janela em forma de arco, o aposento no qual não podem entrar porque a mãe tem crises de enxaqueca e precisa ficar em repouso, mas nos quartos à esquerda elas podem ir e é lá que está o quartinho que Jannicke chama de Clube da Velinha. Um compartimento secreto onde só se entra rastejando. Agora é a irmã mais velha que segue na frente, segurando uma vela bruxuleante nas mãos e, num misto de medo e excitação, exibe a Grete o que encontrou lá dentro: um saquinho amarrado com um barbante contendo algo muito estranho. Floquinhos encurvados, ressecados e duros, que Grete leva alguns segundos para reconhecer. São unhas. Não só as aparas, mas unhas humanas inteiras.

O

O de ordem das palavras que usamos não apenas para lidar com a realidade, mas também para moldá-la.

Há palavras que criam categorias, que comparam seres humanos a baratas, dizem de pretensas conspirações, inventam fraquezas, acenam com a destruição da raça branca.

A lógica, neste caso, é combater tudo aquilo que é estranho, valendo-se de todos os meios necessários. Dessa forma, a crueldade não apenas se naturaliza: ela antes se torna necessária.

O de olhos. Numa fazenda, na periferia de Trondheim, há um touro pastando com seu olhar bovino, despreocupada e vagarosamente. É agosto de 1944. O burburinho de vozes faz o animal erguer a cabeça afundada no capim e dar com três homens e uma mulher saltando a cerca. São Rinnan, Karl, Ivar e Inga.

— Meu Deus, como é enorme — diz Inga. Ela olha de esguelha para Rinnan e dá uma risada. Rinnan abaixa a cabeça lentamente, respira fundo e arrasta um pé no chão. Em seguida imita um mugido convincentemente: — Muuuuuuu!

Os outros desatam a rir. O touro sacode a cauda, espanta uma mosca balançando a cabeça, que volta a abaixar para comer. Rinnan segura numa mão o rolo de corda e na outra ponta um laço, como já fez tantas vezes antes, imitando o caubói que agora de fato é. O chão é lamacento. Ivar pisa num monte de esterco e diz um palavrão, enquanto os outros não conseguem parar de rir. O touro os observa com seus olhos grandes e negros. Rinnan erra a laçada repetidas vezes. Por fim, precisa chegar junto ao touro e passar o laço pelo pescoço do animal, que é arrastado na direção do portão. Karl apanha a corda e amarra a outra extremidade ao para-choque do caminhão. Todos entram e o veículo segue lentamente de volta para o Mosteiro da Gangue. O touro é arrastado sem oferecer maior resistência. Arregala os olhos, tenta se desvencilhar, mas a tração o obriga a seguir em frente, a baba farta escorrendo pelos lábios. Somente quando estacionam nos fundos da casa, diante da cerca de arame farpado e sob o olhar dos guardas, Karl afrouxa o nó e o conduz ao seu destino final.

  Rinnan finge segurar um volante imaginário com as mãos enquanto caminha ao lado de Karl, que segura a corda. Dois soldados alemães fecham os portões depois que todos passam e assistem confusos a Rinnan dirigindo seu veículo invisível, imitando o ruído de um motor com a boca, para o deleite das duas mulheres.

  — Por que não estacionamos aqui, Karl? — pergunta ele como se descesse a janela do veículo.

  — Perdão, senhoras? Tudo bem se eu estacionar aqui?

  Uma das soldadas se inclina para frente sorrindo, responde que Sim, naturalmente, e faz um gesto na direção do jardim.

  — Que veículo é esse, afinal? — pergunta Inga.

  — É um Ford Mu — responde Rinnan. Inga começa a rir e assusta o touro, que de repente arrasta seus quinhentos quilos na direção oposta.

  — Como você pode ver, o motor é muito potente,

tem muitos cavalos, quer dizer, touros-vapor — graceja ele. Os outros agora riem, à exceção de Karl, que se esfalfa para conter o animal.

— Aguenta firme aí, Karl — diz Rinnan, abandonando o papel de motorista e dando alguns passos para o lado, sacando a arma do coldre na cintura e sentindo como se encaixa perfeitamente na sua mão.

— Então! A oferta de carne fresca não tem sido muito boa por aqui, eu acho. Saquem as armas, pessoal!

Eles fazem como ele diz. Apontam as pistolas e metralhadoras para o touro, que sente no ar a ameaça e tenta recuar, mas Karl segura firme a corda. O animal muge apavorado.

— No três, todo mundo. Um... dois...

Então todos atiram, simultaneamente, como se fossem um pelotão de fuzilamento. Os soldados alemães assistem a tudo passivamente, incrédulos. O touro solta um bramido abafado e desaba no chão, pisca seus enormes olhos e estica as pernas em espasmos alternados, como se galopasse no ar. Ainda tem tempo de deixar escapar um jato de urina que respinga nos pés de Inga e Ivar, e os dois saltam de lado tentando se esquivar.

— Pronto! Bem-vindos ao abatedouro, pessoal. Traz umas facas, Karl?

No instante seguinte, Karl está de volta trazendo uma faca em cada mão.

Ele segura ambas as facas com uma expressão interrogativa, mas ninguém se adianta para recebê-las. Ninguém as quer.

— Ok, então você pode começar, Karl — diz Rinnan. É uma ordem.

Karl ajoelha-se e espeta a ponta da faca no pelo castanho e seco do abdômen do animal, mas em seguida hesita, vira o rosto de lado e olha para Rinnan com uma expressão de incerteza no semblante.

— Nunca fiz isso antes... — diz.

— Vamos lá, Karl! Queremos preparar a ceia antes do Natal, certo?

Os outros riem nervosos. Karl leva a faca ao animal morto novamente, desta vez com mais força. De repente a lâmina penetra a carne e um fio de sangue espirra na sua mão. Duas moscas varejam sobre o animal, e todos que estão ao redor ficam quase hipnotizados à medida que Karl segue cortando a barriga e as entranhas do touro saltam para fora, um amontoado de vísceras de aparência estranha, arroxeadas, amareladas, acinzentadas e avermelhadas.

— Agora sim! — diz Rinnan dando um tapinha no ombro de Karl antes de se dirigir aos outros.

— Podem se servir, pessoal. Aqui cada um faz o seu prato: cortem do tamanho que quiserem e levem a carne para a cozinha, que nossos cozinheiros cuidarão do resto.

É mais fácil falar do que fazer, mas cada um faz como é dito e corta pedaços da carne. Seus braços ficam tingidos de vermelho e entre expressões de novo, excitação e risos eles vão amontoando a carne sobre travessas enquanto a carcaça do touro jaz sobre o gramado.

O de ódio.

É uma quarta-feira, dia 7 de outubro de 1942.

P

P de perseguição.

P dos primeiros-socorros na enfermaria do campo de prisioneiros. P dos pacientes com resfriado ou bolhas nas mãos e nos pés após o trabalho na pedreira. Pés e mãos recebiam uma camada de unguento, depois eram enfaixados e, com sorte, talvez houvesse até pastilhas para a garganta inflamada. Havia um quê de humanidade nesses cuidados precários, mas até isso não tardou a desaparecer. Contaram a você o que Flesch disse quando visitou Falstad e se deparou com três prisioneiros judeus na enfermaria. Quis saber por que diabos o campo gastava recursos tratando de judeus doentes. — Três balas e o problema está resolvido.

P de Pervitin, as pílulas que acabam mais que depressa, obrigando Rinnan a retornar ao escritório de Flesch no Misjonshotellet para pedir mais.

— Então quer dizer que estão funcionando, não é? — pergunta Flesch enquanto retira um tubinho roliço de metal da gaveta da escrivaninha e lhe entrega.

Rinnan agradece em alemão, tem vontade de tomar uma nova dose da anfetamina agora mesmo, se limita a agradecer novamente. Dá meia-volta e sai pela porta ruminando no cérebro a extensa lista de tarefas que precisa cumprir. Assim que deixa o hotel, faz uma pausa e engole mais uma pílula. Minutos depois, sente o efeito. Uma clareza mental repentina, uma força que emana dentro de si e o faz chegar em casa revigorado, tamborilando os dedos no volante do carro.

  P de plano. É uma tarde em meados da década de 1950, e Ellen desce as escadas da casa na Jonsvannsveien amassando uma cédula de cinco coroas na mão enfiada do bolso da saia, sentindo o cheiro das almôndegas e o borbulhar do cozimento das batatas sobre o fogão. Ela está tensa porque sabe que chegou a hora. Sabe, não: tem certeza. Urdiu tudo enquanto estava deitada descansando no quarto lá em cima, mas ninguém pode desconfiar, ela precisa parecer absolutamente determinada. Ellen passa pela cozinha, sorri para a empregada dinamarquesa, diz que o cheiro está ótimo, pergunta se quer alguma ajuda, mas não. Ela já sabia que a empregada recusaria a ajuda, então é só sair pela porta, garantir que as crianças estejam entretidas e, a caminho do banheiro, enfiar a mão no bolso para conferir que a cédula continua lá. Aproxima-se do casaco da empregada, pendurado no vestíbulo. Num golpe de mão imperceptível, com o coração a ponto de saltar pela boca, enfia a cédula no bolso do casaco da empregada e segue para o banheiro. Olha em volta enquanto abre a porta, mas ninguém a viu, ela tem certeza. Olha no espelho, franze o cenho e sorri um sorriso que precisa sumir daquele rosto o quanto antes. Abaixa o assento do vaso sanitário e dá descarga, para tudo parecer crível. Lava as mãos, volta a se olhar no espelho e depois sai. Vai aonde estão as meninas, as ajuda com a lição de casa, percebe que precisa se conter, não pode parecer muito ansiosa, seu comportamento não pode dar na vista.

Não demora para a porta da frente se abrir. Ela escuta Gerson gritar Olá?! e em seguida vir encontrá-las. Mesmo assim ela espera.

Espera até que a comida seja servida. Espera que todos tenham despejado o molho sobre as batatas e comecem a comer. Só então pergunta a Gerson, casualmente, depois que ele menciona como foram as vendas de hoje na butique.

— Falando em dinheiro — diz ela, aproximando-se um pouco. Observando Jannicke olhar atenta. — Você pegou aquelas cinco coroas que eu deixei sobre a penteadeira hoje de manhã? — pergunta ela. Gerson olha para ela sem compreender.

— Cinco coroas? — repete ele.

— Sim, deixei em cima da penteadeira hoje, lembro muito bem, era o dinheiro que levaria para a cidade, mas fui me trocar, você saiu e a cédula tinha sumido. Achei que você precisasse do dinheiro para alguma coisa, ou não?

— Não. Não vi nem peguei nada — responde ele enquanto corta mais um pedaço da almôndega. A empregada dinamarquesa já terminou de comer. Permanece ali sentada, imóvel, com suas mãos delgadas, lindas, e seu rosto angelical, talvez pressentindo o que está para acontecer, pensa Ellen, limpando o canto da boca com o guardanapo.

— Nem você? — pergunta ela à empregada. — Não arrumou o quarto quando chegou, talvez? Ou pegou o dinheiro para comprar comida?

— Não — diz a empregada, agora parecendo insegura, quase amedrontada na cadeira onde está sentada, pois percebe a acusação tomando forma e preenchendo o estreito espaço que as separa.

— Muito bem... — diz Ellen. — Mas esse dinheiro não pode desaparecer assim, sem deixar vestígios.

As crianças param de comer e erguem os olhos. O único ruído no ambiente é o tique-taque do relógio que pertenceu ao avô e o tilintar dos talheres no prato cada vez que as crianças cortam um bocado da comida ou raspam o molho.

— Quem sabe você não pôs esse dinheiro em outro lugar? Pode tê-lo perdido... — sugere Gerson. — Tenho certeza de que há uma explicação razoável para isso.

— É mesmo? — retruca Ellen secamente, enquanto espeta um pedaço da almôndega no garfo e mantém diante dos lábios. — Mas não é a primeira vez que some dinheiro nesta casa... — diz em voz baixa, como não estivesse se dirigindo a ninguém, pois o importante agora é jogar as cartas certas.

Gerson larga a faca e o garfo sobre a mesa com mais força que o necessário, sem esconder o aborrecimento que lhe sobe à cabeça. Eles se entreolham. Cada um com um objetivo.

— Muito bem? — diz ele. — O que você quer que eu faça, Ellen?

Ellen termina de mastigar. Dá de ombros.

— Não sei, eu... O que você acha? Acha bom que as coisas sumam desse jeito?

Ela olha diretamente para a empregada, que agora está de cabeça baixa.

— Meu Deus — diz Gerson. — É para vasculhar a bolsa dela agora?

— Não tenho bolsa — diz a empregada. — Só meu casaco — continua ela.

— Muito bem. Posso procurar no seu casaco? Tudo bem assim? — pergunta ele, virando-se para a empregada. Ela assente em silêncio, talvez até já saiba o que está para acontecer. Ellen procura conter o sorriso. A cadeira arranha os tacos do assoalho quando se levanta e Gerson sai pelo corredor.

— O que foi, papai? — pergunta Jannicke.

— Nada. Não é nada, meu amor — diz Ellen pousando a mão sobre a mão da filha. Sentindo a maciez da sua pele e reparando que a empregada as observa. Ela olha em volta, tenta afetar indiferença, enquanto a empregada a fuzila com o olhar e franze os lábios.

Então Gerson retorna. Confuso, segurando a cédula nas mãos.

— É isso aqui? — questiona.

Ellen faz que sim com a cabeça.

— Estava no meu casaco? — pergunta a empregada dinamarquesa. Ellen percebe a genuína expressão de surpresa no seu rosto. Ela e Gerson se entreolham. Ele olha para a empregada, respira fundo e se vira para Ellen, a medindo de alto a baixo com o olhar.

— Não fui eu quem pôs essa nota lá — diz a empregada ficando em pé. — Mas que seja. Aqui não fico mais — diz, e deixa a mesa com os olhos marejados. Não foi exatamente assim que Ellen imaginou, talvez esperasse uma reação mais determinada, pois Gerson ainda tem dúvidas. Ele lhe devolve rapidamente um olhar furioso. Depois vai atrás da empregada, tenta argumentar, mas não adianta. Ela se apressa em fazer as malas enquanto Ellen e as crianças terminam de comer. Meia hora depois, ela estará fora daquela casa para sempre.

P de Pale e de Parichi.

P de pogrom, ou *погром* na grafia em cirílico, um termo derivado do russo para esmagar ou destruir. Custe o que custar, por mais terríveis que fossem os métodos, o objetivo era erradicar todos os judeus. Ataque após ataque, sem tempo para pensar.

A ideia de uma solução final foi um produto de séculos, uma ideia que foi se alastrando por todas as direções, como as raízes de uma planta que procura superar quaisquer obstáculos para crescer em direção à luz, sem se importar se o terreno é argiloso ou arenoso, ignorando as rochas que eventualmente encontraria sob a terra. Em 20 de janeiro de 1942, o mesmo dia em que você foi transferido da prisão de Trondheim para Falstad, esta ideia se materializou num encontro numa mansão em Wannsee, em Berlim. Ali se chegou à conclusão de que não haveria outra maneira de resolver definitivamente a questão judaica, exceto fazendo, infelizmente, o que era necessário: eliminando todos os judeus da face da Terra.

Reuni-los todos, religiosos ou não, seus cônjuges e filhos, e destruí-los. Reunir todos os seus textos sagrados, suas tradições e receitas culinárias, seus rolos de oração e castiçais e dar cabo de tudo, para que o mundo não seja mais conspurcado e enfraquecido pelo judaísmo.

Esta ideia é como uma molécula, uma receita, uma estrutura, e as peças que compõem esta estrutura são relatos e histórias mais ou menos críveis. Como, por exemplo, a lenda de que os judeus usam crianças para fazer salsichas. Que controlam a economia. Que são responsáveis por colheitas ruins, por tempestades, por doenças e pela peste. Entre as tentativas mais célebres de difamar os judeus está um panfleto, os *Protocolos dos Sábios de Sião*, publicado pela primeira vez na Rússia, em 1905. Um documento que descreve um congresso fictício realizado na Basileia, em 1897, no qual judeus de diferentes nacionalidades se reuniram para traçar um plano para conquistar o mundo. Foi a polícia secreta do czar russo quem forjou o documento, inteiramente baseado em superstições e falsa propaganda. A história dos pogroms, entretanto, é bem mais antiga. Entre os mais antigos, estão os ataques romanos à população judaica da Judeia nas décadas anteriores ao início da Era Comum, que resultaram na diáspora judaica, primeiro para as regiões vizinhas e, depois, para muito além. Mais tarde, houve os ataques de cruzados alemães e franceses à população judaica das cidades de Speyer, Worms e Mainz, no ano de 1096, que resultaram em cerca de duas mil pessoas mortas; em 1563, em Polotsk, quem recusava a conversão ao cristianismo ortodoxo era afogado no rio Dvina.

No intervalo de 1881 a 1884, período em que você cresceu, houve mais de duzentos ataques a assentamentos judeus no Império Russo. Ainda em 1791, a czarina Catarina, a Grande, decidiu confinar todos os judeus do império numa determinada região geográfica. A área foi chamada de "Pale", nome derivado do latim *palus* — "estaca", ou "cerca", numa acepção mais ampla —, e corresponde às atuais Lituânia, Bielorrússia e Ucrânia. Os judeus moravam em pequenas aldeias chamadas *shtetls* e seus direitos minguavam dia após dia. Seus pais viviam numa dessas aldeias, em Parichi, ao sul de Minsk. Quem saberá dizer os terrores que passaram, abrigados em casebres de tijolos e tábuas de madeira, em ruas imundas de terra. Na lavoura, no mercado, fervendo água para lavar as roupas, imersos na fumaça dos fogões a lenha, ouvindo o ganido dos cães entremeando as cantigas que cantavam. Barro, sujeira, suor. Eu não sei. Quantas centenas de milhares tiveram que fugir à medida que as agressões e violência aumentavam? Em alguns locais, este número chegou a dois milhões. Moritz Glott emigrou primeiro para Vilnius e aprendeu o ofício trabalhando numa fábrica de tabaco, depois foi estudar na Alemanha e na Inglaterra e terminou seus dias na Noruega.

E você? Veio para o oeste numa carroça ou num trem? A pé?

Gerson documenta isso nas poucas anotações que fez sobre os parentes:

Como não tínhamos nenhum contato especial com parentes próximos ou distantes da família Komissar, era como se o próprio conceito de "parentesco" não existisse no nosso horizonte. A relação que tínhamos com nossos avós limitava-se ao envio regular, pelo nosso pai, de envelopes azuis com cartas transportadas por via aérea para a Bielorrússia, escritas em iídiche com letras hebraicas, que sempre terminavam com uma breve lembrança nossa. Certo dia, porém, até essas cartas pararam de ser enviadas, provavelmente após a morte da minha avó paterna. Meu pai nunca nos contou nada sobre as condições ou sobre a trajetória de vida deles.

[...]

A falta de um vínculo dos nossos pais com suas raízes moldou a maneira como nós próprios passamos a enxergar as gerações passadas. Perdemos a perspectiva de nossos bisavós e do que realmente viveram e realizaram. A explicação mais provável para isso é que a distância entre aquele passado e o nosso presente era demasiadamente grande.

O que você evitou contar aos seus filhos? Os ataques repentinos? Como os negócios eram destruídos por vândalos, as janelas estilhaçadas, jovens espancados, mulheres estupradas? O que você e outros que escaparam sabiam das perseguições que continuavam na sua terra natal, como o pogrom de Częstochowa, onde uma horda ensandecida depredou lojas, matou catorze judeus e apedrejou as tropas russas despachadas para conter os ataques? Você deve ter achado a vida em Oslo e Trondheim tão mais tranquila e simples, amigos e familiares morando na vizinhança de Grünerløkka, reunidos nos bancos da praça Olaf Ryes, estabelecendo um comércio, tendo filhos, à medida que as condições nas áreas de onde você veio se deterioravam rapidamente. Talvez as notícias tenham chegado à congregação da fé mosaica em Oslo e Trondheim, e com elas o aumento das preocupações. Entre 1903 e 1906, sobreveio a chamada segunda onda de pogroms na Rússia czarista, quando milhares de pessoas perderam a vida tentando proteger a si mesmos e a suas famílias. Com que armas? Facas, pás, garfos de feno.

Essa malquerença ainda existe, quase imperceptível, aflorando aqui e ali, como nas notícias sobre as agressões a estudantes judeus nas escolas em vários países europeus. Ou nos tiros desferidos contra a sinagoga em Oslo, o prédio que o trisavô dos meus filhos ajudou a financiar a construção e a manter, pagando desde os operários até as contas de eletricidade, custeando os móveis, e se fazendo presente em todas as celebrações dos feriados judaicos. Tanto em Oslo quanto em Trondheim, vários familiares de Rikke eram membros ativos na congregação e na cultura judaicas, enquanto outros se afastaram dela e se tornaram mais assimilados pela sociedade norueguesa.

Até eu reparei num certo desconforto, inadequação ou medo nessa dupla identidade, ainda que nenhum de nós sejamos religiosos. Porém, quando as crianças vão a festinhas de aniversários, costumam fazer seus próprios cartões de parabéns, e meu filho quase sempre desenha a Estrela de Davi na folha de rosto, com tinta ou lápis colorido, sem que eu saiba de onde lhe ocorre essa ideia. É o mesmo sentimento que incomodava Rikke quando criança. Mesmo na pacífica Noruega, é possível sentir a tensão que se oculta sob a superfície.

A lista dos pogroms é extensa, um verdadeiro compêndio da violência na sua forma mais pura. Tome-se, por exemplo, o pogrom de Jedwabne, na Polônia, em 1941. Lá, o rabino foi forçado a liderar uma procissão de mais ou menos quarenta membros da congregação até um celeiro, onde foram mortos por esmagamento e enterrados junto com destroços de estátuas de Lênin destruídas. Mais tarde, no mesmo dia, entre duzentas e cinquenta e trezentas pessoas foram forçadas a entrar no mesmo celeiro, que em seguida foi trancado e incendiado. Não sei qual é a sensação de respirar o ar escaldante ardendo nos pulmões, segurando as mãos de uma esposa, um irmão ou um filho, enquanto as labaredas vão surgindo em volta, a madeira seca estala liberando faíscas e a pele é queimada viva.

Há outro evento que vários historiadores consideram um prelúdio ao Holocausto: o massacre de Babi Yar, em Kiev, em 1941. Babi Yar, que significa "fenda feminina", sem a conotação vulgar que pode ter em norueguês ou português, é o nome de uma ravina que delimitava a periferia de Kiev, onde soldados de plantão costumavam receber visitas furtivas das suas namoradas.

O massacre ocorreu de 28 a 29 de setembro de 1941. Fazia apenas dez dias que a cidade caíra nas mãos dos nazistas, e o comandante do *Einsatzgruppe* [Grupo Especial] *D* mandou espalhar o boato de que todos os judeus da região seriam transportados de trem para o Mar Negro e, em seguida, levados para a Palestina. Então, todos foram reunidos e levados para fora da cidade. Um garoto chamado Rubin Stein foi um dos sobreviventes, e mais tarde contou que os judeus foram detidos em cinco locais ao longo do caminho, em cinco postos de controle diferentes:

No primeiro posto, tomaram todos os nossos documentos e os queimaram. No posto número dois, pegaram todas as joias, anéis e obturações de ouro; no posto três, as peles e roupas de festa e, no posto quatro, as bagagens, que amontoaram umas sobre as outras. No último posto, as mulheres e crianças foram separadas dos homens e adolescentes. Foi ali que perdi a minha mãe de vista.

O garoto de dez anos conseguiu se esconder dentro da tubulação, não sei exatamente de quê, talvez um daquelas enormes manilhas de concreto por onde fluem cursos de água às margens das rodovias, do mesmo tipo onde eu costumava brincar quando criança.

Segundo o relatório enviado a Berlim logo depois, 33.771 mulheres, homens, meninos e meninas judeus foram fuzilados e caíram mortos no interior da ravina. Todos num intervalo de trinta e seis horas. Rubin Stein foi um dos vinte e nove sobreviventes.

Só quando escrevi isto me dei conta de que alguns dos parentes dos meus filhos provavelmente estão entre os mortos, pois todos eram oriundos daquela região, uma província judaica isolada na Rússia czarista com suas incontáveis vidas abreviadas.

Q

Q de Quisling, o político nazista norueguês cujo sobrenome tornou-se sinônimo mundial de "traidor". Quando jovem, Vidkun Quisling tentou vários caminhos na vida antes de se tornar um defensor ardoroso da *Nasjonal Samling*, Assembleia Nacional, o partido nazista da Noruega. Após a guerra, Quisling quis gabar-se de seus feitos e tentou o quanto pôde chamar a atenção para fatos que só existiam em sua mente, decorrentes da desmedida ambição — compartilhada por tantos jovens contemporâneos seus — de se tornar alguém importante.

R

R de Rikke. — Sempre soube que havia algo diferente na casa da minha mãe e do meu padrasto. Na época do Natal, costumávamos decorar uma iúca na sala em vez de um pinheiro, e comíamos filé e não a tradicional comida natalina à base de porco. Mas judia? Nunca me senti associada a essa identidade, por ser algo abrangente demais. Meu pai vem da costa oeste da Noruega, meu padrasto vem do sul do país e minha mãe é de Oslo. Nunca cultivamos as tradições judaicas em casa. Mesmo assim, sempre me senti mais próxima da família Komissar. É algo que tem a ver com as artes, com a cultura, com a comida e o interesse por política e pela sociedade. É algo indefinível, e neste algo se veem traços da identidade judaica. Como, por exemplo, no candelabro de oito braços que havia na casa dos meus bisavós, da minha avó, e também na casa da Lillemor. Ou o pão ázimo que minha tia Jane fazia e me dava. Ser judia significa reconhecer que eu provavelmente estaria morta se vivesse em 1943. Reconhecer que certas facetas da minha identidade são indesejáveis para muita gente, tanto que estão dispostas até a me matar por isso. Mas eu? Eu sou apenas norueguesa, exatamente como minha avó e meus bisavós maternos se sentiam. Lembro de certa vez ter perguntado ao meu bisavô por que ele não se preocupava tanto em ser judeu, e ouvi o seguinte como resposta: "Não sou judeu, sou um ser humano".

— Tenho bem nítidos na lembrança dois eventos da minha infância. O primeiro é da escola primária. Havia um garoto que todos conheciam porque era judeu. Ele costumava me acompanhar da escola até minha casa, talvez porque soubesse das origens da família da minha mãe. Certo dia, três garotos um pouco mais velhos nos abordaram enquanto vínhamos conversando pelo caminho. Começaram a empurrar o garoto de um lado para o outro enquanto gritavam: "Judeu!".

Lembro de ter ficado apavorada e pela primeira vez me dei conta de que aquela palavra podia ser usada como ofensa, de que ninguém jamais poderia saber minhas origens. O garoto agredido não disse nada, embora soubesse. Ele podia ter apontado para mim e dito que eu também era judia, mas em vez disso abaixou a cabeça e se protegeu com os braços até os outros cansarem e irem embora. Depois, caminhamos em silêncio para casa, e nunca me perdoei por não ter tentado impedi-los. Eu deveria ter feito algo.

— O outro evento ocorreu muitos anos depois, quando forasteiros distribuíram panfletos neonazistas no pátio da escola. Era algo que falava sobre erradicar os judeus. Eu me lembro do choque que tomei, do estômago embrulhado. Aquilo também incluía a mim? Não tinha certeza, então decidi dizer algo. Não podia ficar calada em relação àquilo pelo resto da vida.

R das raízes enormes dos pinheiros que você tinha que desenterrar para depois serrar. Um trabalho tão extenuante que seu corpo estremecia inteiro, você mal conseguia segurar a colher e derramava toda a sopa. R do ruído que fazem os patos grasnando rumo ao sul para fugir do inverno, enquanto o pátio é tomado pelo burburinho das conversas e pelo aroma da fumaça do tabaco que sobe pelo ar.

R de rumores, de ranking, de Rinnan, de *Rusken*.

R de Rørvik.

É 7 de setembro de 1944, Rinnan acorda assustado com alguém batendo na porta do quarto. A boca está seca depois do porre de ontem, a cabeça lateja, mas ele rapidamente recobra o fôlego e se levanta. Batem novamente e ele escuta a voz de Karl perguntando se está acordado e dizendo que ele precisa atender o telefone. Rinnan consulta o despertador sobre a mesa de cabeceira. São só sete e quinze da manhã. Algo deve ter acontecido, pensa ele, avisando que já está indo, jogando o edredom de lado e sentindo o frio do chão no contato com a sola dos pés. Não há ninguém ao seu lado na cama. Devo ter dormido sozinho, pensa ele, repassando na mente imagens da noite anterior, rostos sorridentes, gargalhadas, a bebida escorrendo pelo queixo de Inga. Ele se lembra de impedi-la de limpar o rosto com as costas da mão, de ter se aproximado e lhe roubando um beijo e, pelo visto, de ela ter gostado. Depois disso, eles desceram para buscar mais bebida, tiraram um prisioneiro de uma das celas e o amarraram numa cadeira. Um rapaz jovem, aterrorizado, e com boas razões para estar, de fato, pois era estúpido o bastante para se negar a falar. Karl o colocou na cadeira e eles começaram a praticar tiro ao alvo com o objetivo de atirar o mais próximo da cabeça sem atingi-lo. Puta merda, quanto barulho! A cada tiro era um susto, isso era, o estampido ecoava pelas paredes e as lascas das tábuas voavam pelo ar. As balas perfuravam a madeira e ficavam engastadas nos tijolos. Ele se lembra de ter começado uma brincadeira nova que chamou de direita/esquerda. Gritavam "direita!" ou "esquerda!" e o prisioneiro tinha que inclinar o corpo para o mesmo lado para desviar das balas. Foi tão divertido ver o pavor na cara do sujeito, gritar DIREITA! e acertar exatamente onde tinha mirado, no espaldar da cadeira, enquanto o prisioneiro se contorcia o quanto podia. Depois de algumas rodadas de tiros, sentiu vontade de beber um pouco mais. Olhou em volta e Inga já tinha subido. Que horas poderiam ser? Duas? Rinnan veste as calças e a camisa e se perfila diante do espelho, puxa o pente do bolso traseiro e penteia os cabelos num topete antes de abrir a porta do quarto. Ele atravessa a cozinha onde há pilhas de pratos sujos dentro da pia, passa ao lado do sofá onde há outros deitados, dormindo ou descansando. Os acorda, pede que continuem o interrogatório dos presos no porão e só então vai até Karl, que diz que Flesch ligou e quer falar com ele o mais rápido possível. O mais rápido possível? Isso não é bom. Se há alguma urgência significa que algo lhe foge do controle, e por um átimo de segundo ele teme ter feito algo errado e estar prestes a receber uma repreensão severa, mas o que poderia ter sido?

    — Muito bem, vamos resolver logo isso — Rinnan vai à cozinha, tira um pedaço de salame defumado do refrigerador e enche um copo de leite. O pastor-alemão ouve o ruído vindo da cozinha e chega abanando a cauda, com olhos arregalados cheios de expectativa, arranhando as unhas no taco do assoalho. — Venha cá, menino — diz Rinnan dividindo o salame em dois, o cachorro abanando a cauda de alegria, sem se incomodar em esbarrar na guarnição da porta a cada vez. Ele segura o pedaço de salame na mão, deixa o cão abocanhá-lo ali mesmo e lhe faz um carinho no dorso. Morde um pedaço do salame e sente a cabeça latejando novamente. Precisa beber um pouco de líquido também, pensa ele, e entorna o copo de leite. A julgar pelos gritos que vêm do porão, retomaram as sessões lá embaixo. Que bom. É imperativo fazer aquele prisioneiro delatar alguns nomes para que possa alcançar um novo braço do movimento de resistência, pensa ele, mordiscando mais um pedaço do salame e saindo pelo corredor em direção ao vestíbulo onde calça as botas e veste o sobretudo. Karl vem atrás. Os dois sentam-se no carro e saem pelo portão, atravessam a cerca de arame farpado e os guardas armados. A cada vez que passa pelo portão, Rinnan cumprimenta os soldados, orgulhoso. Pelos êxitos que obteve. Por tudo que construiu. Os moradores de Levanger deveriam vê-lo agora, pensa ele enquanto enfia a mão no bolso do sobretudo, tira um cigarro, dá umas batidas com ele na tampa do estojo e o acende. Observa as pessoas a caminho do trabalho, com os colarinhos levantados à altura das orelhas e os blocos de cupons de racionamento enfiados nos bolsos. E olhe só para ele! Tem motorista próprio, ganha mais de dez vezes o valor de um salário comum e pode conseguir tudo que quer.

Eles estacionam em frente ao Misjonshotellet e os soldados lhe abrem as portas sorridentes. Ele entra, cumprimenta a secretária e sobe ao escritório de Flesch. Duas semanas antes, a Gestapo lhe ordenou que prendesse o maior número possível de membros do grupo de rebeldes Milorg em Vikna. Ele infiltrou-se no grupo em fevereiro de 1943, sob o nome de Olof Wisth, e compilou uma lista com todos os cerca de cinquenta rebeldes. Preferiu não viajar, estava cansado de tantos deslocamentos, quis ficar no Mosteiro da Gangue e enviar Karl Dolmen em seu lugar. Karl fizera um trabalho excelente, e junto com os alemães prendeu vários membros do Milorg, incluindo, Bjørn Holm, que Rinnan já sabia que contrabandeava armas associado a um certo pastor Moe.

— Durante o interrogatório, o prisioneiro admitiu que existe um arsenal oculto com quinhentas metralhadoras — diz Flesch. — Quinhentas! Indícios como estes são extremamente graves — continua Flesch antes de mencionar a invasão aliada à Normandia, em junho, e dizer que teme que algo semelhante ocorra na região de Vikna. Rinnan sorri sem graça para Flesch enquanto espera a tradução. Nunca conseguiu se acostumar com essas pausas artificiais que ocorrem após cada frase.

— Sua missão, Rinnan, é ir até lá o mais rápido possível, encontrar esse arsenal e apreendê-lo. São ordens que vêm da mais alta instância— diz ele, sugerindo que a missão foi uma determinação pessoal do *Führer*.

— Caso se neguem a cooperar e não consigam encontrar nada, você está autorizado a atirar em dois reféns aleatórios, para que saibam que estamos falando sério — conclui Flesch.

Rinnan assente, diz que encontrará o arsenal, mas ao mesmo tempo pressente a turbulência se aproximando assim que sai pela porta e vai para casa fazer as malas. Um sentimento persistente de que algo está errado, pois por que ele nunca ouvira falar desse tal arsenal? Sabe que há armas escondidas na região de Vikna, mas nessa magnitude? Quando chegaram lá? Por que nenhum dos seus contatos negativos jamais tocou no assunto, nem na suposta ação grandiosa que estava sendo preparada?

Pessoas e construções vão passando à medida que rememora os lugares, imaginando os porões e rostos que encontrou. Tentando imaginar quem poderia ser, ou alguma fazenda que tenha lhe escapado, mas qual? Em qual vilarejo ou ilha?

Retorna para casa, brinca um pouco com as crianças. Não se importa mais com a frieza que o separa de Klara, pois não tem problemas para conseguir mulheres, absolutamente nenhum, ele tem certeza, enquanto a beija rapidamente no rosto antes de sair, apenas para que as crianças vejam. Em seguida, sai para cumprir a missão. Despacha dois homens pelo mar a bordo do *Rusken*, o barco a motor que confiscaram, enquanto pessoalmente reúne as tropas alemãs e embarca no caminhão levando a lista de pessoas que devem ser presas e forçadas a confessar. Segue viagem sem saber em que condições o barco de trinta metros navega pelas águas tranquilas do fiorde, com o sol poente irradiando os campos verdes que se estendem até a orla, e as montanhas escuras que exibem as garras de suas escarpas íngremes a quem se aproxima delas, onde as algas se prendem na baixa-mar e emprestam ao conjunto diferentes nuanças de marrom. Rinnan não está presente quando prendem Harald Henrikø, que colhia batatas quando foi surpreendido. Ele se despede dos filhos e é levado. Rinnan não vê Karl e os dois outros prosseguindo para a fazenda vizinha, guiando-se pelo som das marteladas, para encontrar Kyrre Henrikø e seu filho trabalhando na orla, onde estão construindo um novo ancoradouro. Os dois são obrigados a largar as ferramentas ali mesmo e seguem junto.

Rinnan só toma ciência do resultado dos interrogatórios quando chega à cidade de Rørvik tarde da noite, dois dias depois, junto com cinquenta soldados da *Schutzpolizei* e seu líder, um oficial chamado Hamm. Rinnan esperava que tudo estivesse resolvido antes que chegasse, que Karl o recepcionasse assim que desembarcasse do caminhão e lhe dissesse que os prisioneiros haviam confessado tudo, que o paradeiro das armas já era conhecido, mas assim que desce do caminhão e avista Karl no cais, com os cabelos desgrenhados e os olhos vermelhos das noites em claro, compreende que não conseguiram obter as informações de que tanto precisam.

— Olá, chefe. O prisioneiro está ali dentro — é tudo o que diz. Rinnan põe a mão sobre seu ombro e assente. Os dois entram no armazém que a Gangue do Rinnan expropriou. As botas estalam nas tábuas do chão a cada passada. No centro do armazém está o prisioneiro com a cabeça inclinada para frente, as mãos amarradas nas costas, o lábio inchado e a boca entreaberta.

— Ele não disse nada ainda — diz Karl.

— Meu Deus — diz Rinnan alcançando o queixo do prisioneiro com uma mão, observando o corte aberto no queixo e dando graças por não ter tirado as luvas.

— Escute — diz ele, forçando o rosto do prisioneiro para o alto. — Você sabe tão bem quanto eu que há apenas duas maneiras de sair daqui, certo?

O homem respira ofegante pelo nariz e pisca os olhos, confuso.

— Uma dessas maneiras é a seguinte. Eu peço para meus homens continuarem esse procedimento até arrancarem a verdade de você. Se não funcionar, se não nos contar o que queremos saber, nós vamos meter bala em você e jogar seu corpo no fiorde. Esta é uma maneira de sair daqui. Está escutando?

O homem faz que sim com a cabeça, exalando pesadamente pelas narinas.

— A segunda maneira é muito, muito mais simples. É só dizer onde estão as armas — diz Rinnan, e no mesmo instante ouve os passos do oficial alemão adentrando o armazém.

— Mas eu não... sei... de nada... — diz o homem, ofegante, aos prantos.

— Muito bem — diz ele largando seu queixo.
— Neste caso precisamos ser mais criativos. Tragam Bjørn Holm — diz ele a Karl, que faz um rápido gesto com a cabeça e sobe as escadas, dois degraus de cada vez. Foi Bjørn Holm quem revelou o tal arsenal durante o interrogatório no Misjonshotellet. Rinnan o trouxe consigo como uma espécie de trunfo, para ser usado caso necessário. Rinnan acende um cigarro, oferece outro ao oficial alemão, que lhe agradece. Em seguida surge Karl trazendo o prisioneiro de Trondheim. Bjørn olha para o homem na cadeira, balbucia um *Meu Deus* e abana a cabeça. Suas mãos também estão amarradas nas costas e ele tem um olho roxo.

— Veja só... Olhos maquiados com sombra azul — zomba Rinnan, cantarolando o trecho de uma canção. Depois pede ao outro prisioneiro que tome assento. É um método que Flesch lhe ensinou. Colocar o torturado frente a frente com um conhecido e forçá-lo a assistir a tortura, para que um deles acabe entregando os pontos e confessando. Karl o empurra na cadeira.

— Não sei de nada! — urra Harald Henrikø desesperado. — Meu Deus, eu não sei de nada! — repete.

— Muito bem, então por que o Bjørn Holm aqui mencionou que existem essas quinhentas metralhadoras escondidas? — pergunta Rinnan fazendo um sinal para retomarem a tortura.

— Desculpem! — grita Bjørn virando-se para Rinnan e dizendo: — Não há armas! Fui forçado a confessar, mas elas não existem!

— Cale a boca! — ordena Rinnan aproximando-se do homem e lhe dando um soco, para que ele não ouse dar apoio moral ao prisioneiro que está sendo interrogado agora. Há muita coisa em jogo. Ele precisa encontrar logo a merda desse arsenal. O que Flesch dirá dele se não conseguir?

Ele ordena que a tortura continue e é obedecido.

Socos, queimaduras.

Gritos, choro, cuspe, sangue.

Eles usam paus e correntes para bater nos braços e pernas. Removem a cadeira e largam o prisioneiro no chão.

A certa altura, Harald Henrikø desmaia. Bjørn está aos prantos. Rinnan levanta a cabeça de Harald novamente, mas agora ele nem chega a esboçar reação. Que merda, pensa Rinnan, que se dá conta de que precisa ir ao banheiro e começa a sentir fome, mas isso terá que esperar. Está furioso por o terem mandado para cá, sob o olhar vigilante daquele oficial alemão que acompanha cada movimento que faz. Preferia ter ficado no Mosteiro da Gangue, pois o prisioneiro que estão torturando não dará com a língua nos dentes, é evidente que não, do contrário teria confessado há muito tempo. Depois de tantos interrogatórios, ele já está mais do que experiente para saber.

— Levem ele daqui — diz Rinnan. — Providenciem alguma coisa para comer e beber e tragam o outro prisioneiro, que continuaremos com ele.

Logo depois os outros membros da gangue surgem com uma garrafa de licor de café e copos e o último prisioneiro. Paul Nygård.

— Ponham ele ali e esperem — diz Rinnan, apontando para a cadeira tombada no chão. Depois desarrolha a garrafa, serve-se de um copo e o esvazia num só gole. Sente o líquido doce e untuoso escorrer pela garganta e irradiar pelo corpo inteiro uma sensação de prazer.

— Já volto — diz ele e vai ao banheiro mijar, espiando o rosto no minúsculo espelho sobre a pia. Lava as mãos e penteia novamente os cabelos, o topete sempre cuidadosamente armado. Preciso comer alguma coisa, pensa ele ao voltar para o interrogatório.

Paul Nygård começa a uivar ao ver a lâmina da faca se aproximando, gritando que quer falar, que vai contar tudo.

Quem está ofegante agora é Karl, tão concentrado no trabalho que não consegue parar, ansiando por mais sangue. É Rinnan quem o detém, segurando sua mão.

— Está ótimo, Karl — diz ele dando-lhe uns tapinhas nas costas. — Vá comer alguma coisa, eu assumo daqui — diz, virando-se para o prisioneiro aflito sem deixar de notar o alívio no olhar de Karl.

— Muito bem — diz Rinnan. — Onde estão as armas então?

O homem respira fundo, olha para Bjørn.

— Estão... na ilha de Galsøya — ele confessa.

— Muito bem — responde Rinnan. — Muito bem. Onde fica isso exatamente?

— Aqui... na costa — diz Paul, ofegante, sem tirar os olhos da faca.

— Ótimo, não há mais perguntas. Venham! — diz ele agarrando o homem pelo braço, obrigando-o a ficar em pé, pedindo a todos que o acompanhem. Harald Henrikø apoia os braços ensanguentados na cadeira para se levantar, mas suas pernas fraquejam e ele desaba no chão. Merda! Agora vamos ter que carregá-lo, pensa Rinnan. Mas logo bate os olhos num carrinho de mão encostado na parede e pede a Karl que leve o homem ali mesmo, mas rápido, pois eles têm pressa. Rinnan vai até o oficial alemão, lhe relata a confissão do prisioneiro e pede a um soldado que traduza o que disse. Depois, atravessam o cais e embarcam no *Rusken*. O sol está nascendo sobre o fiorde e a maré está tranquila e silenciosa.

  Acompanhado de Paul e Karl, ele chega no convés. O oficial alemão junta-se a eles, e isso é muito bom, já que agora está ciente do que são capazes, viu como conseguem arrancar confissões e finalmente descobriram onde está o tal do arsenal. Talvez até impeçam uma Normandia no Mar do Norte, evitem uma invasão e revertam os rumos da guerra, pensa ele enquanto o barco joga nas docas.

  — Paul, mostre o caminho — diz Rinnan dando-lhe um tapinha gentil no ombro, percebendo como está apavorado, os olhos injetados, a pele avermelhada, cheia de hematomas. Se ao menos tivesse falado tudo de uma vez, teria evitado tudo aquilo.

  Ele deveria me agradecer por estar vivo, mas este filho da puta até que resistiu bastante, comecei a acreditar que não havia arma nenhuma, pensa Rinnan. Não deixa de ser um traço de caráter, ele acha, resistir por tanto tempo e suportar tantas dores sem entregar o que sabe. Só que de nada adianta tudo isso quando se tem pela frente alguém tão competente como *ele*.

  Todos embarcam e finalmente lhe sobra um pouco de tempo para comer um pão doce acompanhado de uma xícara de café. É preciso três soldados para empurrar o carrinho de mão com o prisioneiro. Rinnan não dá muita importância àquilo. Prefere ir à ponte cumprimentar o capitão. Aponta na direção do mar e diz: — Por ali. O capitão assente e pergunta: — Galsøya, não é? Rinnan confirma, percebe uma certa má vontade na maneira como responde, mas não tem tempo a perder com isso. Tudo que precisa fazer é conduzi-los até lá, só isso. Depois, Rinnan tratará de mandar alguns agentes para a casa do capitão para descobrir de que lado ele está afinal. Eles navegam sob um sol glorioso, são sete da manhã e Rinnan está exausto, praticamente não tem dormido, suas pálpebras estão pesadas e seus olhos ardem. Ele enfia a mão no bolso, encontra o vidrinho e traz a mão à boca fingindo limpar o pigarro apenas para engolir mais uma pílula, a seco, sem se preocupar sequer em tomar um gole de água. Precisa dessa dose de energia extra agora mesmo, depois da longa viagem e dos interrogatórios que viraram a noite. Um bando de gaivotas sobrevoa o barco esperando que icem a rede de pesca. Coitadas, pensa ele e pede ao capitão que lhe aponte a ilha no mapa. A região é coalhada de ilhotas e rochedos, e Galsøya não é nada além de um pontinho preto no meio do fiorde. Um esconderijo e tanto, é preciso reconhecer. Os alemães nunca o teriam encontrado sozinhos, ele tem certeza, e já imagina a satisfação de Flesch quando lhe contar a notícia. Melhor ainda: quando vir os soldados alemães empilhando as caixas de armas no saguão do Misjonshotellet.

  Ele começa a sentir o efeito da pílula, os pensamentos ficando mais claros, as forças e o humor retornando ao corpo, despertando seu desejo por mais uma xícara de café e também seu apetite. Pede a alguém que providencie um pouco mais de comida enquanto o capitão avisa que estão chegando.

— E agora, Paul? É ali? — pergunta Rinnan. Paul levanta os olhos do assoalho do barco, acompanha com o olhar o indicador de Rinnan e só tem forças para balançar a cabeça afirmativamente, piscando os olhos, apavorado. Rinnan pressente que há algo de errado, mas não tem mais tempo nem energia a perder agora.

É uma ilha minúscula, com não mais que uns duzentos metros de extensão, mas algum maluco conseguiu estabelecer ali uma fazenda e construiu um píer onde podem aportar.

— Então, vamos lá. Você precisa indicar o caminho, Paul — diz ele, recebendo uma xícara de café que lhe traz um soldado antes de desembarcarem. — Onde estão as armas? Na fazenda?

— Eh... acho que sim — responde Paul, ainda piscando os olhos assustado.

— Acha? Que merda é essa? — pergunta Rinnan.

— Eu não sei... não estava junto quando esconderam — diz Paul.

— Mas estão aqui, não é? — insiste Rinnan.

— Sim, devem estar — responde Paul, os olhos ainda piscando involuntariamente, várias vezes, deixando Rinnan furioso com essa mudança de comportamento. Quando estava sendo interrogado, em nenhum momento o prisioneiro disse nada parecido com "Sim, devem estar". Mas que seja. Agora é só revistarem tudo naquela maldita ilha. Ele ordena aos soldados que comecem as buscas, primeiro no porão da casa, depois no celeiro. No local vive uma família que assiste a tudo incrédula. Não há sinal de que o pai ou a mãe estejam mentindo quando respondem que nunca ouviram falar de arsenal algum. Embora tenham dois filhos e Rinnan deixe muito claro o que acontecerá se estiverem mentindo, o casal reafirma que não sabe de nada e Rinnan sabe que estão falando a verdade. É só olhar para o estado em que Paul se encontra para saber que Rinnan está falando sério. Como se não bastasse, ele desembarcou acompanhado de um pelotão de soldados alemães armados com metralhadoras.

— Eles não sabem de nada — diz Paul, com a mesma expressão de pavor no olhar. — Não estavam na ilha quando as armas foram escondidas — explica.

— Não? Achei que você não sabia onde as armas estavam — diz Rinnan.

— Não sei... Só recebi a informação de que os moradores estavam ausentes porque... porque podiam estar do lado errado, ou nos delatar — explica ele num tom relativamente plausível.

Rinnan toma um gole do café, sentindo-se tão revigorado que poderia fazer qualquer coisa agora, pensa ele, voltando a apertar o frasco de pílulas na palma da mão. E ali permanecem eles, numa ensolarada manhã de setembro, enquanto os soldados reviram a casa de pernas para o ar. Vasculham do porão ao sótão procurando o esconderijo no interior do celeiro ou nos arbustos no quintal. Procuram vestígios de pás ou terra recém-escavada, brotos de plantas, mas não encontram coisa alguma. Os soldados começam a se cansar. O oficial quer saber como vão as coisas, Rinnan responde que encontrarão as armas em breve e volta para o barco, acompanhado de Karl, para buscar o outro prisioneiro, Harald. Pede dois soldados que o ergam pelas escadas, o ponham novamente no carrinho de mão e o empurrem até a fazenda. Harald permanece com os olhos fechados o tempo inteiro. De repente, cai em prantos outra vez.

— Escute aqui! — diz ele — Não estou mais para brincadeiras. Só quero terminar essa merda de operação e voltar para casa. Onde estão as armas? — pergunta ele, mas Harald apenas chora, diz que não sabe, que nunca ouviu falar de arma alguma, ele jura. Rinnan saca a pistola da cintura, sente como a coronha se encaixa bem na palma da mão, e aponta para a cabeça de Harald, os cabelos emplastrados de sangue. Pressiona o cano contra a testa ensanguentada e o fita nos olhos, mas de nada adianta. Harald desata num choro convulsivo, diz que não sabe de nada, que precisam acreditar nele, é verdade. O sujeito provavelmente não sabe de porra nenhuma, Rinnan conclui, e isso é um problema.

Eles foram ludibriados, ou pior: esse arsenal não passa de um delírio de um preso torturado, capaz de dizer qualquer coisa para que o deixassem viver, inclusive inventar um arsenal que nunca existiu.

Por outro lado, pondera Rinnan, é possível que um ou outro filho da puta ali tenha escondido algumas armas, mas a resistência conseguiu realizar a operação mobilizando pouquíssimas pessoas, e só elas sabem a localização exata desse arsenal, cujo valor para os britânicos é incomensurável. Sendo assim, ele ordena aos soldados que vasculhem a ilha de cabo a rabo.

Eles passam a manhã inteira procurando.

Eles fumam. Eles comem a refeição que a dona da casa preparou para todos. Vão ao banheiro, esperam, esperam, esperam enquanto os soldados percorrem a ilha de um lado a outro, em vão. Exaustos, os soldados já nem escondem o desânimo, nem se preocupam mais em disfarçar que só continuam a busca porque estão cumprindo ordens.

Por fim, desistem. Não encontraram as armas porque provavelmente nunca existiram, pensa Rinnan fechando os olhos, removendo novamente a tampa do frasco e engolindo mais uma pílula, sem mais se importar se está sendo observado, pois ainda falta cumprir a última parte das instruções: "Se não encontrarem o arsenal, execute duas pessoas ao acaso".

É esta a ordem e ele tem que obedecer. Fodam-se as exceções. Ordens são ordens. Eles querem dar uma lição, assim como fizeram assassinando os bodes expiatórios em Falstad. Querem mandar um recado, uma amostra do que os espera. Merda, pensa Rinnan encarando Karl, que se aproxima com uma expressão séria, como se carregasse nos ombros uma culpa que nunca antes havia demonstrado.

— Chefe... Não acredito que haja armas por aqui — diz ele limpando o mato preso nas calças.

— Eu sei, Karl... De qualquer forma, precisamos completar nossa missão — diz ele dirigindo-se aos soldados ainda de prontidão, embora exaustos. Rinnan pede ao oficial que lhes diga para embarcar, pois a busca está terminada.

Minutos depois, eles zarpam de volta ao continente. Rinnan observa as fazendas ao redor, os típicos celeiros vermelhos ladeados pelas casinhas brancas. Numa delas duas pessoas serão escolhidas por ele ao acaso e executadas sumariamente. Reflete sobre o absurdo da situação: alguém será fuzilado sem ao menos saber o motivo.

Não há como contornar isso, é uma merda, mas bem que os alemães podiam ter esperado que ele concluísse as investigações para evitar que as coisas chegassem naquele ponto. Obviamente, conseguiram obter uma confissão falsa de alguém disposto a admitir qualquer coisa, que mantinha um verdadeiro exército no porão e até um demônio no sótão, apenas para que parassem de torturá-lo, e agora ele se vê atolado até o pescoço naquela enrascada. Karl lhe entrega um sanduíche de geleia de morango, bem besuntado, do jeito que sabe que ele gosta.

— Obrigado — diz ele mordendo um pedaço e aproveitando o instante de silêncio que é interrompido quando o capitão quer saber para onde deve levá-los.

Era o sinal que estava esperando.

Rinnan aponta para uma fazenda bucólica onde avista dois homens trabalhando na lavoura. — Vamos para aquela fazenda ali — diz.

O capitão manobra o barco para estibordo, rasgando a superfície do mar e deixando um rastro de espuma à medida que o motor a diesel acelera bem embaixo deles, palpitando como um coração. Rinnan vê os dois homens largando o trabalho e voltando sua atenção para o barco que se aproxima do cais. Parece que são um pai e um filho adulto vestindo roupas surradas de trabalho.

Assim que aportam, Rinnan chama por eles. O mais velho ergue o braço para acenar, mas logo percebe os soldados a bordo e recolhe a mão. O mais novo diz alguma coisa e faz menção de fugir dali, mas o pai o detém.

— Olá! — diz Rinnan aproximando-se. Karl o acompanha com a metralhadora a tiracolo e atrás deles seguem dois soldados alemães.

Relutantes, como tantas vezes antes, Rinnan sabe, mas precisam obedecer, na esperança de que uma hora isso acabe, exatamente como faz alguém surpreendido por uma dor repentina.

— Posso ajudá-lo em alguma coisa? — pergunta o pai.

— Sim, um homem aqui revelou que há um grande arsenal escondido numa fazenda nas redondezas — diz Rinnan tentando decifrar a reação que esboçam. vasculhando o menor sinal de hesitação, uma piscadela em falso que seja, mas os dois apenas olham atônitos para ele.

— Arsenal? — repete o pai.

— Sim. Podemos vasculhar lá dentro? — pede Rinnan.

— Por favor — concorda o pai. Se os soldados ao menos encontrassem algo ele não precisaria fazer o que terá que fazer, calcula, e pede aos soldados que mantenham os dois no barco enquanto isso.

Rinnan bate na porta e limpa bem as solas dos sapatos antes de entrar. Espia a sala de estar, onde há um casal de anciãos sentado, o pai fumando um cachimbo e a mãe fazendo tricô.

— A paz de Cristo abençoe este lar — diz ele sorrindo e os dois sorriem de volta. Não faz o menor sentido procurar aqui, pensa ele e dá meia-volta sem olhar para trás, determinado a embarcar e pedir ao capitão que encontre uma ilhota nas proximidades.

Então manda buscar os dois prisioneiros. Karl os obriga a desembarcar num rochedo íngreme à beira-mar onde não cresce uma só erva e nem mesmo as gaivotas ousam fazer seus ninhos.

Harald precisa ser carregado nos braços e os demais são simplesmente empurrados para fora do barco.

— Para onde vamos? — pergunta o pai dirigindo-se para Rinnan.

— Vamos dar uma paradinha aqui. Ponham as mãos na cabeça — diz Rinnan apontando para um pequeno trecho de rocha que a urze não encobriu. Karl Dolmen e Finn Hoff se perfilam com as metralhadoras apontadas para eles. Karl não deixa a máscara cair, como sempre, não demonstra sinais de incerteza, enquanto Finn, magro e alto como um varapau, pisca e olha de esguelha para Rinnan sem disfarçar a angústia do rosto, como se estivesse preso num labirinto e procurasse uma saída.

Não é justo uma merda dessas. Não é justo matar estes dois inocentes aqui, ele pensa, e quando o filho cai em prantos e o pai, os olhos marejados, abaixa a mão para consolá-lo, Karl é implacável e avisa: — Levante os braços!

Então, o pai não se contém e explode, as lágrimas apenas rolam dos seus olhos e ele começa a balbuciar algo incompreensível.

— Por favor! Não fizemos nada! Somos inocentes! O que vocês querem? — pergunta. — Por favor, vocês devem estar errados! Somos apenas fazendeiros! Por favor, não mate o meu filho! — diz o pai com o rosto úmido de lágrimas e uma expressão que é de puro desespero, um misto de medo e tristeza. Eles precisam pôr um fim naquilo.

— O que fazemos, chefe? — pergunta Finn, apontando a metralhadora para os dois, com o rosto voltado para Rinnan.

— Harald! — grita Rinnan. — Diga onde estão escondidas as armas! — ordena, mas Harald também começa a chorar. O rosto ensanguentado e desfigurado também se enche de lágrimas e o muco começa a escorrer de suas narinas quando diz: — Meu Deus, não sabemos de nada! Eu não sei de nada! Por favor!

— São suas últimas palavras? — insiste Rinnan.

Harald diz que sim, então não há o que fazer. Merda, vamos abreviar essa tragédia o mais rápido possível, pensa Rinnan, virando-se para Karl e Finn e fazendo um gesto com a cabeça. O pai grita um curto "Não!" e sua voz é abafada pelas rajadas das duas metralhadoras. As balas atravessam os corpos e os dois homens afundam no chão.

— Meu Deus — sussurra Harald abaixando a cabeça. Bjørn limita-se a fechar os olhos.

Karl vai até os dois corpos e os vira de lado. Finn fica parado empunhando a metralhadora, cabisbaixo, com a franja escura lhe encobrindo a testa.

O filho respira arfando, o corpo inteiro estrebuchando enquanto o sangue jorra do seu peito e escorre pelo canto da boca. Ele pisca, lança um olhar suplicante para Karl e estende os braços implorando por ajuda.

— Mas que inferno — diz Karl apontando a metralhadora para a cabeça do garoto. A última rajada ecoa pelo fiorde inteiro. Rinnan respira fundo, abana a cabeça e finalmente olha para o garoto que jaz imóvel sobre a urze bem diante deles. Finn deu meia-volta, afastou-se alguns metros e está imóvel como um poste.

Ninguém ousa dizer alguma coisa. Uma gaivota surge guinchando bem acima deles.

— E agora, chefe? — pergunta Karl.

Rinnan enfia a mão no bolso e toca o frasco de pílulas com a ponta dos dedos, mas não ousa engolir mais uma agora. Foi avisado do risco de tomar uma superdose, pode sofrer um infarto, mas precisa tomar algo, devia ter trazido alguma bebida. Nunca devia ter sido arrastado para essa merda aqui, pensa ele enquanto pede a Karl e Finn que joguem os corpos no mar.

Assim termina a operação Seelhund II.

Eles fazem as malas e retornam o mais rápido possível, tentando não pensar no que aconteceu. Rinnan entra num dos caminhões e eles regressam a Trondheim.

Ao longo do outono, novas missões como esta voltam a ocorrer. Várias pessoas são presas, torturadas ou assassinadas. Não tem fim.

Os alemães vão perdendo a guerra em várias frentes de batalha. Os russos invadem o norte da Noruega.

Chega dezembro.

Ele conhece uma nova garota numa festa de Natal. Uma garota chamada Gunnlaug Dundas, baixinha, de olhos azuis, cabelos loiros e um olhar perdido. Seu namorado fora morto pela resistência havia alguns meses. Agora ela precisa de alguém, um porto seguro, alguém que queira estar junto dela e lhe dar carinho, comida e amor. Rinnan é essa pessoa e cai de amores por ela assim que a vê, tão jovem e tão inocente, com um sorriso tão franco que ilumina seu rosto, e um olhar impossível de resistir. Rinnan fica refém daquele sorriso. Os dois se falam rapidamente durante a festa enquanto vão passando as bandejas com os pratos e enchem as taças de bebidas, e ele sente um calor súbito quando suas mãos se encontram casualmente, e mais ainda quando se atreve a esticar a perna sob a mesa e ela permite o toque.

Oh, que delícia!

Que maravilha é estar novamente apaixonado, e ele percebe imediatamente que o sentimento é mútuo. Que os dois sairão dali juntos. Despertarão juntos. Que ficarão nus, um diante do outro. Claro que ficarão. Para ele, nenhuma regra é válida, ele que sacrificou tanto para estar onde está agora. Mais do que qualquer um, pensa ele, e a recompensa é viver uma vida regida por um conjunto de regras únicas, diferente da maioria dos mortais. Uma outra liberdade, em que tudo é fluido.

Na véspera de Ano Novo, em 1944, Rinnan faz uma festa em casa, na rua Landstadsvei, para receber alguns membros do grupo. O relógio passa da meia-noite e eles estão na sala de estar, ainda bebendo. Klara e as crianças já foram dormir. A mesa está cheia de cinzeiros com bitucas de cigarro que mais parecem um enxame de insetos em volta de uma fonte de luz. Os copos estão cheios de marcas de dedos, os rostos brilham na sombra tremeluzente das velas. Apenas um deles vai ficando cada vez mais macambúzio: Finn. O jovem de vinte e dois anos cujo comportamento se transformou totalmente desde que se viu obrigado a atirar nos dois inocentes naquele rochedo perdido no meio do fiorde. Depois da ocasião, seu sorriso foi minguando e uma nuvem de tristeza ensombreceu permanentemente seu olhar.

Agora é madrugada do dia 1º de janeiro, o primeiro dia do novo ano. Finn esvazia o copo, firma as mãos nos braços da cadeira onde está sentado e se levanta. Afasta a franja para trás e anuncia:

— Bem, acho que agora vou lá fora dar um tiro em mim. — Rinnan desata a rir, ergue o copo num brinde e diz: — Boa sorte! Os outros fazem o mesmo e Finn passa se arrastando diante do sofá, mal desvia a cabeça para não bater na moldura da porta e calça as botas de neve. Em seguida abre a porta da frente e se vai.

A festa prossegue e leva um tempo para perceberem que Finn jamais retornará. No dia seguinte, ele é encontrado numa área próxima ao lugar onde cresceu, com um tiro na têmpora e a arma largada sobre a neve, ao lado do corpo sem vida.

Para a Gangue do Rinnan, é assim que se anuncia a primeira manhã de 1945.

R dos raios que rasgam o céu sobre o Mosteiro da Gangue. A chuva que ricocheteia nas telhas e forma uma torrente pelas calhas. As gotas que se agarram nas janelas e escorrem até o chão, percorrendo caminhos irregulares e imprevisíveis.

Já é abril de 1945, e os dias e noites passam sob uma tempestade que não parece ter fim. Flesch não para de telefonar com ordens para conduzir mais interrogatórios e planejar novas ações. Rinnan enche a cara, empanturra-se de anfetamina, prende pessoas, ceifa vidas. A única vez que sai de férias é em março, na companhia da sua mais nova amante, Gunnlaug, a quem chama de "Pus" ["Gatinha"]. O tempo passa sem ele se dar conta, mas já não há mais saída a esta altura. Não há alternativa fora do sistema que lhe rendam tanto dinheiro e poder. Somente a guerra pode proteger Rinnan dos inimigos que o querem morto.

Então, no meio da tarde, um agente lhe traz a notícia: sua ex-amante Marie Arentz está de volta à Noruega depois de ter passado uma longa temporada na

Alemanha. Ela e o namorado Bjørn Bjørnebo, membro de uma outra organização secreta alemã, querem atravessar a fronteira da Suécia e entraram em contato com alguém que pudesse ajudá-los. Os ajudantes são contatos negativos, que trabalham para Rinnan sem saber. Rinnan agradece ao homem que lhe trouxe as informações e pede que diga aos dois refugiados que se prepararem para o resgate na mesma noite.

Depois, se serve de um cálice cheio de licor de café e diz o mesmo para Karl.

— Você vai deixar que fujam? — quer saber Karl, uma pergunta legítima, pois às vezes é o que ele faz, em conluio com Flesch: permite que os refugiados cruzem a fronteira e espalhem a notícia sobre a organização, emprestando-lhe legitimidade. É um cálculo simples: o total de refugiados irrelevantes que precisam sair do país menos a quantidade de membros ativos da resistência que eles podem capturar.

Rinnan sorri e balança a cabeça. Esses dois não conseguirão fugir. Jamais. Ele beberica um gole, lambe o resto de licor dos lábios e conta a Karl o que pretende fazer.

Anoitece e Marie e Bjørn esperam numa estrada totalmente às escuras. Um carro se aproxima ao longe, os faróis são a única fonte de luz naquele imenso breu. O carro para diante deles. Há dois homens nos assentos à frente. Bjørn deixa Marie passar primeiro, depois entra e olha aliviado para o motorista.

— Que bom que puderam vir tão rápido — diz ele. O motorista tira o chapéu e se vira para trás.

— Olá, há quanto tempo! — diz Rinnan, sorrindo para os dois.

— Henry Oliver? — espanta-se Marie. No mesmo instante, Karl se vira no banco do passageiro e aponta um revólver para eles. Como é estranho rever aquele rosto. Os cabelos compridos caindo sobre a pele macia do rosto que suas mãos um dia tocaram. Os lábios que beijou e os olhos que um dia viu de perto se fechando de prazer. Agora os papéis se inverteram, mas isso não é culpa minha, julga Henry.

— O que você quer com a gente? — pergunta Marie.

— Vamos dar uma voltinha — diz Rinnan engatando a marcha. — Mas não para a Suécia.

— Para onde vamos? — pergunta Bjørn.

— Para casa — diz Rinnan. — Vamos para casa e chegando lá vamos decidir o que fazer com esses dois traidores.

R de *Riksarkivet*, o Arquivo Nacional de Oslo. Um segurança já idoso confere minha identidade antes de me deixar subir as escadas, contornar as pilhas de livros e chegar ao balcão de atendimento. Explico a questão a um funcionário, que me diz que todo o material sobre Rinnan foi digitalizado e, uma vez que se trata de material restrito, não me autorizaram o acesso a ele antes. Não por causa de Rinnan propriamente, mas por causa das vítimas inocentes que foram mencionadas ou fotografadas. O arquivo preserva tudo que existe sobre eles. Isto é, tudo que sobrou, pois tanto Henry Oliver Rinnan como os nazistas no Misjonshotellet tentaram destruir todas as provas possíveis no apagar das luzes da guerra.

São mais de quinhentas páginas, a maior parte folhas tamanho A4 com anotações datilografadas. Há os interrogatórios com Rinnan e as inacreditáveis descrições da sua relação com uma agente russa. Como ela o anestesiou com clorofórmio, mas não teve coragem de matá-lo porque estavam apaixonados um pelo outro. Entre os documentos estão também os relatórios dos prisioneiros sobreviventes e as fotografias de alguns dos cadáveres. Uma delas não me sai da cabeça. Mostra um prisioneiro do Mosteiro da Gangue encontrado morto sobre a neve num terreno baldio, seu corpo está curvado e seus membros amarrados com cordas, como se fosse um frango ou uma peça de carne que vai ao forno.

Vou folheando os interrogatórios e notas do julgamento e chego a algumas pastas identificadas com o título "Diversos". Não demoro para encontrar as anotações de Rinnan, uma das quais já tinha lido numa das biografias escritas sobre ele. Continuo procurando, mas não encontro mais anotações manuscritas pelo próprio Rinnan além das duas que já conheço. Provavelmente foram destruídas na reta final da guerra, da mesma maneira como deram cabo do seu interrogatório, que desapareceu. Sou forçado a admitir que jamais saberei ao certo se foi Rinnan que escutou suas conversas e foi o responsável pela sua prisão.

R dos réus nos julgamentos que Rinnan realiza no Mosteiro da Gangue. É noite de 19 de abril de 1945, e as luzes dos postes na rua entram pelas janelas e projetam sombras alongadas das pessoas que estão no centro da sala de estar, amarradas com cordas: Marie Arentz e Bjørn Bjørnebo. Rinnan está atrás da sua escrivaninha, ladeado por outros membros da gangue. Ele se serve de mais um copo de licor, estala a língua e sorve um gole para em seguida dirigir sua atenção às duas figuras no chão.

— Excelentíssimos membros! Meritíssimo juiz Karl Dolmen, aqui a meu lado. Um dos réus atuará como advogado de defesa e ficará sentado bem aqui. Está aberta a sessão desta corte!

Ele bate na mesa com um bastão trazido do porão e não contém o riso diante do ruído patético que produz.

— Martelinho fajuto esse, não é? Precisamos arrumar algo melhor para o juiz. Vamos ver aqui...

Rinnan levanta-se, vai até a lareira e pega um tronco de lenha. Ninguém diz nada enquanto ele o levanta, experimenta o peso nos braços e o deixa cair de volta, abanando a cabeça. Então gira o rosto em volta, sob o escrutínio dos demais na sala, que acompanham atentos seus movimentos, exceto os dois acusados, cujo olhar se mantém fixo no chão, rente aos próprios pés. De repente ele encontra algo melhor, vai até a copa e traz uma cadeira, que entrega a Karl.

— Agora, meritíssimo juiz, se puder fazer o obséquio de arrancar um desses martelos para mim. Quase que deixo escapar esse detalhe, assim como quase escapam esses dois aqui...

Num gesto teatral, Rinnan aponta para os acusados e vários membros da gangue não contêm as risadas.

— Este martelinho aqui, por exemplo — diz ele batendo a palma da mão numa das pernas da cadeira. — Ele tentou sumir. Tentou fingir que não é um martelo, mas uma inocente perna de cadeira! — diz ele, observando como suas palavras afetam os demais, como o gracejo os faz rir, então ele abaixa a voz e apoia a mão no ombro de Karl Dolmen.

— Mas nós não seremos enganados, certo, meritíssimo? — conclui Rinnan, afastando-se de lado para abrir espaço.

Karl Dolmen balança a cabeça e pega a cadeira. Depois, a emborca no chão, apoia o pé na parte de baixo do assento e força a perna da cadeira para o lado. Ouve-se o estalido das fibras secas quebrando e um ruído metálico das molas que escapam da moldura de madeira.

— Pronto, meritíssimo! Aí está! — diz Rinnan.

Karl bate a perna da cadeira algumas vezes na palma da mão antes de erguer o rosto.

— Obrigado, senhor promotor. Este bastão está perfeito!

— Um prazer ajudá-lo, meritíssimo!

Rinnan passa ao lado de Bjørn Bjørnebo e volta a ocupar seu lugar na escrivaninha. Olha para Karl e sorri.

— Então está aberta a sessão, meritíssimo... Sabe como é, bata o taco na mesa e assim por diante?

Karl age como se tivesse saído de um transe e bate a perna da cadeira três vezes na mesa.

— Claro... está aberta a sessão e começaremos... senhor promotor, pode por favor começar dizendo do que estes dois comunistas vira-casacas são acusados?

Rinnan beberica mais um gole do licor e se põe de pé novamente, produzindo um ruído desagradável quando arrasta a cadeira no chão.

— Pois não, meritíssimo. Os dois réus, Marie Arentz e Bjørn Bjørnebo, são acusados de traição, motim e tentativa de fuga.

Karl assente satisfeito.

— Muito bem. Obrigado! Os acusados têm algo a dizer?

Marie balança a cabeça discretamente. Bjørn fica em silêncio.

— Nenhuma objeção?! — diz Rinnan apoiando os cotovelos sobre a mesa, deixando sua cabeça afundar entre os ombros. — Estamos falando de delitos muito graves. Temos prova dessas acusações...? Não podemos simplesmente condenar pessoas por delitos tão graves sem provas cabais...

Karl assente.

— Sim, senhor promotor, é verdade. Por acaso temos as provas...?

Rinnan empurra a cadeira para o lado e vai para a frente da escrivaninha.

— Sim, de fato, temos uma testemunha aqui na sala, meritíssimo. Henry Oliver Rinnan, pode vir à tribuna das testemunhas?

Inga bate palmas de empolgação, enquanto Rinnan se aproxima de uma mesinha rente à parede, sobre a qual há um solitário vaso de flores.

— Sim, sou eu... Obrigado... Sim... — responde Rinnan, olhando para a mesa vazia de onde acabara de sair, balançando a cabeça várias vezes, como se estivesse elaborando as respostas para si mesmo. Os outros riem.

— Sim, obrigado, meritíssimo. Gostaria de compartilhar o que sei destes dois traidores da pátria. Conheci a ré Marie Arentz em 1942, então amiga de uma das primeiras integrantes da nossa agremiação, a saber, Ragnhild Strøm. As duas viajaram juntas a bordo do navio *MS Kong Haakon* numa missão muito importante e bem-sucedida para Bodø, onde se infiltraram no movimento da resistência e revelaram várias rotas de fuga para a Suécia.

A testemunha Rinnan finge ouvir, assente repetidas vezes e diz "Sim, sim, concordo totalmente", antes de retomar a palavra.

— Sim, a senhorita Arentz foi de fato uma agente excepcional da *Sonderabteilung Lola*. Poderia ter chegado muito longe, mas preferiu desertar, como esta corte sabe muito bem, e se alistou na Cruz Vermelha da Alemanha, vejam só. Se fosse mais esperta, deveria ter permanecido lá mesmo. Em vez disso, preferiu retornar a Trondheim, onde se uniu a este espião execrável, de nome... vejamos... como é mesmo o nome dele? Ulv Ulvesen...

A namorada de Karl Dolmen, Ingeborg Schjevik, ri alto com o chiste[1], e Gunnlaug a acompanha, quase involuntariamente. Rinnan olha para ela e sorri dissimulado. Ele está exultante com este julgamento. Ela sorri de volta, mas ele precisa retomar o papel. Endireita-se e diz: — Não, desculpem. Bjørn Bjørnebo, que nome mais esquisito este... Membro de um serviço secreto concorrente tão vagabundo que nem me importei de anotar o nome aqui.

Rinnan retorna ao local do promotor, bebe outro gole do licor e sente o calor do álcool se irradiar pelo corpo.

— Então, Henry Oliver Rinnan. Pode por favor dizer o que aconteceu em seguida, enfatizando por que estes dois estão aqui hoje como réus?

Rinnan volta à tribuna das testemunhas, apoia as mãos sobre o tampo da mesa e dirige-se a Karl Dolmen.

---

1 N.T.: Trocadilho com as palavras "ulv" ("lobo") e "bjørn" ("urso"), ambas também prenomes e patronímicos comuns na Noruega.

— Sim, meritíssimo. Foi hoje mais cedo. Por meio de um dos nossos contatos negativos, soube de um casal norueguês que planejava fugir, por isso me apressei em tomar as providências. Arranjei um carro, dirigi até lá e esperei os dois pombinhos chegarem, loucos para atravessar a fronteira. Não ficaram lá muito felizes quando viram quem estava atrás do volante, isso posso garantir a esta corte!

Olha em volta e os rostos dos espectadores se iluminam. Rinnan atravessa a sala, aproxima-se de Karl e toma a perna da cadeira das suas mãos.

— Como este é um caso para a Suprema Corte, precisamos ter mais juízes aqui, não é verdade? — Karl assente e vê Ingeborg sorrindo atrás de Gunnlaug.

— Corretíssimo — responde Karl, mas Rinnan já deu meia-volta e saiu pela sala, batendo várias vezes a perna da cadeira na palma da mão. Fitando os outros membros e percebendo o brilho de excitação no olhar de cada um. Em seguida, já de volta à mesa da promotoria, olha para o local vazio onde até há pouco estava como testemunha.

— Excelente, senhor Rinnan. Obrigado por esta concisa introdução. Os réus têm algum comentário a fazer?

Bjørn e Marie balançam a cabeça, mas não respondem, e é quando Rinnan levanta a voz e bate violentamente no tampo da mesa com a perna da cadeira.

— OS RÉUS TÊM ALGUM COMENTÁRIO A FAZER, EU PERGUNTEI?!

Marie e Bjørn tomam um susto e olham para Rinnan apenas para sussurrar um inaudível "Não!".

Primeiro Marie, depois Bjørn.

— Ótimo. Obrigado. Os réus estão cientes da pena por traição e fuga?

— Não — responde Bjørn.

— Não? Na verdade, nem eu... Então, vamos consultar o júri aqui reunido antes que o juiz principal dê seu veredito...

Eles já deviam saber, os dois ali em pé, mas é como se somente agora se dessem conta. Talvez Marie tivesse alguma esperança de que o relacionamento que tiveram no passado atenuasse as coisas de alguma maneira, mas essa esperança agora se esvai totalmente e ela começa a chorar em silêncio. As lágrimas rolam pelo seu rosto e caem no vestido.

— Então! A defesa tem alguma alegação final a fazer a esta corte?

Bjørn ergue o rosto e abana a cabeça, e algo naquele gesto revela a incerteza e o medo que está sentindo, de dizer algo errado e sofrer as consequências imediatas.

— Nada? Que estranho.

Rinnan olha em volta e os outros estão sorrindo.

— Normalmente, a defesa tenta mudar ou atenuar o veredito ao máximo, mas este não parece ser o caso aqui...?

Bjørn Bjørnebo balança a cabeça novamente.

— O que temos a dizer sobre isto, meritíssimo juiz?

— Não... Compreendo muito bem por que a defesa não tem nada a dizer sobre estes criminosos — diz

Karl. — A única coisa boa a dizer em favor dos réus é que a senhora Arentz está usando um vestido muito bonito.

As risadas tomam conta da sala e Rinnan bate com a perna da cadeira na mesa mais uma vez.

— Exato. Concordo totalmente. Um belo vestido que provavelmente esconde algo igualmente belo também...

Agora, vários membros da gangue começam a aplaudir, mas Rinnan não se deixa impressionar. Apenas olha fixamente para os dois na sua frente.

— Então a acusação fica mantida. Qual punição esta corte dará a estes dois, meritíssimo juiz? — pergunta Rinnan entregando novamente a perna da cadeira para Karl.

Karl olha para ele, hesita antes de virar-se para os dois, umedece os lábios com a língua e diz: — Condeno os dois réus à pena máxima prevista pela lei: a morte.

— Excelente, obrigado — diz Rinnan. — Queiram por favor escoltá-los ao porão.

Aquelas palavras deixam Marie apavorada. Ela gira o corpo e sai correndo na direção da porta, mas é contida pelos membros da gangue, que a agarram e a atiram no chão.

— Não!!! — ela tenta se defender esperneando e rolando o corpo de um lado para outro.

Bjørn vai em sua direção, também com as mãos amarradas nas costas, mas não consegue dizer nada além de "Por favor, não" antes de também ser derrubado no tapete. Gunnlaug assiste a tudo de pé encostada na parede, dedilhando nervosamente o punho da blusa. Não sorri. Já não sorri há tempos, e com razão. Fica evidente que aquilo é demais para ela, que é novata na gangue, mas ao mesmo tempo compreende que tudo faz parte do trabalho, que estão sendo pagos para fazer exatamente aquilo.

— Levem os prisioneiros lá para baixo — ordena Rinnan dando uma piscadela para Gunnlaug.

Os dois são então carregados para o porão. Marie grita, urra e chora sem parar. Logo serão apenas seus gritos que ainda alcançarão a sala de estar.

— Muito bem, honoráveis colegas, o julgamento está encerrado — diz Rinnan contornando a escrivaninha, caminhando teatralmente pela sala, ainda que com passos trôpegos, e dirigindo-se às escadas, sentindo os efeitos do licor e das pílulas acalmarem seus pensamentos. Antes de descer os degraus, segura na guarnição da porta, vira-se para os outros e diz: — Até breve, meus amigos. O sorriso vai desaparecendo do seu rosto à medida que desce degrau por degrau e ele é acometido por uma súbita tristeza, pois sabe o que terá de fazer.

S

S de *Stolpersteine*. Existem várias maneiras de tentar expressar aquilo que não se consegue com palavras. Jeitos de lidar com eventos tão bárbaros e impossíveis de compreender que só conseguimos imaginá-los ou senti-los com o auxílio de certos artifícios. As pedras de tropeço são um exemplo. Atualmente, várias cidades europeias abrigam cerca de 67.000 blocos com os nomes dos mortos gravados numa placa de bronze. Sessenta e sete mil pessoas que tiveram uma infância. Que se habituaram a viver cada um à sua maneira. Que gostavam de ouvir músicas. Sessenta e sete mil pessoas que se apaixonaram, que sonharam com o futuro. Que discutiram, sofreram, cantaram, amaram. Sessenta e sete mil é um número tão enorme, pensei eu quando ouvi falar dele pela primeira vez, mas no instante seguinte me dei conta de quantas pedras seriam suficientes para concluir o projeto. São quase seis milhões de pedras de tropeço que faltam. As calçadas europeias seriam revestidas de cobre se esta obra de arte algum dia fosse concluída. É uma ideia avassaladora, quase impossível de conceber, e de súbito me lembro de uma sinagoga em Praga que visitei com Rikke pouco tempo depois que começamos a namorar. Um local tranquilo, que abrigava todos os nomes dos mortos naquela cidade, escritos em vermelho, do chão ao teto, e nos dava a impressão de que estávamos entrando numa catacumba à medida que caminhávamos, a sucessão de nomes parecia não ter fim e eu tinha a sensação de escutar um sussurro:

Não me esqueça. Não me esqueça. Não me esqueça. Não me esqueça.

S dos soldados destacados para trabalhar em Falstad, a maioria tão jovens e tão incapazes de compreender a engrenagem da qual faziam parte. S do sofrimento pelo qual você mesmo teve que passar e era manifestado de tantas formas diferentes. Uma dessas formas, a mais sem sentido delas, era a seguinte: os prisioneiros eram enfileirados e obrigados a se arrastar sob as próprias camas, fazer agachamentos no chão, dar uma cambalhota para frente e repetir tudo desde o início, o mais rápido possível, enquanto os soldados ao longo do circuito os chicoteavam, esmurravam e chutavam. Um conhecido seu toma um soco tão certeiro no queixo que é nocauteado e vai parar na enfermaria. Você mesmo conseguiu completar o circuito sem sofrer ferimentos mais graves. A única coisa que sentia era raiva, pois os soldados só cessavam os abusos quando cansavam ou recebiam ordens de parar.

S do silêncio na cela. S de saliva e de selvageria.

S do sono que lhe arrebata em ondas. S dos suplícios. S do som das canções que os prisioneiros cantavam durante os trabalhos para manter o moral elevado. E também dos sons dos idiomas que você aprendeu quando crescia, e lhe permitiam conversar com os prisioneiros russos e iugoslavos. S das salas, da solidão e do sol que brilha no céu lá fora, alheio e desinteressado em saber o que ilumina, quais corpos aquece, seja um guarda da prisão que ergue o rosto e fecha os olhos, seja um prisioneiro forçado a engatinhar pelo pátio ou uma borboleta que pousa nas suas costas e abre as asas no exato instante em que você desaba sem forças no chão, e depois alça voo para além dos muros amarelos e se vai.

S de sinceridade e da citação atribuída a Rinnan, que a repetia a todos os prisioneiros que chegavam ao Mosteiro da Gangue: "Bem-vindos ao único lugar de Trondheim onde se diz a verdade".

S de separação.

S de sabujo. Numa das poucas entrevistas que concedeu, Klara Rinnan contou da primeira vez que soube que Rinnan era infiel, depois que alguém o viu saindo de um hotel com outra mulher. Por que ela continuou casada? Os dois tiveram três filhos, ele passava muito tempo ausente, era gentil com as crianças quando estava em casa e por último, mas não menos importante, fazia o possível para prover tudo o que precisavam durante um período em que a maioria das pessoas era obrigada a enfrentar as filas do racionamento. Klara preferiu que fosse assim.

Certo dia, caminhando pelas ruas de Trondheim, ela cruzou por acaso com uma mulher que trazia pela coleira o pastor-alemão da família. O cachorro a reconheceu imediatamente e deu um tranco na guia coleira tentando se aproximar, abanando a cauda de felicidade. A mulher que passeava com o cão tinha o apelido de Pus, a última amante de Rinnan. Engravidou dele, mas abortou na prisão, de acordo com o que Klara diz na entrevista.

As duas seguiram seu rumo, Klara nem desviou o rosto do caminho. Apenas escutou a estranha chamando o cachorro e indo embora.

S das sevícias no porão do Mosteiro da Gangue. É 26 de abril de 1945. Uma semana se passou desde o julgamento de Marie e Bjørn. Rinnan desce as escadas até o porão. Ele esteve no Misjonshotellet para contar a Flesch sobre os dois prisioneiros e perguntar o que deveria fazer.

— Mate-os — Flesch limitou-se a dizer. Rinnan queria saber mais — como, quando — mas não teve oportunidade de perguntar. Flesch não dava a mínima para o assunto e não queria ser importunado com isso.

Agora, de volta ao Mosteiro da Gangue, ele encontra os dois prisioneiros com as mãos amarradas nas costas, sob a mira da pistola de Karl. Marie começa a gritar assim que o vê chegar. Rinnan traz o indicador aos lábios, mas não adianta. Marie recua, tropeça nas próprias pernas e cai no chão protegendo a cabeça. Bjørn faz menção de se mover, mas Karl Dolmen o segura pela camisa e encosta a arma na sua testa. Em seguida, vira-se para Rinnan com os olhos arregalados, pronto para receber a ordem.

Marie alcança a parede do lado oposto, rastejando de um lado para o outro, arranhando joelhos e cotovelos no chão áspero enquanto chora convulsivamente.

— Ponha ele na cela vazia! — diz Rinnan. Karl obedece. Empurra o prisioneiro e Bjørn tenta se firmar nas pernas para não cair.

Rinnan contorna a mesa onde estão os alicates e chicotes e faz uma pausa atrás de um barril. Marie, que não parou de gritar, olha para ele e diz: — Me solte! Me solte! — Como incomoda aquilo, por que tanto barulho, pensa Rinnan procurando uma maneira de acalmá-la. Ele depara com uma garrafa que ainda não foi aberta, com a palavra mágica clorofórmio escrita no rótulo, retira a tampa, pega um pano que estava ao lado e o embebeda no líquido.

— Me solte! Socorro! Me ajudem!

Rinnan aproxima-se dela. Marie está encurralada no canto da parede, urrando de pavor. Rinnan gira o corpo, saca a pistola e aperta o gatilho. O tiro atinge a parede a um metro de distância.

— Marie! — grita Bjørn da cela. Imediatamente, Karl manda que cale a boca. Marie chora, mas fica imóvel.

— Pare de gritar, por favor — diz Rinnan, chegando mais próximo com o pano escondido atrás das costas.

— Fique quietinha...

Ela arregala os olhos apavorada. Sua respiração acelera, ela abre a boca para dizer algo e dá a oportunidade que Rinnan estava esperando para enfiar o pano embebido em clorofórmio.

Nos filmes em que assistiu a cenas semelhantes, as vítimas perdiam os sentidos e não ofereciam mais resistência assim que o pano lhes tocava o rosto, e desabavam no chão num movimento elegante, como se fossem deitar numa cama confortável para dormir. Aqui não é assim. Maria retesa todos os músculos para tentar escapar. Tenta chutá-lo e contorce o corpo.

— Não, mas que diabos! — diz Rinnan e agarra o ombro de Marie com a mão livre enquanto continua pressionando o pano no seu rosto. Marie tenta mordê--lo, fazer com que retire a mão, ele a aperta com mais força e finalmente o clorofórmio começa a agir. Rinnan desvencilha-se da mão dela, dobra seus dedos e percebe como o anestésico deixa relaxados e sem vida os músculos da ex-amante, como um vestido que escorregasse de um cabide e fosse parar no chão.

Karl retorna para ver o que aconteceu, com um semblante preocupado.

— Marie! — grita Bjørn da cela, e Karl gira nos calcanhares e volta ao lugar de onde veio. Bate a coronha da arma na porta da cela e manda que cale a boca.

Rinnan se agacha diante de Marie. O vestido está enrolado na altura da barriga e deixa a calcinha à mostra. Ele se levanta e vai até a mesa, onde encontra uma faca pontiaguda e um serrote. Passa o polegar pelo fio da faca e sente como está afiado. Depois, volta a ficar de cócoras diante dela, aproxima a faca da sua cintura, enfia a lâmina rente ao cós da calcinha e começa a cortar o tecido. Lenta e cuidadosamente, evitando a pele. Bastam uns poucos movimentos para o tecido ceder e a calcinha cair no chão. Rinnan segura a calcinha por uma ponta e enfia a faca do lado oposto do quadril. Sente a maciez da pele e também a aspereza dos pelos pubianos. Um só golpe e a calcinha está cortada em ambos os lados. Escuta Karl se acercando, mas não desvia a atenção, apenas aproxima a faca do vestido, encontra um lugar adequado na altura do estômago e começa a cortar o tecido. Em seguida, segura em ambas as pontas e rasga o que sobrou.

Os seios de Marie balançam com o movimento e a expressão pacífica do seu rosto não se altera, permanece calma como nas manhãs em que ambos despertavam juntos.

Ele então aproxima a faca da alça e corta o sutiã, deixando à mostra os belos seios que continuam a balançar num movimento harmonioso, com os mamilos apontados para o teto. Os peitos deliciosos nos quais costumava afundar o rosto, lamber e chupar.

— O que vamos fazer com ela? — pergunta Karl.

— Arrume uma corda — responde Rinnan, ainda sem desviar o rosto. Acaricia delicadamente a barriga e cobre um dos seios com a mão em concha.

— Marie! Você está aí?! — grita novamente Bjørn da cela. Rinnan o ignora. Enfia a faca na altura dos ombros e corta as duas alças, os dois últimos pedaços que ainda restavam do vestido. Depois o enrola inteiro e faz o vestido parecer um molde de papel, daqueles que vêm nas revistas de costura, com pequenas abas de cada lado.

Rinnan larga a faca no chão e engatinha para mais perto. Levanta a parte superior do corpo de Marie e deixa a cabeça inerte apoiada no seu colo. Ela está de olhos fechados. Seus cabelos, emaranhados, espalham-se sobre o colo de Rinnan. Seus lábios, entreabertos, são ainda tão belos e sedutores. Karl retorna e olha para os dois ali sentados. Segura uma corda na mão e tenta desviar o olhar do corpo nu diante de si.

— Muito bem, obrigado — diz Rinnan sem olhar para cima. Corre a mão sobre a testa de Marie e delicadamente afasta os cabelos que lhe encobrem os olhos. — Faça um laço bem firme e prenda a corda no teto.

— Sim, chefe.

No teto há uma viga por onde Karl passa a extremidade da corda. Depois, dá um nó corrediço e a entrega a Rinnan que só então desvia o olhar para receber a outra ponta.

— Obrigado, Karl — diz ele enquanto passa o laço na cabeça dela. Levantando o torso com cuidado para não machucá-la, depois acomodando o laço no pescoço e apertando a corda.

— Pronto. Pode puxar, Karl.

Karl vai até a ponta da corda que pende da viga e começa a puxar, cuidadosamente. A cabeça de Marie é tracionada e descola do chão. Em seguida o corpo, pouco a pouco, no ritmo dos repuxões de Karl. Rinnan fica sentado, apenas observa o corpo ser içado e pairar acima do chão, os braços balançando e a cabeça pendendo ligeiramente para trás.

— Muito bom, Karl, um pouco mais — ele pede e Karl faz como diz, mas agora Marie começa a se agitar. Rinnan engatinha para mais perto e a agarra pelas pernas, na altura dos joelhos. Puxa o corpo na direção do solo enquanto Karl vai tracionando a corda no sentido oposto. Sente a vida ainda pulsando através dela, os tremores, os espasmos, a respiração arfante, à medida que vai puxando, com mais força, apertando as coxas contra o rosto, até que ela fique completamente imóvel, apenas girando ao sabor da torção da corda.

Só então Rinnan solta as pernas de Marie e olha para o alto. É uma visão estranha. Um corpo feminino, nu, ao qual estava abraçado há pouco, girando lentamente, preso ao teto por uma corda. Ele respira ofegante depois do esforço. O mesmo acontece com Karl. Lá em cima o telefone toca.

— Ótimo, agora traga ela para baixo, com cuidado — diz Rinnan e Karl vai soltando a corda aos poucos. O atrito da corda retesada pela viga de madeira produz um ruído estranho, uma espécie de chiado. Por fim, o corpo jaz imóvel sobre o chão de tacos de madeira. Seus seios pendem para um dos lados. Um pouco do cabelo foi parar dentro da boca.

— Muito bem. Agora precisamos fazer o funeral dela, Karl. Pode ver lá em cima se temos flores? — pede

Rinnan. Karl vai e Rinnan fica sentado junto ao cadáver com a cabeça inclinada para trás e os dois seios caídos no chão.

— Olá?! Marie?! — grita Bjørn da cela.

Rinnan passa o indicador sobre a coxa dela. Põe a mão sobre a barriga de Marie, como costumava fazer no quarto onde dormiam e acordavam nus juntos. Com a outra mão, volta a tirar o cabelo que pende diante dos seus olhos. Não quer deixá-la com os olhos encobertos.

— Por que você quis ir embora, Marie? Por que fez isso?

No mesmo instante, Karl desce com um vaso de flores que trouxe da sala.

— Muito obrigado — diz Rinnan em voz baixa, afastando-se do corpo sem vida. Apanha as flores, prende os dedos de Marie em volta dos caules e deposita o buquê entre suas coxas, encobrindo parcialmente seu sexo.

Parece bom. Ela jaz de olhos fechados segurando o arranjo de flores da sala de estar nas mãos. É o melhor que podem fazer, pensa ele enquanto pede a Karl que traga Bjørn para que possam dar cabo dele também.

— Olá?! Marie! Rinnan! O que está acontecendo aí?! — Bjørn continua a gritar da cela. Karl atravessa o porão, pega o molho de chaves preso no gancho na parede e abre o cadeado que tranca a porta da minúscula cela. Traz o prisioneiro. Rinnan repara como Bjørn caminha apressado, piscando os olhos assustado, até reparar no corpo estendido no chão. De repente, se acalma. Seus pés continuam se movendo como se tivessem vontade própria e seus lábios se abrem e fecham repetindo uma só palavra: — Não, não, não, não... — Ele se agacha ao lado dela sem que ninguém tente impedi-lo. Bjørn coloca a mão na testa dela e diz aos prantos que também quer morrer. Pede que eles acabem logo com isso.

— Muito bem. Assim será — diz Rinnan. Aponta o revólver para a testa de Bjørn e puxa o gatilho. O estrondo da pistola é surpreendente, a cabeça de Bjørn estremece com o impacto e o sangue jorra sobre o concreto.

Karl olha para a outra cela onde ainda há um prisioneiro, um membro da resistência. Em seguida, olha para Rinnan e recebe um meneio de cabeça como resposta. Agora é só livrar-se dele também, para que não conte a ninguém o que viu.

T das tábuas de pinho salpicadas em toda parte pelas manchas marrons dos galhos.

T do número três. Há três cadáveres no porão — Marie Arentz, Bjørn Bjørnebo e, por último, Dagfinn Frøyland, membro da resistência que executaram naquela mesma noite, pois havia testemunhado tudo. Rinnan pega o telefone no andar superior, a linha que o conecta diretamente ao Misjonshotellet. Como aprendeu um pouco de alemão, agora quer se exibir aos outros.

— *Guten Tag* — diz ao homem que atende a chamada. — *Drei Kisten, bitte, für Sonderabteilung Lola.*

O homem pergunta onde a encomenda deve ser entregue, toma nota do endereço e de que o assunto é urgente.

— *Vielen dank* — agradece Rinnan, antes de desligar o fone e tomar mais um trago da bebida. É um licor fino, não muito doce, espesso e muito saboroso. O pastor-alemão se levanta, olha animado para ele, e Rinnan lhe faz um carinho na cabeça, entremeia os dedos no pelo do animal, e então vai até a sala, percebe que Karl está no banheiro lavando as mãos e o espera sair.

Os outros membros da gangue estão ocupados em seus afazeres. Lendo documentos, fumando cigarros, jogando conversa fora ou planejando novos saques. Foi uma pena o destino de Marie, mas ela é a única responsável, ele acha. É o preço que se paga por tentar escapar, traindo a causa de todos eles, então ela teve o que mereceu, pondera ele olhando para Gunnlaug, ela também usando um vestido, e imagina o que fazer com ela mais tarde, quando aqueles cadáveres forem levados embora. Sorri e ela tenta lhe sorrir de volta do lugar onde está, próximo à janela. O que houve? Ele gostaria de saber, mas neste instante Karl sai do banheiro e Rinnan o chama do outro lado da sala. Quer que os outros também escutem.

— Encomendei três caixões para os nossos prisioneiros lá embaixo. Vão chegar a qualquer momento.

— Sim, chefe — é tudo que Karl diz. Ele fará o que for preciso. É preciso alguém assim, que assuma o papel das mãos quando se está ocupado fazendo o papel da cabeça. Rinnan sai para a cozinha. Por toda parte há pilhas de louça suja, engordurada, com sobras de molho, mas não importa, desde que haja algo para comer, pensa ele, revirando as panelas à procura de restos. Um ensopado de carne cujo molho amarronzado empedrou e escureceu, mas basta mexer com a concha e tudo estará delicioso novamente. Ele come um pouco, direto da panela, sorri para Gunnlaug, que neste momento entra na cozinha, e pergunta se ela não quer um pouco. Ela se aproxima, sempre tão deslumbrada por poder chegar tão perto dele, o comandante de todos os outros, gaba-se Henry passando o braço em volta da sua cintura. Neste instante ouve-se o ruído de um motor lá fora, não um, mas vários carros se aproximando. Sente o corpo esbelto, desliza a mão nas costas sob o vestido, enquanto abre a boca e pede que ela lhe dê mais um pedaço de carne. Os olhos dela reluzem, ele sente no corpo o roçar dos dois seios rijos, a curva das costas na palma da mão, um frêmito entre as pernas, e pensa no que os dois farão um pouco mais tarde.

Neste momento, soa a campainha. Até que foi rápido, comemora Rinnan, inclinando o corpo para beijá-la na boca, sentindo o gosto do molho nos seus lábios e sorrindo.

— Preciso trabalhar... — diz ele lhe entregando a panela. Vai para o corredor onde Karl já está de prontidão.

— Devem ser os caixões — diz Rinnan encostando-se na parede enquanto Karl abre a porta. São dois jovens soldados alemães que carregam uma caixa de madeira feita de tábuas de pinho amarelado. Não é um caixão. Rinnan fica tenso. Pisca os olhos para ter certeza de que não está vendo coisas. É uma caixa, bastante grande até, é verdade, talvez tenha um metro de comprimento, mas e quanto aos caixões? Atrás dos soldados há outras duas caixas, idênticas.

— *Was ist das?* — indaga Rinnan.

— *Drei Kisten* — responde um dos soldados, confuso, apontando para as três caixas. Rinnan percebe os olhares dos outros, vira-se e repara no sorriso vexado no rosto de Gunnlaug. Ela se dá conta, assim como os demais, que não era exatamente o que estavam esperando. Rinnan vira-se novamente para os soldados, certifica-se de que são realmente as *Kisten* que pediu, mas deixa estar, pois eles acabaram de pronunciar aquela palavra, a mesma que ele disse ao telefone, logo o próprio Rinnan deve ter cometido um erro. "*Kisten*", caixão ou esquife em norueguês, aparentemente não significa o mesmo em alemão, mas caixote. Que seja. Estes serão os caixões deles de qualquer forma. Os soldados podem ir embora. Nem fodendo ele admitirá que disse a palavra errada. Essa humilhação ele não sofrerá, nem fodendo, pensa ele. A única solução é improvisar e usar essas caixas, fingir que eram exatamente o que ele tinha em mente. Ninguém ali ousará dizer nada. Não quando sabem do que ele é capaz.

— *Gut, gut, drei Kisten* — responde Rinnan sorrindo satisfeito para os soldados. — *Vielen dank* — agradece novamente voltando-se para os membros da gangue.

— Pronto. Karl! Peça a alguém para levar essas caixas para o porão e pôr os corpos dentro — diz Rinnan e retorna para a cozinha, quer terminar de comer, de preferência na companhia de Pus, com quem estava há pouco, mas agora Gunnlaug não está mais lá. Ele percebeu que ela foi para a sala de estar e o está evitando. Os dois, que em março passaram uma semana juntos, quando ele finalmente saiu de férias. Apenas para ficar junto daquela jovem tão ingênua e insegura, tão fácil de seduzir.

É verdade. É natural que ela esteja incomodada com aquela situação, admite ele. Talvez até já tenha descoberto que ele teve um relacionamento com Marie, que agora jaz no porão, morta. Provavelmente sabe disso desde que os prisioneiros chegaram, há uma semana. Alguém deve ter comentado, ela por certo teme ser a próxima vítima. Mas claro que não será, pensa ele. Uma criatura que é pura bondade, uma pessoa maravilhosa. Tão jovem, inocente e bonita. Faz muito tempo que não sente nada parecido por uma mulher, pensa ele fisgando apenas os pedaços de carne da panela, e depois procurando algo para a sobremesa. Um pouco de licor. Talvez ainda tenham alguns bombons também. Ele abocanha um bombom de licor, sente o líquido escorrer pelos dentes e vai para a sala onde encontra Gunnlaug irrequieta, agitando os braços como se não soubesse o que fazer com eles, coitada.

— Olhe aqui, tome um drinque — diz Rinnan entregando-lhe um cálice de licor de café. — Assim que eu terminar aqui vamos sair e nos divertir, certo? — diz ele, erguendo o cálice. O telefone toca. Um dos membros passa diante dele para atender, e Rinnan entorna o licor e, à medida que o líquido escorre pela garganta, sente os efeitos do álcool pelo corpo.

No mesmo instante, Karl surge do porão, o rosto corado pelo esforço. Sua testa está suada e seu rosto não esconde o cansaço. Nem parece o Karl de sempre.

— Chefe, eles não cabem nos caixotes — diz ele, nervoso, em voz baixa, tentando em vão evitar que os demais ouçam.

Rinnan o segura pelo braço.

— Com licença um instantinho, Pus — diz ele para Gunnlaug e se afasta alguns passos na direção da janela. — O que você disse, Karl?

— Os corpos... Não cabem nas caixas... O que vamos fazer?

— Faça caber, Karl. Faça o que for preciso. São as caixas que nos deram e são as caixas que vamos usar. Compreendido?!

Ele não esconde a irritação ao terminar a frase. A frustração fervilhando por dentro, afinal, por que Karl precisa vir aqui e demonstrar claramente que o chefe da gangue não sabe dizer "caixão" em alemão? Não faz ideia do constrangimento que é revelar isso?

— Sim, claro, chefe — diz Karl, dando meia-volta e olhando rapidamente para Pus com o canto do olho antes de descer para o porão mais uma vez.

Rinnan vai até Pus, muda de assunto, pergunta onde ela quer morar depois da guerra, menciona um local de veraneio para onde possam viajar juntos e gradualmente a percebe mais relaxada, aos poucos deixando de lado o medo e se aproximando dele. Deixa-o envolver os braços na sua cintura e sorri. Ela compreende muito bem a natureza do trabalho exigente que ele é obrigado a fazer, as decisões difíceis que é obrigado a tomar. Responsabilidades demais, ele pensa, correndo as mãos pelas costas da garota.

Karl retorna, lhe dá um tapinha no ombro e no seu olhar só se vê uma expressão de medo.

— Desculpe incomodar, chefe! — diz ele recuando alguns passos. Quer que Rinnan o acompanhe, e isso é bom, ainda bem que agiu assim, não veio trazer mais problemas logo ali, na frente da sua namorada.

— O que foi? — pergunta Rinnan.

— Sinto muito, mas as caixas são pequenas demais... Mesmo dobrando os joelhos eles não cabem... O que vamos fazer?

A paciência chegou ao limite.

— Ou você coloca os corpos nas caixas, Karl, ou eu vou colocar você numa delas. Entendido? Estou cagando para saber como vai fazer. Use a imaginação, porra — esbraveja Rinnan.

— Sim, desculpe, chefe — diz Karl novamente, sem dar sinais de ir embora. Provavelmente porque ainda não sabe o que fazer direito.

— Você sabe que temos um machado lá fora, certo? — pergunta Rinnan em voz baixa. Karl assente. Gira nos calcanhares e vai. Gunnlaug engatou uma conversa com Ingeborg. As duas estão falando sobre outra coisa, e mesmo que Ingeborg esteja rindo, algo na expressão de Gunnlaug deixa evidente seu mal-estar. Karl retorna com um machado na mão, olha para Rinnan como se esperasse um sinal para abortar a missão, mas Rinnan se mantém firme. Então Karl desce para o porão.

Passam-se quinze minutos. Talvez vinte. Karl e outros membros da gangue emergem do porão carregando a primeira caixa.

— Maravilha, Karl! — diz Rinnan do outro lado da sala. — Carreguem as caixas lá para fora e depois joguem as três no fiorde — diz ele.

O silêncio caiu sobre a sala. Ninguém mais diz palavra. Todos procuram um local para fixar o olhar, fingir que estão fazendo algo ou prestando atenção noutra coisa enquanto as caixas são levadas embora. O sangue escorre do fundo de uma delas e o odor acre de ferro se espalha pelo ambiente.

Todos ficam quietos.

— Qual o problema com vocês?! — pergunta Henry. — Temos uma guerra para vencer. Continuem trabalhando! — ordena. Acende um cigarro e pede que Ingeborg abra a janela. Logo as caixas estão lá fora e um dos membros toma a iniciativa de lavar o chão. Cai a noite e escurece, finalmente.

T da turbulência que se passa na mente de Ellen Komissar enquanto cruza o centro de Trondheim com passos acelerados e olhar fixo no chão. Sua língua desliza rapidamente sobre os lábios e ela se apressa, é preciso, pensa ela, enquanto rememora os acontecimentos, certa de que Gerson está escondendo alguma coisa. Está convencida disso desde o dia em que a empregada dinamarquesa pediu demissão. Foi a gota d'água para romper definitivamente a cumplicidade que ainda havia entre os dois. De repente, o olhar de Gerson endureceu. Ele se fechou em copas. Passou a ler o jornal durante as refeições. Faz serão todas as noites e procura ficar em casa o menor tempo possível. É claro que está escondendo algo, suspeita Ellen enquanto caminha pelas ruas. Na sua imaginação, ela abrirá a porta da butique para flagrá-lo com outra. Ou pior: Gerson talvez nem mesmo esteja no trabalho como disse. Ellen vai à butique e encontra Marie sozinha, sem compreender o que ela foi fazer ali. Ou talvez ela saiba de tudo, esteja acobertando o filho e invente alguma história, diga que Gerson saiu para apanhar mercadorias quando na verdade está na casa da amante, decerto com aquela jovem dinamarquesa. Enrodilhado na cama com ela. Aquela puta, maldiz ela, sentindo o coração acelerar. Sentindo um acesso de raiva pelo corpo inteiro, retesando os músculos do rosto e repetindo frases para si mesma. Tentando organizar os pensamentos para colocar o marido no seu devido lugar. Fazê-lo rastejar na sua frente para lhe pedir desculpas. Fazê-lo enxergar o quanto está frustrada e, quem sabe, convencê-lo a mudar de volta para Oslo. Até imagina a família embarcando para a capital, de volta à casa onde ela passou a infância, mas cai em si e se dá conta de que um final feliz assim não é plausível. O restante, no entanto, parece suficientemente verossímil, pensa ela dobrando a esquina na Nordregate, acelerando o passo ao avistar as luzes das vitrinas para chegar ao destino mais rápido e tomar uma satisfação. Mas o que vê é Gerson atrás do balcão atendendo uma senhora idosa que prova chapéus e se vira para o marido para lhe perguntar o que acha.

Não há amante alguma ali. Gerson está trabalhando. Ellen se detém, está para dar meia-volta e sair de fininho, mas Gerson a avista. De início parece surpreso, abre um sorriso e levanta a mão para lhe fazer um aceno, mas desiste. Consegue perceber a expressão de contrariedade no semblante dela, afunda os ombros, vira-se para atender a senhora de chapéu e tenta sorrir.

Ellen continua imóvel. Avalia se deve atravessar a rua para conversar com ele, mas o que teria a dizer? Por que foi até ali? Para lhe fazer uma visita? Não há razão para ser inconveniente a esse ponto, ela pensa, maldizendo agora a si mesma. Como pôde ser tão estúpida. Melhor dar meia-volta e ir para casa, constata ela, aflita.

Ao chegar em casa, faz uma faxina e tenta deixar a casa o mais aconchegante possível. Tenta interagir com as crianças, mas elas estão ocupadas e não entendem por que a mãe insiste em estar tão próximo. Por que de repente quer abraçá-las, justo agora, quando tudo que querem é continuar brincando.

Anoitece. Gerson chega tarde em casa, está bêbado e não quer dizer por onde andou.

Vai direto para o banheiro e depois desaba na cama, embora Ellen esteja no sofá esperando, tenha ficado em pé e exibido seu melhor sorriso assim que ele apareceu na porta. Ele quer apenas manter a distância, e no seu rosto já não há aquele brilho que costumava haver quando olhava para ela.

Eles se deitam. Ela estica a mão no escuro para tocá-lo no ombro, mas ele murmura que está cansado, que quer dormir e lhe dá as costas.

Ellen fecha os olhos. Escuta a respiração dele desacelerar. Percebe o abismo que os separa e sente que tudo em volta está ruindo.

Dias depois, Gerson chega mais cedo do trabalho, as crianças estão fora, e diz apenas isso. Que recebeu uma oferta para trabalhar em Oslo. Que não vê mais futuro para eles. Que providenciará um apartamento para ela morar com as crianças, mas quer se divorciar.

T de trauma e da conversa que tive com Rikke pelo telefone. Enquanto eu dirigia para Trøndelag, ela me ligou para dizer que havia uma outra razão para que a família não falasse sobre as mazelas da guerra. Não era apenas pelas lembranças traumáticas, ela achava, mas também pelo oposto. Era pelo desejo de perdoar e seguir adiante. Poder dizer que o que passou, passou e jamais pode ser reparado. Sem nenhum traço de menosprezo, sem o desejo de exagerar e sem intenção de esquecer. O que podemos mudar é o caminho à nossa frente. Esse também é o cerne do trabalho artístico de Julius Paltiel, sobrevivente de Auschwitz. Não condenar, perseguir e acusar, mas perdoar e olhar para frente.

— Vivemos num tempo de guerras verbais. Que este romance seja um chamamento para olharmos para o futuro. Que seja um instrumento de reconciliação e de perdão — escreveu Rikke para mim numa mensagem de texto pelo celular.

Muito disso pude perceber também nas conversas que Grete teve com a mãe nos últimos anos. As costumeiras acusações pelo que fez ou deixou de fazer cederam espaço para o perdão e a tentativa de compreender que o destino da mãe foi tragado por uma guerra que destruiu tudo que havia e tudo que poderia ter sido. Todos esses escritos, conversas e fragmentos conduziram a uma reconciliação. A guerra destruiu o potencial de tantas pessoas, reduziu seus sonhos a pó. Mesmo assim, foi do meio destes escombros que a minha própria família surgiu.

T do tempo que a tudo transforma.

T do telefone que toca sobre a mesa de Rinnan na noite de 7 de maio de 1945. Nos últimos dias, a Alemanha foi derrotada em vários fronts da guerra, e a esperança de que ocorra uma reviravolta vai se tornando cada vez menos provável. Agora, um funcionário do QG no Misjonshotellet liga para avisar que é o fim. A Alemanha capitulou. A guerra acabou.

Meu Deus.

Acabou. Tudo.

— O que foi? — pergunta Karl percebendo que algo grave aconteceu, mas Rinnan não consegue responder. Sente uma dormência tomar conta do corpo, quase uma paralisia, e fica imóvel. Talvez devesse se matar? Dar um tiro na própria cabeça lá no porão? Não, quando a ideia lhe ocorre ele a repele imediatamente, não tem que desistir ainda. Eles não foram capturados. Talvez ainda possa escapar, pensa ele e desliga. Então olha para Karl.

— Acorde quem estiver dormindo! A Alemanha se rendeu, aqueles idiotas.

Karl olha para ele. Sua namorada, Ingeborg, tem o mesmo olhar soturno no semblante.

— Vamos. Rápido. Precisamos juntar todos os papéis e queimá-los, e depois dar o fora daqui o mais rápido possível. Rápido, rápido, rápido! — ele diz, batendo a palma da mão na parede.

Pega a garrafa de licor. Serve-se de um copo e pensa no que deve priorizar, naquilo que precisa ser destruído, enquanto os membros da gangue vão atabalhoadamente de quarto em quarto, batem na porta onde há gente dormindo, apanham e voltam a largar objetos pelo chão. Ele enche novamente o copo e vai até o arquivo. Retira as pastas com documentos confidenciais e joga no chão tudo que há dentro: planos, mapas, documentos de agentes, contatos negativos e daqueles que torturou e matou. Empilha tudo, vai até a lareira e atira os documentos lá dentro. Umas poucas folhas escapam e pousam no chão ao redor, mas a maior parte vai parar no centro da lareira, levantando as cinzas numa nuvem que toma conta da sala, o obrigam a virar o rosto de lado e prender o fôlego um instante enquanto risca o fósforo. Vai levar uma eternidade para aquela pilha de papel ser consumida pelo fogo, então pede a Karl que traga uma lata de parafina. Rinnan recolhe os documentos que caíram pelo chão. Ingeborg o ajuda. Depois, os atira sobre o monte de papel já embebido em parafina e acende o fósforo. Antes de pegar fogo, o gás que emana da parafina causa uma pequena explosão que chega a assustar. Ele começa a rir e agora pensa no que deverão carregar consigo na fuga. Precisarão de comida e bebida. Cigarros. Se conseguirem chegar às montanhas de Verdal, poderão facilmente cruzar a fronteira da Suécia. Lá, a gangue será desfeita. Sozinho, cada um terá mais chances de se safar e sumir do mapa.

Pode dar certo. Há anos ele vem mapeando aquelas rotas de fuga. Conhece a área como ninguém. Só precisa se apressar. Conta na cabeça quantos carros possuem, pois não é agora que conseguirão reforços.

— Escutem aqui, todos vocês! Peguem armas, munições e comida. Vamos cruzar a fronteira da Suécia. Saímos em cinco minutos! Está claro?!

— Sim — diz Karl. Ingeborg também. Pus está atônita junto à parede, a pobrezinha, obviamente em choque, e é compreensível, pensa Rinnan, que vai até ela, mas Pus se afasta e diz que precisa fazer as malas.

É verdade. Ela se revelou, aquela puta. Rinnan achava que os dois formariam um belo casal. Puta aproveitadora. Agora tanto faz.

Ele também precisa fazer as malas. Encontra uma mochila que enche de cigarros, balas, dinheiro. Pega uma metralhadora.

E vai pelo corredor, sem olhar para trás.

Sai do Mosteiro da Gangue pela última vez, na calada da noite, enquanto a cidade ainda está às escuras.

U

U de último. U de única. A dor que você sente na carne quando os demais presos são espancados não tem paralelo. Uma dor que se propaga através do seu corpo e se mistura à raiva que só é contida quando você se dá conta que está fadado a ser o próximo. Numa ocasião, você presencia os prisioneiros russos sendo forçados a correr em círculos enquanto os guardas da prisão ficam em volta e os agridem a vassouradas, batendo com tanta força que quebram os cabos das vassouras e interrompem a agressão — mas só por um instante, pois quando voltam da oficina ao lado trazem nas mãos não mais vassouras, mas pás.

V

V de violência.

V de vinho.

V do vento frio que sopra no inverno e carrega os flocos brancos de neve sobre os campos e telhados das casas para depositá-los delicadamente sobre a concertina, onde se acumulam e dão forma a coelhos ou bichinhos de pelúcia. V da visão de um soldado que levanta a cabeça sob a luz de uma lâmpada à noite e permite que os flocos de neve se acumulem sobre seu rosto. V do vazio que fica na lavanderia depois que repartem a comida e distribuem as cartas contrabandeadas, onde as lembranças do mundo exterior exalam das camisas e roupas de cama penduradas no varal, macias e úmidas no contato com a pele do seu rosto.

Você se aproxima e sente o cheiro do algodão recém-lavado, assim como fazia no varal no quintal da aldeia onde cresceu, em Parichi.

V do vale de Verdal. É início de maio de 1945. Na boleia de um caminhão, Rinnan está acompanhado da quadrilha inteira e leva como refém um prisioneiro do porão. Passou rapidamente por Levanger, onde deu um abraço nos filhos assustados, e seguiu viagem montanha acima, na esperança de encontrar uma rota de fuga para a Suécia.

Ironicamente, o pneu do caminhão fura e eles são obrigados a continuar a pé. Embora seja maio, está excepcionalmente frio e há muita neve acumulada no chão. Eles seguem em fila. Rinnan leva uma pistola na mão e uma garrafa de licor na outra. No bolso do sobretudo enfiou um maço inteiro de cigarros, mas o bolso é muito pequeno e a impressão é de que o maço escapará dali no próximo passo que der. Gunnlaug caminha logo atrás dele, cabisbaixa. Finge que está seguindo suas pegadas para não tropeçar ou cair num buraco oculto pela neve. Por que tudo isso? Só porque perderam essa maldita guerra? Ele se vira e observa o prisioneiro, Magnus Caspersen, que caminha arrastando os pés, sem desviar o olhar da trilha. Que merda não o terem atirado logo no fiorde. O homem tem uma suástica queimada na nádega como prova de que foi torturado. Deviam ter se livrado dele, mas agora é tarde. Por outro lado, eles têm um trunfo nas mãos se forem apanhados. Tudo que precisam é chegar à Suécia, calcula. Cruzar a fronteira em segurança, o que deve ser tranquilo. Vai dar certo. Ele e Gunnlaug poderão fixar residência em algum lugar no país vizinho, onde ela ficará grávida e lhe dará um filho, imagina ele enquanto desvia dos galhos de um abeto. Eles chegam a uma estrada e ouvem o ruído de caminhões se aproximando.

    Ele se vira e acena apressadamente para os demais, ordena que atravessem correndo a estrada e se escondam na floresta do outro lado. Depois, faz o mesmo e, na pressa, deixa o maço de cigarros escapar do bolso e afundar no manto de neve. Karl derruba a caixa de bebidas no chão e o ruído não deixa dúvidas de que o vidro se quebrou.

    — Por aqui, rápido! — grita Rinnan apontando para um rochedo atrás do qual podem se esconder. Um a um, eles passam correndo atrás dele e se espremem na parede da rocha. Rinnan levanta a cabeça novamente a tempo de ver Magnus Caspersen dando meia-volta e se precipitando na direção da estrada, balançando os braços feito um louco. Que merda, agora não têm mais um refém para negociar. É isso.

— Precisamos nos apressar! — sussurra Rinnan para os outros.

— Para onde? — pergunta Karl.

— Para a Suécia — responde Rinnan escutando o caminhão parar ao longe. O barulho das portas batendo e os homens gritando.

Karl abana a cabeça, diz que é muito longe e sugere que se escondam numa cabana próxima até as coisas se acalmarem um pouco. Rinnan estreita os olhos. Justo quando as coisas estão de pernas para o ar seu aliado mais fiel se recusa a cumprir uma ordem? Ele não perde por esperar. Agora é cada um por si, pensa ele, desejando boa sorte a Karl e Ingeborg. Depois, comunica ao resto da gangue que terão que se apressar se quiserem sobreviver.

Gunnlaug olha para ele e Rinnan lhe estende a mão e sorri, mas ela simplesmente se afasta. Depois ele lidará com isso, pensa Rinnan dando um tapinha nas costas de Karl, desejando-lhe boa sorte e acenando para que os outros o acompanhem. A travessia é difícil, o terreno é pedregoso, coberto de urzes escorregadias e falésias íngremes. Cheio de buracos escondidos sob a neve que podem causar um acidente grave. O frio se infiltra pelas laterais das pernas, ele afasta os galhos com a mão e sente o cheiro resinoso do abeto que lhe evoca a infância. Com a cabeça coberta de neve, vira o rosto para trás e se dá conta de que estão deixando um longo rastro de pegadas na neve. Não há o que fazer, raciocina, a não ser seguir caminhando. Chegam a uma clareira na floresta, outros membros querem se separar, mas desta vez ele não perde mais tempo discutindo. Apenas faz um gesto com as mãos para que vão embora, magoado, é verdade, porque já não acreditam no seu plano — logo ele, a única pessoa no grupo capaz de salvá-los nesta hora. Claro que é. Só que não vai mais perder tempo dando lições àqueles merdinhas ingratos. Se quiserem tomar outro caminho, que fiquem à vontade e vão logo embora, que a sorte os acompanhe. Rinnan, porém, não consegue esconder a aura de incerteza quando olha para Gunnlaug e pergunta quem mais seguirá com ele.

Só restaram seis. O grupo se divide em dois, o que na verdade é até bom: com sorte seus perseguidores irão atrás das outras pegadas e os deixarão em paz, ou pelo menos é o que espera. Retomam a caminhada, em fila, os olhos no chão. Descendo por um vale, cruzando uma estradinha e subindo uma colina através de um denso bosque de coníferas. De repente escutam rajadas de metralhadoras ao longe. Estampidos de fuzis. A explosão de uma granada. Eles se entreolham. Rinnan sente o coração batendo mais forte. Começa a se exaurir, está faminto, assim como todos os outros. Cessa o tiroteio e a floresta volta a ficar em silêncio. Gunnlaug o observa com o olhar sombrio e interrogativo, tão bela naquele anoraque branco, mesmo com o rosto parcialmente escondido atrás da boina. Ele se aproxima, quer apenas tocá-la, mas ela lhe dá as costas, aponta para uma clareira entre as árvores e pergunta se é para lá que devem ir.

Eles caminham por mais uns quinze minutos, e ele avista uma cabana com janelas escuras e uma coluna de fumaça subindo da chaminé. É perfeito. Provavelmente haverá um pouco de comida ali e poderão fazer uma pausa para recuperar as forças. Não há pegadas levando à cabana, nada além das marcas arredondadas dos cascos de um cervo que andou por ali à procura do que comer.

Rinnan corre para uma das janelas e espia dentro da cabana. Está vazia, exatamente como pensava, então dá a volta e experimenta o trinco da porta, que não está nem trancada. É só entrar, pensa ele enquanto segura a porta e deixa os outros passarem primeiro. Agora é só encontrar algo para comer e beber. Ele se apressa para revirar os armários da cozinha. Encontra um armário com comida enlatada e se vira para os outros sorridente. No mesmo instante, ouve-se a rajada de uma metralhadora e a janela se estilhaça em cacos que caem dentro da casa. Todos se jogam no chão. Outra rajada de balas sobrevém, espalhando lascas de madeira e mais cacos de vidro pelo chão. Uma tigela sobre a bancada da cozinha é atingida e explode em estilhaços. Tudo volta a ficar quieto. Rinnan espia ao redor deitado no chão. Gunnlaug olha para ele com raiva, quase com desdém, depois se vira para a porta.

— RINNAN! SABEMOS QUE VOCÊ ESTÁ AÍ! SAIA COM AS MÃOS NA CABEÇA! — grita um homem lá fora.

— NÃO ATIREM! — grita Rinnan. — VOU SAIR!

Ele se levanta. Terá que negociar com eles, pensa levantando-se do chão, cuidando para não apoiar a mão num caco de vidro. Então, sai pela porta e depara com um homem empunhando uma metralhadora. Atrás dele há outros três. No alto da colina próxima há ainda outro com uma metralhadora montada sobre um tripé. Não há chances de escapar agora, ele sabe, então é melhor ser esperto.

— Olá! — diz ele com as mãos sobre a cabeça, abaixando-as lentamente enquanto dá um passo na direção dos companheiros. — Estou pronto para negociar... — e não diz mais que isso, pois soldado levanta o rifle e empurra o cano contra seu rosto.

— Pare! — ele implora.

— Vocês estão cercados! Larguem as armas agora mesmo ou eu atiro!

Rinnan o encara e avalia se o sujeito está blefando, mas não parece ser o caso. Ao contrário, parece que tudo o que quer é um pretexto para puxar o gatilho, pensa Rinnan enquanto lentamente saca a pistola do coldre.

— DEITE NO CHÃO COM AS MÃOS PARA CIMA! VOCÊS AÍ DENTRO: SAIAM DEVAGAR, COM AS MÃOS SOBRE A CABEÇA. QUEM ESTIVER ARMADO OU TENTAR FUGIR VAI LEVAR CHUMBO!

Rinnan sente a bochecha arder no frio da neve. Vira o rosto para o outro lado e vê Gunnlaug sair pela porta, tão confusa, mas ainda tão bonita, e neste instante sente as mãos sendo puxadas bruscamente para trás. As algemas lhe apertando os pulsos. Acabou. Um dos soldados se aproxima de punhos cerrados, furioso, acompanhado por outro logo atrás.

— Acabou a valentia agora, não é?! — diz o primeiro soldado e lhe acerta um soco em cheio no rosto.

V de veloz. Os anos passaram rapidamente desde que nos debruçamos sobre aquela pedra do tropeço em Trondheim. Naquele tempo, percebi uma tristeza no olhar do meu filho quando me perguntou o que tinha acontecido com você. Hoje ele não tem mais dez anos: completou catorze. Minha filha não tem mais seis, mas dez, quase onze anos, e os dois evidentemente ouviram muitas conversas sobre o assunto, mas não demonstraram nenhum sinal do medo que achei que fossem ter. Não faz muito tempo, meu filho entrou no quarto onde eu estava sentado trabalhando neste livro.

— Está escrevendo sobre o tal de Rinnan? — perguntou.

— Sim — respondi. — Já ouviu falar dele?

— Claro. Foi o cara que liderou uma gangue que matou um monte de gente no porão da casa onde vovó cresceu, certo?

— Sim, ele mesmo — respondi. Meu filho assentiu, conferiu algo no celular e a caminho de sair pela porta virou-se para mim e disse: — Se tiver guerra novamente, vamos para o Pacífico ou algo assim, ok?

V das vozes que gritam. Karl Dolmen tomou outro paradeiro acompanhado da namorada, mas foi descoberto por uma patrulha de soldados noruegueses. Depois de uma breve fuga, os dois se esconderam num galpão de uma fazenda. O pequeno grupo de soldados que os perseguia bloqueou a estrada e disparou uma salva de tiros de advertência no telhado. Agachado no chão, mordendo o lábio inferior, Karl sopesava as chances que tinha de escapar. A namorada segurava seu braço com força. Agora eles tinham duas escolhas: ou tentar fugir ou se entregar. Karl escutou os homens gritando lá fora, sabia que estavam armados com metralhadoras e seria muito difícil escapar, a menos que conseguisse eliminar a maioria deles e despistar o restante. Vasculhou a mochila com a mão, tirou de lá uma granada e surpreendeu-se com o peso da arma. Reparou num buraco aberto no alto da parede, uma espécie de claraboia, bem rente ao teto.

— O que você está fazendo? — perguntou a namorada olhando para a granada.

— Fique calma — sussurrou Karl virando-se para a porta. — OK! ESTAMOS SAINDO! — anunciou ele antes de ficar em pé, sacar o pino da granada e atirá-la pela abertura no alto. No instante em que a arremessou, percebeu que havia algo de errado, que o objeto lhe escapou das mãos como se tivesse vida própria. A granada bateu na tábua próxima ao vão quadrado, ricocheteou para trás e caiu de volta, e ele ainda teve tempo de ouvir a namorada gritar: — MEU DEUS! Karl tentou apanhar a granada para atirá-la novamente, mas ela explodiu nos seus pés.

V de vicejar, o verbo que chega com o calor da primavera na Suécia, em 1945.

V da vaga lembrança que Gerson tem de Ellen, a mulher de cabelos desgrenhados por quem se apaixonou, que com seus dedos longos e esguios tocava piano e gostava de falar de arte, assim como ele. Uma filha da elite norueguesa, que fumava os cigarros feitos na fábrica do pai e apenas sorria diante de assuntos que não dominava.

V da vibração que explode quando corre a notícia de que a guerra acabou. Que os alemães capitularam. V da volta para casa. Pessoas se abraçando, desconhecidos que se beijam, correspondências que anunciam a esperança de um recomeço nesta primavera que chega. Ellen passa o braço em volta dele, que se curva e sorri.

— Vamos para casa então? — pergunta em tom de brincadeira, ficando na ponta dos pés. Seus olhos escuros reluzem. Ela é linda, ele pensa, afastando o cacho de cabelo que lhe cai sobre a testa.

— Sim, agora vamos para casa — responde. Ele sente os lábios dela tocarem os seus, abre os olhos e vê a mãe sorrindo satisfeita.

Então pega uma garrafa e a festa continua.

V das vias que descem das montanhas de Verdal. É maio de 1945 e Rinnan está sentado num carro de polícia com as mãos algemadas nas costas e um olho roxo, inchado e latejando, que mal o deixa enxergar. Está sendo conduzido para Trondheim. Com o olho são, observa as casas e as bandeiras norueguesas que voltaram a tremular nos mastros defronte à elas, e a despeito de tudo, sente uma espécie de alívio por ter sido capturado e não ter de continuar fugindo. Quem sabe não possa chegar a algum tipo de acordo com as autoridades? Convencê-los do volume de informações que possui e de como pode lhes ser útil, se souberem fazer a coisa certa. De uma ou outra maneira, terá que aparecer em público, então traz a mão ao olho e imagina como estará sua aparência. Reclina a cabeça no apoio do assento e sente o alívio que é poder respirar despreocupado novamente. Cochila no restante do percurso até chegar ao Misjonshotellet, retomado pelas autoridades norueguesas. Já não são mais jovens secretárias que estão ali, prontas para receber suas ordens, mas policiais noruegueses cujo ódio e desprezo por ele não fazem questão de esconder. Em cada um ele percebe o ar de satisfação por vê-lo preso, a exemplo do policial que o recebe e o agarra pelo braço.

— Muito bem, Rinnan. Não é mais aquele valentão, não é? — diz o policial, como se todos tivessem roubado as mesmas falas de um filme, pensa ele. É escoltado para o porão, como fez centenas de vezes nos últimos anos, onde o empurram para dentro da cela. Sente um quê de felicidade quando a porta é trancada. Por um instante, chegou a achar que o policial resolveria tudo com as próprias mãos, lhe meteria uma bala na cabeça logo de uma vez.

Mas não. Está sendo tratado com dignidade e será interrogado por uma pessoa muito especial: Odd Sørli, líder de um dos grupos da resistência. Sørli é um dos poucos que podem compreendê-lo, pois conhece a fundo os acontecimentos. E também o respeita, ele tem certeza, por tudo que conseguiu realizar, embora ambos estivessem em lados opostos.

Ele faz amizade com as faxineiras e começa a se acostumar com o ambiente ali, lhes conta em detalhes tudo o que aconteceu. As missões, as infiltrações, tudo que realizou como agente duplo. E também do caso que teve com uma espiã russa, de como os dois se encontravam em segredo em viagens de trem ao exterior ou em hotéis. Dormiam juntos e no instante seguinte eram obrigados a continuar lutando, cada um no seu lado. As faxineiras parecem morder a isca e acompanham encantadas os relatos, e isso é bom. Precisa contar o que se passou, mas também precisa encontrar uma maneira de livrar o pescoço. Se conseguir convencê-los de que conhece a inteligência russa por dentro pode ser que acreditem que ele vale mais vivo do que morto, especula.

Provavelmente, está funcionando, pois na véspera do Natal de 1945, o guarda que traz a comida deixa a porta da cela destrancada.

Apenas dá as costas e sai. Rinnan espera. Sente a tensão aumentar e sai da cela, vai até a porta seguinte, não percebe ninguém do outro lado, experimenta a maçaneta e espia pela abertura. Esgueira-se por ela, sobe as escadas e foge.

W

W de *Wermacht*.

Dois V entrelaçados que formam a inicial da máquina de guerra nazista, indissociáveis como o suor que lhe escorre pela testa durante o dia de trabalhos forçados na pedreira, e o cansaço é tanto que você mal consegue enxergar.

W de Wolfsohn, sobrenome de solteira da sua esposa e de um dos prisioneiros, David Wolfsohn, seu cunhado. Ele também tem uma pedra de tropeço colocada diante do apartamento onde morava, transformado depois no primeiro quartel-general da Gangue do Rinnan.

X

X de incógnita. Aquilo que jamais se sabe. Um mistério que se perpetua. X do sinal nas tábuas pintadas de vermelho no cruzamento ferroviário da estação mais próxima, onde os presos que seguirão para Falstad são embarcados à força e seguirão viagem. No final de setembro, outro grupo de presos chega por volta da meia-noite. Você estava dormindo, mas despertou com os gritos dos soldados ordenando-lhes que se perfilassem no pátio. E então? Você se levanta e vai até a janela, mesmo sabendo que aquela janela dá para o quintal e não há nada para ver. Volta a dormir um sono entrecortado, é desperto novamente com gritos que ecoam pelo lugar, mas não é nada que lhe diga respeito. Na manhã seguinte, quando desce para tomar o café, os prisioneiros continuam lá, no mesmo lugar. Ficaram a noite inteira ali e você sente um peso na consciência por ter adormecido. Como se passar a noite em claro pudesse ajudá-los de alguma forma.

Y

Y para o desenho do sexo feminino na sua forma mais simples, um cartum ou uma história em quadrinhos, como o Y que você rabiscou na porta do banheiro em Falstad, uma vez que a natureza não admite pausas. Mulheres que esperam filhos devem dar à luz mesmo que chovam bombas do céu. Quem precisa ir ao banheiro deve se apressar para não ser atingido pelas balas que trespassam as paredes. Respiração, digestão, fome e desejo. Nada é como antes, mas nada tampouco deixa de ser, pelo menos enquanto ainda corre o sangue nas suas veias, levando consigo tudo aquilo que o mantém vivo.

Z

Z do formato da cicatriz cor de fogo nas costas de um prisioneiro flagrado contrabandeando leite na prisão e punido com golpes de porrete. Z de zonas migratórias. Em algumas ocasiões, você conseguiu observar as aves cruzando o céu de Falstad a caminho da costa. Numa delas, estava ao lado de Ralph Tambs Lyche, que apontou para as aves e disse quais eram.

— Sabia que estão entre os animais domésticos mais antigos da Noruega? — perguntou ele, e você abanou a cabeça.

— Sim, os moradores da costa protegiam seus ninhos e afugentavam os predadores. Em troca, conseguiam coletar as penas macias que ficavam espalhadas pelo chão e eram usadas para revestir edredons e travesseiros.

Você inclina a cabeça, acompanha a silhueta dos pássaros desaparecendo atrás do dossel da floresta e sente uma tristeza repentina ao pensar nisso tudo. Que aquela ternura e aquela maciez possam existir, mas um guarda grita alguma coisa e você volta a serrar.

Z dos zigomas na face embrutecida dos soldados, suas orelhas parcialmente ocultas atrás do capacete de metal lembrando mexilhões, ou talvez fetos enrodilhados no interior da placenta.

Z do ziguezague por onde pulsa o sangue nas suas veias, ritmicamente, o dia inteiro. Mais rápido enquanto serra a madeira ou quebra as pedras, ou durante os exercícios matinais, e mais devagar quando se recolhe à noite, e dorme um sono pesado e sem sonhos.

O ano de 1945 já está chegando ao fim, assim como chegou ao fim a guerra, e as cidades estão retomando sua rotina, mas não agora, na véspera de Natal, o primeiro Natal na Noruega libertada. Em todos os lugares há pessoas em casa celebrando em família, reunidas ao redor das mesas cobertas com toalhas brancas, com rostos iluminados de alegria, reluzindo como as chamas das velas da decoração.

No Misjonshotellet, há menos guardas que o habitual. Rinnan sobe as escadas do porão, olha rapidamente para a porta principal e vê um guarda de pé, debruçado sobre a mesa, conversando com um colega.

Que bom que conhece o local tão bem, já esteve aqui tantas vezes, e, mesmo que não alcance a porta da frente, pode encontrar outra saída. Deve ser esse o objetivo, deixá-lo escapar, só que não podem dar na vista, ele não pode simplesmente sair pela porta principal sendo a pessoa mais procurada em todo o Reino da Noruega. Ninguém iria aceitar, pensa ele enquanto sobe, pé ante pé, para o primeiro andar. Ninguém iria compreender. As pessoas são muito ingênuas, se deixam facilmente levar pelas emoções, enquanto aqueles que conhecem esse jogo sabem que ele pode ser muito mais útil no futuro, servindo como agente norueguês na Rússia. Alguém que saiba se infiltrar e ludibriar os comunistas como ele sabe, e toda a informação que obtiver será vital para a Noruega, disso não há dúvida. No entanto, se for morto apenas para ser exibido como um troféu nas mãos dos justiçadores, de que valeria? Ouve vozes de um dos escritórios. É uma pena, pois não poderá continuar pelo corredor e escapar pela escadaria dos fundos. Não pode correr o risco de ser descoberto. Rapidamente, se esconde num dos quartos vazios, fechando a porta delicadamente ao passar.

É um pequeno depósito cheio de caixas onde um dia funcionou um escritório, até já esteve ali quando a situação era outra, bem diferente. Caminha até a janela e gentilmente levanta o puxador, segurando a madeira com a ponta dos dedos para não ranger.

A janela se abre de repente com uma lufada de vento, e o barulho que produz pode denunciá-lo.

Só lhe resta esperar. A conversa ao lado, as pessoas riem, nada indica que terá uma chance melhor, então ele resolve saltar e escancara a janela com um rápido empurrão. O vento frio invade o quarto e os flocos de neve flutuam sobre o peitoril. Estica a cabeça e olha para baixo. Uma tranquila rua lateral, deserta por enquanto, pois é véspera de Natal. Pena que esteja tão alto. Mas não tenho escolha, pensa Rinnan e sobe a janela. Gira o corpo e vai escorregando para baixo, segurando firme, arranhando a barriga e depois o peito na borda do peitoril. O uniforme de prisioneiro fica preso num gancho, mas ele consegue se desvencilhar. Sente a neve derreter no contato com a barriga. Olha para baixo, espera um carro passar e se desprende. A queda é muito rápida. Ele aterrissa de mau jeito, joga o peso do corpo inteiro sobre um pé, mal tem tempo de se proteger com as mãos e evitar o impacto da testa no chão. Uma dor intensa irradia do tornozelo torcido. É só uma torção, pelo menos não está quebrado, pensa ele olhando em volta. Não há mais vivalma na rua. Olha para cima e vê a janela aberta, mas não há ninguém lá tampouco. Agora sim pode fugir para algum lugar, mas para onde, ele avalia, mancando, praguejando o tornozelo que o martiriza. Não conseguirá sair da cidade sozinho daquele jeito, que merda. Justo agora na véspera de Natal, quando todos estão ocupados. Bem que poderia roubar um carro em algum lugar, mas essa hipótese agora está fora de questão. Precisa, agora, é de alguém que o ajude, ele pensa, tentando recordar de algum conhecido que more nas redondezas. Quem estaria disposto a recebê-lo em casa e escondê-lo por um ou dois dias, para que depois possa fugir do país e começar seu novo trabalho como agente duplo?

Rinnan desce a rua mancando, dobra a esquina e se lembra de um sujeito que mora próximo e talvez, quem sabe, esteja disposto a ajudá-lo. Percorre os últimos metros quase se arrastando até chegar no endereço. "Porra, as coisas vão dar certo", ele pensa e bate à porta. Explica a situação, diz que está fugindo e, ainda por cima, torceu o tornozelo. O homem o deixa entrar, diz que não pode abandoná-lo naquele frio, naquelas condições, e lhe pede que se sente. Vai buscar um cálice de bebida enquanto a esposa o ajuda a tirar a bota e examina o pé. Ele agradece a todos, dá um gole na bebida e sente o corpo começar a relaxar. É a primeira vez em seis meses que volta a provar o gosto de álcool. Toma mais uma dose, pede ajuda ao dono da casa para escapar, diz que vai espionar para a Noruega agora, mas ninguém precisa saber de nada, a informação não pode vazar para que não haja mal-entendidos. O homem assente, lhe dá um tapinha no ombro e serve mais uma dose. Então, Rinnan diz que precisa dar uns telefonemas para providenciar transporte e um local para se esconder.

Rinnan lhe agradece comovido quando recebe um prato com os restos da ceia. Mais uma dose no cálice e a dor vai sumindo, a mente volta a pensar com a clareza de sempre. "Vou conseguir sair dessa merda", ele pensa. Então, a porta se abre e surgem policiais noruegueses armados com metralhadoras.

Só então Rinnan percebe que o homem o enganou. Estende o braço e esvazia o cálice.

— Acho que não temos tempo para mais uma dose? — pergunta ele antes que o policial o agarre.

Rinnan é levado de volta à prisão e a porta da cela jamais é deixada aberta novamente. Ninguém assumiu a responsabilidade por deixá-lo fugir. O tornozelo se recuperou antes do fim da primavera, mas o inquérito só foi concluído no inverno seguinte, e seu julgamento finalmente foi realizado em 1946. Rinnan tinha então 31 anos e a maioria dos outros membros não passava de 25. Há fotografias da Gangue do Rinnan no tribunal que dão a impressão de que nenhum deles dava a mínima para o que acontecia, estão todos sorridentes e parecem orgulhosos. Conforme a autora e pesquisadora sueca Ann Heberlein escreveu em *En liten bok om ondskap* [Pequeno livro sobre o mal], nós, seres humanos, justificamos nossas ações antes mesmo de executá-las. É justamente por isso que agimos, porque já sopesamos o que é certo e o que é errado, já sabemos se é correto ou não fazer uma determinada coisa. Uma vez tomada a decisão, a ação já está justificada. Arrepender-se é um verbo difícil de conjugar pois exige um retorno ao passado, requer que encaremos novamente, com nossos próprios olhos, os motivos e os porquês de termos agido daquela maneira.

Um dos membros da Gangue do Rinnan condenado à prisão tirou a própria vida quarenta anos depois do fim da guerra, atirando-se da janela do hospital quando já contava mais de oitenta anos de idade. Talvez seja o mesmo que conversou com Jannicke na banca de jornais na estação do metrô em Oslo para lhe contar do passado, sem saber quem ela era. Numa entrevista, Kitty Grande, já idosa, diz que não sentiu remorso, que fizeram o que fizeram porque acharam que era preciso.

Durante o julgamento, Rinnan dá uma piscadela para um dos companheiros sentados na bancada. Parece feliz por estar preso e ser alvo de tanta atenção. Conversa com os guardas, parece satisfeito em exibir o número 1 na lapela do uniforme, e se gaba de assassinatos que, na verdade, não cometeu. Vangloria-se dos contatos que tem na Rússia, das missões secretas das quais teria participado no exterior, embora tenha ficado provado que se encontrava na Noruega naquele período. Debalde.

Só mais recentemente foram encontrados rabiscos no verso das etiquetas de identificação dos presos, desenhados durante o julgamento. Neles, o medo fica evidente, como é o caso, por exemplo, da etiqueta de número 24, que pertencia a Harald Grøtte. O verso inteiro da peça quadrada de papelão está coberto por um desenho a lápis de uma mulher sentada num banco. Sua identidade é desconhecida, talvez seja a mulher que ele ajudou a esquartejar. Ao lado dela há dois homens e sob eles as palavras "Pena de morte".

Na etiqueta número 11, lê-se: A vida que me deram não era para ser vivida.

A etiqueta de Rinnan não traz rabiscos nem palavras. A única coisa diante da qual demonstrou algum arrependimento foi a execução do pai e do filho inocentes numa ilhota do fiorde após a fracassada operação de busca por armas. Durante o extenso julgamento, é a única vez que ele fraqueja.

Z de zero hora. Numa gelada manhã de fevereiro de 1947, Henry Oliver Rinnan é amarrado a um poste na Fortaleza de Kristansten, em Trondheim, e fuzilado. Suas cinzas foram enterradas num local desconhecido no cemitério de Levanger, defronte à casa onde nasceu. Não houve funeral nem há uma lápide em sua memória. Houve, sim, um sepultamento clandestino dos seus restos mortais, enquanto a cidade ainda dormia. Mesmo assim, as cicatrizes do que fez ainda são visíveis e doem, uma dor lancinante e silenciosa.

Z da última letra do alfabeto e da última manhã da sua vida. É noite de quarta-feira, 7 de outubro de 1942.

É manhãzinha cedo, você está deitado na cela em Falstad, abre os olhos e toma consciência de que demorou para acordar, o dia já está raiando, lá fora está claro, alguns dos prisioneiros já estão de pé, e alguém comenta de passagem sobre a lei marcial. Você salta da cama e os dois homens empurram a porta e o deixam sair. Você estende a mão para cumprimentá-los e, somente quando um deles se apresenta e diz que é Henry Gleditsch, você se dá conta. O ator Gleditsch, diretor do Teatro Trøndelag. Você o conhece, tanto de ocasiões sociais, como da Paris-Viena e do teatro, onde às vezes cruzava com ele no foyer, quando levava Lillemor ao balé.

— Henry, o que está fazendo aqui?

— Pois é. O que posso dizer? — diz ele dando de ombros, sempre com um sorriso no rosto. — Vamos ter uma estreia hoje, a ocasião não podia ser mais inconveniente. Não sei, você acha que vão me soltar para eu poder me apresentar?

Todos riem. Você pergunta qual é a peça e ele responde que é O pato selvagem, de Ibsen. Estavam no meio de um ensaio quando os alemães subiram ao palco.

— Por que te prenderam? — você pergunta. Ele dá de ombros e diz que por um motivo banal, porque se negou a hastear a bandeira do Reich sobre o teatro e cortou as cordas dos mastros para que ninguém mais o fizesse.

— Mas a prisão do nosso amigo aqui — prossegue o diretor do teatro colocando a mão no ombro do homem a seu lado — não é surpresa alguma, certo?

— Meu nome é Hans Ekornes — diz o outro estendendo a mão para cumprimentá-lo, enquanto Gleditsch se encarrega de contar como o tal sujeito vivia perigosamente. Era o responsável por contrabandear pessoas e armas entre as Shetland e Ålesund, e esteve à frente de várias missões importantes até o agente duplo norueguês Henry Rinnan se infiltrar nas operações, com dois espiões fazendo-se passar por refugiados e os expor a todos.

Durante alguns minutos eles conversam, baixinho, mas num dado momento você para de prestar atenção e ouve o burburinho de vozes e passos acelerados no pátio e nos corredores. Uma agitação incomum. Os outros também param para ouvir. Vários já voltaram para as camas agora e você escuta as passadas se aproximando da porta. Um clique metálico na fechadura e ela se abre. Do lado de fora está um jovem que não deve ter mais de dezenove anos de idade, com olhos azuis e um rosto ainda em formação. Ele pede que o acompanhem sem dizer para onde ou por quê, mas àquela hora não pode ser um bom sinal, pensa você, a menos que seja para transferi-los para algum campo de prisioneiros no exterior. São dez os prisioneiros que descem as escadas. O diretor do teatro, Henry Gleditsch, vai na frente. Dez homens descendo as escadas. O ruído dos passos nos degraus. O ar frio lá fora, o dia claro.

Uma bétula solitária no pátio. Quando você foi preso, em janeiro, os galhos estavam nus. Com o passar do tempo foram se cobrindo de verde, o verão chegou e você foi enviado para o extremo norte. As folhas amarelaram nesse ínterim e começaram a cair.

Vocês recebem a ordem de sair pelo portão sob os raios da manhã. Pela estrada coberta de cascalho. Enfileirados um atrás do outro, com as mãos cruzadas atrás da cabeça. Talvez num instante tenha lhe ocorrido fugir? Aproveitar a chance de sair correndo entre os pinheiros, mas há muitos soldados armados ao seu redor.

Provavelmente você deve ter percebido o que o esperava, já que não havia razão para irem para o meio da floresta agora. Sem serras ou pás. Vocês recebem a ordem de se perfilar entre os troncos. Um soldado o empurra com o cano do fuzil para que continue pela estrada.

O cascalho estala sob seus pés.

Você está pensando em Gerson e Jacob? Em Lillemor? Ou Marie? Imaginando o rosto dela lhe sorrindo de manhã, na mesa do café.

Gotas de orvalho se condensam na relva, os troncos estão manchados de escuro pela umidade e o vapor escapa das bocas dos soldados quando exalam.

Você é conduzido à beira de uma vala aberta, seus olhos são vendados enquanto um juiz lê a sua sentença. Pena capital. A condenação deve ser executada imediatamente, com três tiros no coração e dois na cabeça.

E então? Então tudo deve ter ocorrido ao mesmo tempo. Primeiro o oficial gritando. Depois os tiros seguidos de uma dor surpreendente e excruciante.

A vida é um fluxo. Um rio de impulsos que fluem constantemente através de tudo que vive. E a morte? A morte é tudo aquilo que detém este fluxo. As balas penetram seu corpo e fazem tudo explodir em agonia, os músculos cedem como cordas frouxas, e você desaba de bruços no chão da floresta.

A última coisa que sentiu? Um galho roçando sua bochecha.

A última coisa que ouviu? Um homem gritando:
— RECARREGAR!

A última coisa que imaginou? Os rostos dos seus filhos quando eram jovens. As faces rosadas e redondas. Os olhos arregalados, atentos, belos. O cabelo emoldurando a cabeça. A mão deles ao redor do seu dedo e os espasmos que estremeciam seus pequenos corpos durante o sono.

Um último suspiro através das narinas. O toque do solo pantanoso, frio e úmido, na testa e nos dedos.

Então, sua consciência se esvai deste mundo e seu corpo retorna ao começo do ciclo de tudo aquilo que perece, como um galho quebrado, o crânio de um corvo ou a carcaça de uma baleia jazendo na escuridão do oceano mais profundo enquanto pequenas mandíbulas roem sua carne.

Algumas mãos o agarram pelos braços, outras pelas pernas e o erguem. Sua cabeça pende para trás, seus olhos e boca estão abertos. Um fio de água salgada escorre do canto do seu olho na direção do ouvido.

Você é jogado para frente e para trás, num movimento que lembra o balancinho que um vizinho improvisou sob uma árvore no local onde passou a infância, na Rússia, no qual você costumava se embalar, sentindo um frio no estômago, até se deixar ir, descrevendo um arco pelo céu, e aterrissar na poça de água lamacenta logo adiante.

Agora são os soldados que o arremessam pelos braços e tornozelos num buraco cavado no chão. Um corte na carne da terra. Seu corpo bate no fundo num baque surdo, seu braço esquerdo cai contorcido sobre seu rosto e ali permanece. A urina quente penetra no tecido das calças e com o tempo se evapora.

Depois disso?

Vários tiros de fuzil, quase concomitantes. Silêncio.

Alguém que chora, implorando por misericórdia.

Mais tiros.

Silêncio.

Em seguida, jogam terra sobre você.

O chiar do ritmo das pás. Torrões de terra rolam pela parede da vala e cobrem seu rosto e suas mãos.

Por fim, apenas uma parte do seu joelho fica visível. Uma pequena ilha de lã num mar de lama, pois também seu joelho afundará na terra que o envolve e abraça. Fria. Escura. Silente. Somente as pás raspando a superfície lá em cima. Vários tiros. Tudo volta a ficar quieto.

Durante um bom tempo.

A terra congela e degela, congela e degela, congela e volta a degelar mais uma vez, à medida que seu corpo lentamente se decompõe, e o inverno dá lugar à primavera, na superfície.

É uma manhã da primavera de 1945, pouco antes do fim da guerra. Durante três anos, você ficou enterrado no pântano da floresta de Falstad, imóvel, congelado num lugar atemporal, enquanto os aviões cruzavam o céu acima, as tropas se deslocavam, cidades eram arrasadas e famílias eram abandonadas em meio aos escombros. Enquanto os soldados alemães caíam e os tanques avançavam contra Berlim, você esteve imóvel ali, ainda com o braço dobrado sobre o abdômen, com o mindinho enrolado para dentro, como se fora uma criança adormecida. Então, algo acontece.

Não sei precisar o dia, mas é primavera e a guerra está nos estertores. Se seus ouvidos não tivessem retornado à terra, prestes a se dissolver, você teria ouvido os passos. As pás penetrando a terra e raspando as pedras e o cascalho, e logo uma voz em alemão dizendo, num tom apressado: — Aí está!

Se seu tato há muito não tivesse desaparecido, você teria sentido as mãos o erguendo novamente pelos tornozelos e punhos e o depositando sobre um cobertor de lã. Você teria sentido as cordas com que o amarraram numa espécie de casulo, para que o cobertor não se abrisse. E então?

Então, você é colocado na carroceria de um caminhão e conduzido pelas estradas estreitas a caminho da orla. Lá, um barco está à espera, e você é levado a bordo, arremessado no fundo do convés, envolto num cobertor atado com cordas, e acompanha o jogo das ondas.

A madeira dos remos batendo na água, seu corpo balançando de lá para cá, o rangido dos remos na forqueta a cada remada. As gotículas de água salgada. As gaivotas grasnando.

Os remos são recolhidos. Vozes. Respingos. A pressão sobre seu corpo diminui. Ainda mais. Então seu corpo é erguido. Você bate o joelho e a testa na borda e é atirado ao mar. Bate na água e afunda.

Lentamente, submerge na massa de água, cada vez mais fria e escura.

Atravessa um cardume de arenques que recuam e avança para uma escuridão onde a luz da superfície jamais alcança, e finalmente atinge o fundo lamacento.

A quantos metros de profundidade? Cem? Mais?

Quantos anos levará para a corda que o envolve apodrecer e o cobertor se desenrolar?

Agora você está deitado de costas.

Lentamente, você se dissolverá no fundo.

Ao sabor das marés e das tempestades.

Assim se passam mais de setenta anos. É provável que ainda haja restos do seu esqueleto em algum lugar, dispersos pelo assoalho marinho, enterrados em algum local na escuridão gelada do fundo do oceano, cobertos de lodo, arrastados pelas correntes, enquanto seu nome era inscrito numa pedra de tropeço diante do apartamento onde um dia você viveu e eu visitei na companhia de Grete, Steinar, Rikke, Lukas e Olivia.

Querido Hirsch. Você deixou muitos descendentes. Todos os seus três filhos sobreviveram à guerra, e cada um teve mais três filhos. Você teve netos, bisnetos e trinetos, tantos que já perdi a conta. Enquanto escrevo estas palavras, dois dos seus trinetos estão na escola. Meu filho acabou de colocar um aparelho nos dentes e deve estar lendo um livro ou caminhando pelos corredores com seus amigos. Minha filha fará uma apresentação de balé em breve e, em casa, não para de exercitar os pés nas novas sapatilhas, mas agora está na escola, correndo pelo pátio, descendo no escorregador ou escalando o trepa-trepa.

A geada encobre o chão da paisagem em Oslo.

O mundo segue seu rumo e eu fecho os olhos, penso em tudo que aconteceu desde aquela manhã diante da sua pedra de tropeço e em todas as histórias que cada uma delas esconde.

Continuaremos dizendo seus nomes.

Querido Hirsch.

Continuaremos a dizer o seu.

Posfácio

Este livro é um romance. Na medida do possível, procurei me embasar em fontes históricas para descrever eventos factuais com a máxima precisão. Mesmo assim, muita coisa está oculta e esquecida, principalmente os pensamentos e sentimentos das pessoas envolvidas. Muitos dos eventos da família Komissar são ficcionais, cenas que derivam de diálogos e anotações. Um agradecimento especial vai para Grete, por compilar tudo e fornecer informações valiosas ao longo do caminho. O mesmo fez Jannicke, a quem igualmente sou grato. Muito obrigado às equipes do Falstadsenteret, do Museu da Justiça, do Museu Judaico e do Arquivo Nacional da Noruega. Os textos que Gerson escreveu foram retirados das anotações que fez para os netos alguns anos antes de morrer.

A vida de Rinnan está misturada ao mito, e as diversas biografias escritas sobre ele contam histórias diferentes. Devo um agradecimento especial a *Hvem var Henry Rinnan* [Quem foi Henry Rinnan], de Per Hansson, mas também consultei *Rinnans testamente* [O testamento de Rinnan], de Ola Flyum e Stein Slettebak Wangen; *Nådetid* [Tempo de misericórdia], de Vera Komissar; *Kvinnene i Rinnanbanden* [As mulheres da Gangue do Rinnan], de Idar Lind; *Holocaust i Norge* [O Holocausto na Noruega], de Bjarte Bruland; *Mors historie* [A história da mãe], de Mona Levin; e *Det norske folkemord* [O genocídio norueguês], de Herman Willis. Além disso, o livro *Rinnans sønn* [O filho de Rinnan], de Roar Baglemo, e diversas entrevistas foram importantes para compreender melhor quem foi Henry Rinnan.

Agradeço penhoradamente a Hilde Rød-Larsen, que me pediu para enviar o manuscrito à editora Aschehoug e restaurou minha fé neste projeto quando mais precisei. Devo grande agradecimento à minha editora, Nora Campbell, pelo entusiasmo e pelas valiosas informações que forneceu para a construção do romance, assim como sou grato pelo entusiasmo a todos os funcionários da editora. Dito isso, afirmo que quaisquer erros factuais que porventura aqui existam são de responsabilidade do autor.

Meu agradecimento especial vai para Rikke, a quem devo agradecer praticamente por tudo. Obrigado!

Simon Stranger

Oslo, 19 de junho de 2018.

Exemplares impressos em OFFSET sobre papel cartão LD 250 g/m^2 e Pólen Soft LD 80 g/m^2 da Suzano Papel e Celulose para a Editora Rua do Sabão.